Impressum

Texte: © Copyright liegt bei den jeweiligen Autoren
Cover: © Copyright by Sharela Koch, erstellt mit 'Canva'
Bilderherkunft: Pixabay, sofern nicht anders angegeben
Herausgeber: Sharela Koch
Druck: epubli - ein Service der neopubli GmbH, Berlin

Inhaltsverzeichnis

Nächstenliebe
(Susanne Ulrike Maria Albrecht)

Nächstenliebe, sanft und warm,
ist ein Geschenk in dieser Welt,
die an Barmherzigkeit so arm.
Mit offenen Armen und einem Lächeln im Gesicht,
zu helfen ist unsere menschliche Pflicht.

Einander zu verstehen, ohne Vorurteil und Groll,
die Herzen füllen mit Mitgefühl, das ist das Ziel.
Die Hand reichen, wenn jemand traurig ist,
gemeinsam tragen wir die Last und es erstrahlt unser
wahres Licht.

Einander stützen, wenn einer schwach,
mit Trost und Zuspruch gibt man ihm Kraft.
Uns vereinen, anstatt zu trennen,
in der Nächstenliebe werden wir uns erkennen.

Ob groß oder klein, jung oder alt,
Nächstenliebe kennt keine Gestalt.
Sie zeigt sich in Taten, nicht nur in Worten,
mit Respekt und Würde, ohne Grenzen und Pforten.

Lasst uns die Welt mit Liebe erfüllen
und jeden Menschen mit einem Funken

Hoffnung umhüllen.
Denn Nächstenliebe ist der Schlüssel zum Glück,
das Band, das verbindet,
für immer von Augenblick zu Augenblick.

Die Griechin
(Michael Bauer)

Vor vielen Jahren

traf ich dich

ich merkte, dass du

anders warst

und ignorierte dich.

Nach Jahren tat es mir leid.

Und ich suchte dich.

Ich fand dich nicht mehr.

Und ich konnte nicht sagen,

wie sehr ich mir

ein Wiedersehen wünschte.

Wie Dich selbst
(Margot Lamers-Zigan)

Das stinkt mir. Aber gewaltig! Hund und ich betreten die U Bahn. Ich bin ein Öffi-Snob und fahre grundsätzlich nicht gern im öffentlichen Personennahverkehr. Zu voll, zu eng, zu stickig, zu schmutzig, zu ansteckend, zu gefährlich, zu unfreundlich, zu zu. Nichtsdestotrotz ist es preiswerter, umweltfreundlicher, weniger unfallträchtig und manchmal schlicht und ergreifend praktischer als mein eigener Faradayscher Käfig. Zumindest dann, wenn nicht gestreikt wird und keine Arbeiten an den Gleisen erforderlich sind. Hund ist da im Übrigen nicht so kritisch, mir scheint, er fährt sogar gerne Bahn. Mutig überwindet er regelmäßig die Schwelle zwischen Bahnsteig und Gruppengefährt. Selbstbewusst sucht er sich dann den besten Platz aus. Und wenn er Glück hat und ich gute Laune, lasse ich ihn gewähren. Bedauerlich ist nur, dass wir nicht wie auf der Rückbank in unserem VW „T-Rex“ unterwegs das Fenster runterlassen können. So kann Hund nicht die Nase in den Wind halten und seine charakterstarken Augenbrauen vom Luftzug durchkämmen lassen. Dafür gibt's in der Bahn keinen Gurt. So hat alles sein Gutes und ist nichts perfekt. Die Nase in den Wind halten möchte ich auch sofort, nachdem ich eingetreten bin. Ein unglaublicher Gestank schlägt uns entgegen. Mangels geöffneter Fenster steht die Luft schwül und stickig im Raum – sie ist zum Schneiden. Ich schmecke den toxischen Mief auf meiner Zunge. Grundgütiger, was ist der Quell dieses Übelkeit erregenden Aromas? Wir nehmen Platz und ich sehe mich suchend um. Zunächst entdecke ich niemanden, dem ich dieses höllische Odeur zuordnen kann. Auch wenn es unvorstellbar scheint, handelt es sich meiner Nase nach um menschliche Ausdünstungen. Die offensichtlich beim Verursacher aus allen Körperöffnungen dringen beziehungsweise zu unbekannten Zeitpunkten gedrungen waren. Ich habe in meiner Vergangenheit mehrfach den Geruch von verwesenden menschlichen Leichnamen wahrgenommen. Ohne zu übertreiben stelle ich fest, das hier ist nicht viel besser. Dann entdecke ich den Ursprung: Ein ganzes Stück weiter hinten in der Bahn sitzt, in vor Schmutz starrender Kleidung, die Kapuze über den Kopf gezogen, ein Obdachloser. Zu seinen Füßen liegen dreckige Plastiktüten. Der Mann starrt scheinbar teilnahmslos vor sich hin, sein Gesicht sieht verlebt und müde aus. Eine Welle des Mitleids überflutet mich – und gleichzeitig Ärger darüber, dass ich diesen Gestank ertragen muss. Ich erwäge, statt durch die Nase durch den Mund zu atmen, lasse ihn jedoch geschlossen. Die Vorstellung, dass dieser giftige Duft in meinen Mund dringt, hindert mich daran. Die anderen Fahrgäste verbergen die rümpfenden Nasen und Münder in Rollkragen und hastig hervorgeholten Schutzmasken, jemand macht Würgegeräusche. Ich überlege, vorzeitig auszusteigen. Doch etwas hindert mich daran. Was will ich mir selbst beweisen? Dann steigt ein älterer Herr ein. Sichtlich schockiert zieht er eine angeekelte

Grimasse, schaut sich suchend um – bis sein Blick an mir haften bleibt. Auch er konnte die Brutstätte des Miefs zunächst nicht ausmachen und hält mich nun aufgrund der Nähe zu ihm für die Wurzel des Übels. Mein Hund guckt unschuldig, ich setze zur Verteidigung an: „Das bin ich n…"

Dann verstumme ich und finde das Ganze plötzlich unglaublich komisch. Ich grinse breit in das Gesicht des Angewiderten.

Fühle mich befreit vom eigenen Dünkel. Doch, das bin ich. Das ist mein Gestank. Und Deiner. Der Deines Nächsten.

Bürgersteig
(Michael Bauer)

Sonntagsleere. Gähnen.

Ich gehe allein den Bürgersteig entlang.

Mir kommt jemand entgegen.

Ich lächle, grüße, wünsche frohe Ostern.

Für einen Moment

scheine ich zu schweben.

Aus dem Herzen leben
(Christina Telker)

Als ich das Kaufhaus verlasse, sehe ich hinter mir eine Frau, schwer beladen mit Einkäufen. Es ist für mich selbstverständlich, ihr die Tür aufzuhalten. Das Kind an ihrer Seite quengelt, weil es die Hand der Mutter nicht ergreifen kann. „Haben Sie es weit?“, erkundige ich mich und stelle bei der Antwort fest, dass wir denselben Weg haben. Ich fasse zu und helfe ihr beim Tragen, so ist für das Kind die Hand der Mutter wieder frei. Ein dankbarer Blick ist mir Bestätigung genug.

Neulich auf dem Weg zur Arbeit, erlebte ich, dass wie üblich alle Sitzplätze im Bus, belegt waren, als ein alter Mann mit Krücken einsteigt. Es fällt ihm schwer Halt zu finden. „Bitte setzen Sie sich“, biete ich meinen Platz an. Ich hätte gar nicht anders handeln können, meine innere Stimme würde heftig protestieren.

Meine Kollegin suchte eine Vertretung fürs Wochenende, lange schon hatte sie keinen gemeinsamen freien Tag mehr mit ihrem Mann, sie würden gerne die Eltern besuchen. Jeder hat etwas Anderes vor. Traurig will sie in den Feierabend gehen, da höre ich mich sagen: ‚Ich übernehme deinen Dienst.‘ Meine Kollegin kann es kaum fassen und bedankt sich vielfach. Am Montag erfreut sie mich mit einem Blumenstrauß als Dank.

Es gäbe Beispiele ohne Ende. In meiner Familie nennt man mich „Mutter Theresa". Sie meinen es eher zynisch. „So dumm müsste man sein, immer einspringen, wo Hilfe gebraucht wird", ist die allgemeine Meinung. Man wird eher für dumm und naiv gehalten, wenn man heute voller Hilfsbereitschaft und Nächstenliebe ist und mit dem Herzen denkt. Immer wieder freue ich mich, wenn im Fernsehen Menschen besonders hervorgehoben werden für ihren ehrenamtlichen Einsatz. Dagegen bin ich ein kleines Licht und doch tut es gut zu sehen, wie viele dieser Menschen es auch heute noch gibt.

Denken wir einmal an Jesus und seine Zeit hier auf Erden. Sicher wurde auch er oftmals belächelt und für dumm gehalten, wenn er sich für die Ärmsten der Armen einsetzte, wenn er Menschen heilte und ihnen zu essen gab. Ebenso der barmherzigen Samariter, der weder nach Geld, noch nach Ansehen fragte und selbstlos half. Viele Menschen gäbe es aufzuzählen, die sich zu allen Zeiten für hilfsbedürftige Menschen einsetzten. Würden wir mehr mit dem Herzen denken und weniger an uns selbst, könnte viel Leid gelindert werden. Versuchen wir es doch einmal und beginnen gleich morgen damit.

Lichtschatten
(Gerd Jenner)

Worte entstehen und verblassen wieder. Geraten in Vergessenheit oder werden gewaltsam unterdrückt. Worte erschaffen Gewalt oder verhindern sie. Worte können Waffen sein, Heilung, Zauber oder nichts. Schatten werfen sie und Licht können sie geben. Wärme verbreiten und Brände legen. So sind Worte. Liebesgeschichten und Weltkriege beginnen mit ihnen. Auch diese Geschichte beginnt mit Worten, besteht aus ihnen, und doch soll sie möglichst mehr sein als bloße Wortansammlung. Wir werden sehen.

Benedikt Fürbringer ging im Raum auf und ab. Immer wieder. Bestimmt seit einer Stunde tat er nichts anderes. Er würde hinausgehen vor die belagerte Stadt und um Frieden bitten. Um ein Ende dieses sinnlosen Blutvergießens. Nein, mehr noch. Flehen darum, dass das allgemeine Grauen nicht hierher kam. Wusste überhaupt noch einer von den Beteiligten, um was es ging? Nur zerstören. Grundlos. Um jeden Preis. Seine Familie hatte er noch in Sicherheit bringen können. Warum er geblieben, nein, wieder hergekommen war, hätte er selbst nicht mehr zu sagen gewusst. Jetzt war er hier und hatte sich der Situation zur stellen. Worte waren alles, was ihm blieb, der einzige Ausweg, der ihm einfiel. Wohlgesetzte Worte. Schließlich war er bekannt für seine Beredsamkeit. Viele hatte er schon überzeugt. Doch hier lagen die Dinge anders. Einem Feldherrn den Wahnsinn des Krieges vor Augen stellen hieße doch, ihn seines Amtes berauben zu wollen, seiner Pfründe. Lebte er nicht von dem Handwerk, das er da trieb? Müsste man ihm nicht etwas anbieten, etwas Vergleichbares, Handfestes? Andererseits, vielleicht wäre der Mann ganz froh, sich wieder auf seine Güter zurückziehen zu können? Aber was würde der Kaiser dazu sagen? Und gerade er, Benedikt Fürbringer, ein schlichter Kaufmann, wer würde schon auf ihn hören? Da müsste schon ein Anderer kommen. Der Probst vielleicht. Aber der wollte nicht. Zu feige, zu bequem, möglicherweise auch zu realistisch, entmutigt einfach, illusionslos. Aber einer musste es wagen. Was hatten sie zu verlieren? Die Drohungen waren entsetzlich gewesen und die Stadt mit ihrer pittoresken, aber mittelalterlichen Verteidigungsanlage hatte der Gewalt der Anderen nichts entgegenzusetzen. Die Mauer war vielleicht gut genug, um Räuberbanden fernzuhalten. Ihre Türme schauten kühn und stolz in die Landschaft hinaus. Aber gegen diese hochgerüstete Soldateska da draußen waren sie nutzlos. Und die wenigen Kanonen? Nicht der Rede wert. Man würde ohnehin kapitulieren müssen. Da konnte man doch wenigstens versuchen, mit dem Mann zu reden. Er war schließlich kein Ungeheuer. Ihm einfach schildern, wie sie bisher gelebt hatten. Zufrieden und im bescheidenen Wohlstand. Vertrauend auf ihre weltabgeschiedene Lage, uninteressant für die verschiedenen Machtblöcke und feindlichen Lager. Wer sollte schon den Umweg in Kauf nehmen, die winzige Stadt einzunehmen? Das lohnt der Mühe nicht. Dachten sie. Aber sie hatten falsch gedacht. Und jetzt war nichts mehr zu ändern. Keine List, kein militärischer Kniff, kein Hilferuf konnte Rettung bringen. Die Schatten der Feldzeichen waren auf das friedliche Gemeinwesen gefallen und verdunkelten alles. Zu verhandeln gab es nichts. Gerade deshalb, so dachte er, wäre sein Vorhaben einen Versuch wert. Ein Strohhalm bloß. Aber warum nicht danach greifen, wenn man sonst gar nichts hatte? Nichts war zu verlieren. Aber war er wirklich der richtige Mann? Sollte er nicht wenigstens noch jemanden mitnehmen? Rat suchen? Bei wem? Seine kluge und in so Vielem geschickte Frau fehlte ihm mehr, als er hätte sagen können. Nein, es gab nur noch das Eine zu tun. Und das war in jedem Fall besser als schicksalsergeben abzuwarten.

Fürbringer ging hinaus. Auf dem Weg zum Tor traf er keinen Menschen. Totenstille. Nicht einmal ein Hund bellte. Die Menschen hatten sich verschanzt und zitterten, bis der Sturm losbrach. Sprachlos war zunächst die Torwache, als er seinen Plan in kurzen Worten erklärte. „Bist übergeschnappt, Fürbringer, was," sagte der Posten schließlich und schüttelte immer wieder den Kopf. „Warst ja auch immer munter dagegen, die Wallanlagen zu erneuern und Geld für die Verteidigung auszugeben. Jetzt zahlen wir die Rechnung. Aber dass du's nur weißt. Du gehst mir da nicht hinaus." Bastian Dreher hieß der Mann, Kaufmann wie er selbst. Und heute hatte er Dienst am Tor. Sah seltsam genug aus mit seiner Hellebarde, dem Helm, Harnisch und Schwert. Man kannte sich gut. Alle kannten sich in der kleinen Stadt. Manches hatte man miteinander geteilt und miteinander durchgestanden. Und nun das. Lange schwiegen die beiden, schauten sich nur an. Dreher schüttelte nur dann und wann den Kopf, aber es fiel kein Wort. Gewiss, Worte können helfen, wo sich am Platz sind. Hier wäre jedes Wort zu viel gewesen.

Nach längerer Zeit, in der die Zwei reglos einander angeschaut hatten, trat Bastian Dreher wortlos vor und öffnete ein kleines Pförtchen, das in einen der riesigen eichenen Torflügel eingelassen war. Benedikt Fürbringer ging hindurch, hob ein wenig die Hand. Eine unbeholfene Geste, die kaum etwas ausdrücken konnte und auch nicht weiter beachtet wurde. „Durchlassen," rief Dreher noch, was zur Folge hatte, dass sich auch im Vorwerk eine Pforte auftat und Fürbringer, als er noch den Graben passiert hatte, die Bedrohung im Blick hatte.

Langsam, ganz langsam näherte er sich den Soldaten. Er selbst hatte, wie die ganze Stadt, gar nichts Militärisches an sich. Trug nicht einmal einen Degen, wie es sich für einen Mann von guter Herkunft eigentlich geziemt hätte. Aber er verabscheute diese Mode so gründlich, dass er einen solchen Gegenstand nicht einmal besaß. Er hatte sich immer geweigert, für Waffen Geld auszugeben und sich auch im Rat dafür eingesetzt, diesem Prinzip zu folgen. Auf dem Dachboden lagen noch ein paar mehr oder weniger verrostete Klingen von irgendwem, der längst nicht mehr lebte. Doch ebenso wie mit der altertümlichen Stadtbefestigung wusste man nichts mehr damit anzufangen. Hätte man tatsächlich das kleine, beschauliche Städtchen in eine moderne

Festung umwandeln können? Und selbst wenn – zu welchem Preis? Wäre das hässliche Gebilde jemals fertig geworden, hätten zwingend Söldner angeworben werden müssen. Denn die Bürger allein wären nicht im Stande gewesen, das alles zu bemannen. Hol der Teufel das Hätte und Wäre. Man war ja nicht Berufssoldat, sondern übte ein ehrbares Gewerbe aus, wozu man keine Waffen benötigte. Dem Himmel sei Dank. Und fremde Kriegsknechte brauchte man nun wahrhaftig nicht. Aber jetzt? Hatte er alles falsch gemacht, schlechten Rat gegeben? Die Anderen waren seinem Vorschlag bereitwillig gefolgt. Unnötige Ausgaben hatten sie ebenso gescheut, wie er selbst und sie wollten die vertraute Erscheinung der heimeligen Provinzstadt nicht verderben. Es war die kleine Welt ihrer Kindheit, ihrer Vorfahren. Die Stadt war ihr Universum, ihr sicherer Hafen, in den sie unendlich gerne zurückkehrten, wenn irgendwelche Geschäfte sie hinausführten. Nein, sein Rat war gut gewesen, er hatte sich nichts vorzuwerfen. Unauffällig genug hatte man sich verhalten, um nicht den Zorn eines dieser Kriegstreiber zu erregen. Aber vergeblich war es gewesen. Vergeblich würde wohl auch dieser Gang sein. Doch es fühlte sich bei aller Ungewissheit gut an, was er tat. Ungewöhnlich war es ganz gewiss und es wäre nicht das erste Mal, dass man mit ungewöhnlichen Handlungen Unverhofftes erreichte.

Irgendetwas war da vor ihm im Gange. Die ganze Zeit schon. Es war ihm nur, weil er so sehr in seine Gedanken vertieft gewesen war, nicht aufgefallen. Aber es war etwas im Gange. Eine stetige Bewegung im ganzen Heer. Warum waren diese Leute so unruhig? Sie hatten doch

ihren Belagerungsring um das Städtchen gezogen und ihre grimmigen Drohungen ausgesprochen, brauchten nur zu warten, bis ihnen die Beute von selbst in den Schoß fiel. Ohne einen Schuss Pulver würde das geschehen. Eine reife Frucht, die man nur herunter schütteln musste.
Und geschüttelt hatten sie. Wahrhaftig. Er war Zeuge gewesen. Was also machten sie solch ein Gewese da vor ihm? Zelte wurden abgeschlagen, Wagen beladen, Pferde vorgespannt. Von den Geschützen war nichts mehr zu sehen, dabei hatten sie gestern noch stumm drohend in der Sonne geglänzt. Er selbst hatte sie gesehen. Von der Mauer aus. Fürbringer war stehen geblieben. Was ging da vor? Wahrscheinlich wollte man den Ring noch enger ziehen, weil man sich von der vollständigen Hilf- und Harmlosigkeit der Kleinstadt überzeugt hatte. Enger und immer enger. Ja, so würde es kommen. Ob der Feldherr jetzt überhaupt bereit war, mit ihm zu sprechen? So ein Heerhaufen musste ziemlich schwerfällig sein, nicht leicht zu bewegen. Da bedurfte es eines umsichtigen Kopfes und eindeutiger Befehle. Fürbringer war sich seiner Sache mit einem Mal gar nicht mehr so sicher. Er würde ins Getriebe der Kriegsmaschinerie kommen und das war kein Ort, an dem man sich wohlfühlen konnte. Was also tun? Zurück? Würden ihn die Wachen überhaupt noch hereinlassen? Andererseits, die Soldaten waren noch nicht wirklich vom Fleck gekommen, sofern er das überschauen konnte. Und so gemein würden seine Mitbürger doch nicht sein. Aber war es tatsächlich die beste Lösung, jetzt aufzugeben? Nein, er konnte warten bis der Generalissimus für ihn Zeit hatte. Das war die Sache allemal wert. Also weiter.

Die Menschenmasse vor ihm summte wie ein Bienenschwarm. Kommandos wurden gebrüllt, Flüche geschrien und belangloses Zeug geredet. Von all dem verstand Benedikt Fürbringer nichts, weil er noch zu weit weg war. Aber alles war in beständiger Bewegung, ohne dass ein Ziel oder ein Zweck erkennbar gewesen wäre. Jeder schien mit sich beschäftigt und das große Ganze vollständig aus den Augen verloren zu haben. Aber etwas anderes als sich der Stadt noch weiter zu nähern konnte unmöglich in Frage kommen. Langsam ging Fürbringer auf dieses wundersame Etwas autonomer Individuen zu. Er hatte seinen Entschluss getroffen und würde ihn umsetzen. Wann ihn wohl jemand bemerken würde? War dann mit feindlichen Aktionen zu rechnen? Man konnte sich gut vorstellen, dass es zur Zeit möglich sein würde, in diesen Menschenhaufen hineinzugehen, ohne angesprochen zu werden, von der Menge assimiliert, aufgesogen von dem lebendigen Klumpen, der Eins war und doch Viele. Nun ja, man würde sehen. Weiter, nur weiter. Ohne Hast, aber weiter. Zielstrebig. Weiter.

Da geschah es.

Es gelang Fürbringer ab einem gewissen, nicht näher zu bestimmenden Punkt nicht mehr, sich dem Heer weiter zu nähern. Zunächst bemerkte er es nicht, dann hielt er es für eine Sinnestäuschung, am Ende war er sich sicher. Je näher er den Soldaten kam, desto weiter entfernten sie sich von ihm. Er war wie im Rausch, ging weiter, rannte schließlich, rief, winkte. Aber es gab keinen Zweifel mehr. Die seltsame Unordnung, das unorganische Durcheinanderwimmeln hatte planvollem Handeln Platz gemacht. Und der Plan hieß Abzug. Ja, sie zogen ab, die Bedrohung verschwand. Der Belagerungsring hörte auf zu existieren. Es gab daher auch keinen Grund mehr, mit dem Feldherrn zu sprechen, ja nicht einmal eine Möglichkeit. Lange, sehr lange dauerte es, bis Fürbringer das begriff. Und als es so Fall war, blieb er stehen, rührte sich eine ganze Weile überhaupt nicht und drehte sich dann um. Da lag seine Stadt. Seine Heimat. Sie würde nicht in Trümmer sinken, nicht dem Erdboden gleichgemacht werden und all den betulichen, behäbigen, durch und durch liebenswerten – so empfand es Fürbringer jetzt – Bürgern würde nicht das Geringste geschehen. Kein Haar würde ihnen gekrümmt. Sie waren gerettet.

All die Last fiel von ihm ab; alle Verantwortung und all das schlechte Gewissen, falschen Rat gegeben zu haben. Alles fiel von ihm ab. Er freute sich unbändig auf seine kleine Familie, die jetzt ohne Gefahr würde zurückkehren können. Auf das Fest, das sie feiern würden, wegen der unerwartet glücklichen Wendung. Freude. Er empfand nur Freude. Aber so tief und wahr hatte er sie noch ganz selten empfunden. So schwer das Vorige gewesen war, so schön war die Gegenwart. Einfach dastehen und das Jetzt genießen. Wie unsagbar schön.

Lange hatte er dazu nicht Gelegenheit, denn das Tor, das er vorhin durch die kleine Pforte verlassen hatte, tat sich nun weit auf und viele, viele Bürger rannten ihm entgegen, jubelnd. Männer, Frauen, Kinder, Alte wie Junge, Hoch und Nieder, sie kamen, hatten Teil an der Freude. Aber nicht nur das.

Sie umarmten Fürbringer, ließen ihn hochleben und trugen ihn auf den Schultern zurück in die Stadt. Ihm war das nicht recht, aber seine lachend ausgesprochenen Proteste hatten keine Wirkung. Ein Triumphzug sollte es werden und es wurde einer. Erst auf dem Pflaster des Marktplatzes hatte er wieder Boden unter den Füßen. Die Glocken läuteten und alles drängte zur Kirche. Er wurde im Strudel der Menschen mitgerissen. Der Probst hielt sich nicht lange mit einleitender Liturgie auf, sondern predigte über den gerechten König Hiskia und über den von Gott bewirkten Abzug der Assyrer vor Jerusalem. Verglich es mit der heutigen Begebenheit. Fürbringer fühlte sich gar nicht wohl dabei aber in die Danklieder und -gebete stimmte er mit ganzem Herzen ein. Als ihm aber, noch in der Kirche, der Bürgermeister den Amtsstab – und sein Amt dazu – übergeben wollte, weigerte er sich rundweg. „Fürbringer," sagte der Bürgermeister mit vor Rührung bebender Stimme. „Dem Würdigsten steht dies Amt zu und das seid Ihr und Ihr allein. Denn ein Wunder habt Ihr bewirkt in der Kraft des Herrn. Wer also könnte die Stadt regieren, wenn nicht Ihr?" „Kein Wunder war das!", rief entsetzt der Geehrte. „Nicht einmal still gebetet hab ich auf dem Weg. Bin kein Hiskia, bin Benedikt."

Da trat sein Vater hervor aus der Menge. „Benedikt bist du", sagte er. „Und du hast das Undenkbare gedacht und das Unmögliche gewagt. Ganz gleich, ob du himmlischen Beistand hattest oder nicht. Du gehst Wege jenseits der ausgetretenen Pfade, sprichst Unerhörtes aus und tust, was du denkst. So warst du schon immer. Manchmal geht es schief, aber oft hast du Glück, oder was immer es

ist. Nimm den Amtsstab, Benedikt. Wir brauchen dich jetzt. Du kannst uns helfen, dieses Elend einigermaßen zu überstehen.“ Und er nahm dem Bürgermeister seinen reich geschnitzten und in einer Schwurhand endenden Amtsstab aus der Hand und streckte ihn seinem Sohn hin.
Die Menschen in der Kirche stimmten ein unbeschreibliches Jubelgeschrei an, das sich in den hohen Gewölben brach und dessen Widerhall die ganze Stadt erfüllte. Auch Fürbringer war erfüllt. Erfüllt vom Glanz der Worte seines Vaters, der nie ein unnötiges Wort sprach. Erfüllt auch von den Möglichkeiten, die sich ihm auftaten. Die Leute wollten ihn haben. Würden auf ihn hören. Vom Ratsherren bis zum Tagelöhner. Er würde viele seiner Träume verwirklichen können. Wenn er nach dem Stab griff. Aber andererseits sah er auch die riesengroße, übermächtige Verantwortung eines solchen Amtes in einer solchen Zeit. Eine Fehlentscheidung, ein falsches Wort nur, konnte ihn die Stadt kosten. Gefährlich war das Angebot, sehr gefährlich. In Friedenszeiten hätte er gleich zugegriffen. Nun zögerte er. Sein Vater stand wie eine Statue mit ausgestrecktem rechtem Arm, den Amtsstab in der Hand. Die Menschen jubelten noch immer. Und da, im Wissen um das Furchtbare, das hinter den lockenden Worten lauern konnte, griff er zu.

Die Begeisterung der Menge kannte keine Grenzen. Sie trugen ihn auf den Schultern bis zu den Stufen des Rathauses. Er selbst war nachdenklich. Sicher, ein stolzes Amt und ein großmächtiger Titel. Des Heiligen Römischen Reiches Freier Stadt Grünberg Regierender und Erster Bürgermeister. Aber auch das waren nur

Worte. Abgelegte Lumpen aus Buchstaben. Verblichener Glanz, zerrissener Purpur. Nichts. Was anfangen mit einem Titel, wenn der Dachstuhl brennt? Und das Reich stand wahrhaftig in hellen Flammen. Alt war es, sicher, aber eher wurmstichig als ehrwürdig. Und nun brannte es. Lichterloh. Konnte er dazwischengehen? Gar versuchen zu löschen? Sich in die Flammen wagen, ohne selbst zugrunde zu gehen mit all denen, die ihm so fest vertrauten, alles Gute von ihm erwarteten? Konnte er Fels in der Brandung sein? Oder war er eher wahnsinnig als wagemutig? Er dachte an Bastian Dreher, der ihm vor wenigen Stunden genau das vorgeworfen hatte. Vorne am Nicolaitor. Aber der war jetzt auch unter der Menge der Jubelnden. Und dabei hatte sich nichts geändert. Nichts. Irgendein Zufall hatte die Soldaten abberufen. Ein Befehl, wer konnte das wissen. Jedenfalls nichts, was mit ihm in Verbindung stand.

Nun ja, es war, wie es war und er gab viel zu tun. Heute nicht mehr. Er musste sich wieder und wieder zeigen auf dem Rathausbalkon, der Tribüne, wie man ihn nannte. Von hier aus wurde der Bürgereid entgegengenommen, wurden Anweisungen und Mitteilungen verkündet. Jetzt schaute man zu ihm auf, wie man zu den verschiedenen Kaisern nicht aufgeschaut hatte, die die kleine Stadt gelegentlich mit ihrem Besuch beehrt hatten. Die Menschen waren voll fröhlichen Vertrauens und er würde es leicht haben, im Rat die unglaublichsten, außergewöhnlichsten Ideen umzusetzen. Aber Umsetzung bedeutete nicht allein, eine Ratsmehrheit hinter sich zu scharen, nein, es hieß, totes Wort zur lebendigen Tat werden zu lassen. Und auch das erwartete man von ihm. Wunder. Nichts weniger. Leichtgläubig waren sie, begeisterungsfähig wie Kinder, was sicherlich seine Vorteile hatte. Für ihn aber lief das auf eine Vervielfachung seiner Verantwortung bis schier ins Unendliche hinaus. Daher auch stahl sich an diesem Tag kaum ein Lächeln in seine Züge. Die Nachdenklichkeit blieb. Doch zum Glück würde für Grübelei überhaupt keine Zeit bleiben.

Heute gab es ein Festessen für die Ratsherren in der Großen Halle. Für die Bürger spendierte der Rat in den Zunfthäusern und auf dem Marktplatz, wo in kürzester Zeit Tische und Bänke aufgestellt wurden, reichlich Essen und Trinken. Für alle gab es das Gleiche. Das war die erste Anordnung des neuen Reichsstadtschultheißen. Man sollte sehen, dass er die Privilegien der Großen Familien, der Patrizierschicht, einschränken wollte. Das, was er vorhatte, musste von der gesamten Bürgerschaft getragen werden, nicht von einer hauchdünnen Oberschicht, die wichtige Ämter unter sich verteilte und eifersüchtig ihre Pfründe verteidigte.

Fürbringer selbst empfand das Wiedersehen mit Frau und Tochter als das eigentliche Fest. Hier konnte er sein, wie er war, ohne Pflichten, ohne Amt und ohne Prunk. Die Worte waren ehrlich und gut. Wie ein warmer Mantel, der ihn einhüllte, wie die Umarmungen, deren es zahlreiche gab. Seine Eltern kamen, seine Schwiegereltern und halfen beim Feiern, waren Teil des Festes. Nicht er wurde gefeiert, sondern sie alle als Familiengemeinschaft. Aber sie würden ihn auch begleiten auf dem Weg, der vor ihm lag, stimmten alle seinem Griff nach dem Amtsstab zu und alle, selbst seine Tochter, begriffen die Gefahren, die darin bestanden, sich zu verirren, sich als Volkstribun zu gebärden und sich im Beifall der Menge zu suhlen. Sie begriffen das, aber sie würden da sein. Wegweiser wollten sie sein, Erquickung bieten unterwegs. Scine Zweifel schwanden und seine Nachdenklichkeit verging.

Im Schwörhaus wurde ihm der Eid abgenommen, wie es seit undenklichen Zeiten der Brauch war. Auf Kaiser und Bürgerschaft, auf Recht und Religion. Auf Treu und Glauben. Er sprach die Worte langsam und mit Bedacht. Der Probst und der bisherige Bürgermeister nahmen ihm den Eid ab. Gaben ihm Wein in einem Silberpokal, der einzig zu diesem Zweck vor vielen Jahrhunderten gefertigt worden war. Sein Vorgänger, das war deutlich zu bemerken, war mehr als zufrieden, das schwierige Amt in noch schwierigeren Zeiten abgeben zu dürfen. Auch er hatte damals die Eidesformel nicht leichthin gesprochen, sondern voller Selbstzweifel ob des hohen Ideals, die sie ausströmte. Ein Eid war kein leeres Wortgetöse, das man ausstieß und vergaß, es war ein feierliches Versprechen, bindend in dieser und der anderen, höheren Welt. Furchtbar für den, der es brach und eine stete Fessel für den, der es gegeben hatte. Eidbrecher waren Gotteslästerer.

Keines seiner Worte nahm Fürbringer leicht. Als Kaufmann nicht und als Bürgermeister schon gar nicht. Und so lenkte er mit ruhiger Sicherheit die Geschicke des Städtchens. Mit einer Sicherheit, deren Quelle er nicht kannte und über die er sich oft genug wunderte. Denn der Weg, den er einschlug, war neu und ungebahnt. Aber die Menschen folgten ihm bereitwillig und voll tiefen Vertrauens. Auch darüber hörte er nicht auf, sich zu wundern. Hielt die Wundermär von der Befreiung Grünbergs durch sein schlichtes Erscheinen so lange vor? Er selbst sprach nie darüber und wenn man ihm damit kam, lachte er, ließ die Betreffenden einfach stehen. Seine Hoffnung war, dass man irgendwann aufhören würde, davon zu sprechen und das schien auch einzutreffen. Aber die geheimnisvolle Begebenheit damals hatte offensichtlich bewirkt, dass die Leute ihn als ihren Freund betrachteten, nicht als den gestrengen Gebieter. Dazu half auch, dass er sich nicht anders gab als bisher schon. Er arbeitete hart an einer großen Sache und hatte weder Zeit noch Energie für prunkhafte Auftritte. Ganz zu schweigen von unnötigen Geldausgaben. Denn Verschwendung hasste er, wie er den Geiz verabscheute. Im Kontor sah man jetzt öfter seine Frau und auch daran nahm niemand Anstoß, denn sie hatte schon immer ebenso gut Bescheid gewusst über die Geschäfte wie ihr Ehemann. Stickrahmen, Tratsch, Gesindeaufsicht und Kindererziehung hatten ihr nie genügt. Sie war nie die typische Patriziersgattin gewesen, ebenso wie sich ihr Mann nie in die elitäre Herrscherclique eingefügt hatte. Macht hieß Verantwortung und nicht Zugang zu Geld und Titeln. Eine ideale Familie. Eigentlich. Und doch nagten an Fürbringer die Selbstzweifel nicht weniger als an seinem Vorgänger. Sicherlich, er hatte an Katharina ein echtes Gegenüber, jemand der alles mit ihm teilte und die ihn auch mit diesen Zweifeln nicht alleine ließ. Wo sie konnte, half sie ihm, aber manchmal fuhr er schreiend aus dem Schlaf hoch, um dann in der Stube auf und ab zu gehen, wie damals, ehe er sich aufmachte, den Feldherrn zu sprechen.

Gefährlich waren die neuen Wege. Aber welcher Weg war in diesen Zeiten nicht gefährlich? Nichts zu tun, alles hinzunehmen, sich immer nur zu ducken konnte doch auch kein Ausweg sein. Wie viele Dörfer und Städte, die sich allen Herren anbiederten, waren schon in Flammen aufgegangen, dem Erdboden gleichgemacht worden! Sein Weg war das nicht. Das hatte nichts mit Stolz zu tun. Sondern mit der Einsicht, dass alles so bleiben musste, wie es war, wenn es niemand gab, der neue Wege nicht nur vorschlug, sondern auch selbst ging. Und so begann ein Verhandeln und Taktieren, ein Abwägen und Ratschlagen, ein Abstimmen und Anhören. Nicht allein seine Frau brauchte er dringend, sondern jeden verfügbaren Menschen an seiner Seite. Zuvörderst die Ratsherren, aber auch die Zünfte und Gilden, die einfachen Leute ebenso wie die alten Familien. Auch die Stadtgarde. Alle – oder fast alle – bezog er mit ein. Seine Pläne waren kein Geheimnis, was einige Ratsmitglieder irritierte. Macht wird auch durch den Wissensvorsprung erzielt, der bisher den Hochachtbaren Rath vom Gemeinen Mann trennte. Unter Fürbringer fiel diese Trennlinie weg. Das führte natürlich auch dazu, dass sich jeder berufen fühlte, seine Meinung anzubringen. Auch oben und ganz oben. Aber da pendelte sich mit der Zeit ein, indem die Räte und der Bürgermeister feste Zeiten einführten, an denen sie die Bürger empfingen und ihnen nach Gebühr zuhörten. Im Übrigen sorgte der immer noch bestehende Respekt vor der Obrigkeit dafür, dass der Zustrom nicht überhandnahm. Und ja, in Grünberg kannte fast jeder jeden. So unnahbar waren die Oberen auch schon vor Fürbringer nicht gewesen.

Der Ruf der Stadt und seines Oberhauptes sprach sich herum. Von nah und fern kamen Menschen um sich das Neue, das da entstand, oder auch den Wundermann, anzuschauen. Wäre der leidige Krieg nicht gewesen, es hätte noch mehr Zustrom gegeben. Jedenfalls kamen auch welche, und gar nicht so wenige, um zu bleiben. Heimatlose waren das oft. Auch Flüchtlinge. Nicht selten solche, die wegen ihres Glaubens vertrieben worden waren. Manche verdingten sich bei Bürgern, andere brachten genug Geld mit, um sich eigene Häuser zu bauen und eigene Gewerbe zu betreiben. Vieles musste mit den Zünften verhandelt werden; auch mit der Kirche. Aber schließlich einigte man sich und die Allermeisten durften bleiben. So wurde manches bescheidene Haus neu und größer gebaut, die Vorstädte deutlich vergrößert. Davon gab es nur zwei und sie waren nicht durch eine Mauer, sondern durch Palisaden gesichert. Damit waren natürlich auch die Erweiterungen recht unkompliziert zu realisieren. Nicht wenige ließen sich auch in den Dörfern nieder oder in den noch kleineren Städten, die zum Gebiet der Freien Reichsstadt gehörten. Die Gemeinwesen florierten und viele Änderungen hielten Einzug. Das gefiel nicht Jedem. Aber das Vertrauen war stärker als der Unmut.

Dann wurde wider alle Erwartung zu Nürnberg ein Reichstag abgehalten, was Viele nicht für möglich gehalten hatten. Zu sehr verfeindet waren die Parteien, zu viel Hass war entstanden. Aber er fand statt. Und Fürbringer zog hin. Ohne Degen, wie immer, doch mit einigem Gefolge. Nicht prunkvoll, beileibe nicht, aber er konnte schlecht allein vor dem Kaiser erscheinen. Mit viel Brauchtum und Herkommen hatte er schon gebrochen, da tat es nicht Not, die hohen Herren über Gebühr und gleich beim Eintreffen zu verärgern.

Also Nürnberg. Sie zogen durch ein verwüstetes Land unter der Geißel des Krieges. So schwer lag der Schrecken darauf, dass es den Reisenden schier die Luft zum Atmen nahm. Wie ein schwarzer Nebel, ein Brodem der Hölle, bedeckte der Ungeist, die Dummheit der Menschen – alles. Ihr kleines Städtchen war eine helle Insel inmitten tiefster Dunkelheit. Abgeschieden in seinem Tal, fernab aller Handels- und Heerstraßen. Ein Überbleibsel der Welt, wie sie einmal gewesen war und möglicherweise nie wieder werden konnte. Jahrhunderte würde es dauern, diese klaffenden, eiternden, schwärenden Wunden im Angesicht der Erde und in den Seelen der Völker zu heilen.

Fürbringer und die anderen Ratsherren waren ehrlich froh, dass Bastian Dreher samt einigen seiner Gardisten mitgekommen war. Denn vagabundierende, marodierende Banden setzten den ohnehin geschundenen Menschen noch mehr zu. Die Haufen bestanden aus Deserteuren, abgedankten Soldaten, auch gewöhnlichen Räubern und Halsabschneidern. Wären diese nicht gewesen, Fürbringer hätte im Rat ernsthaft vorgeschlagen, die verteidigungstechnisch nutzlose Stadtbefestigung abzutragen und Grünberg planvoll und sauber zu erweitern. Damit wäre schon weithin sichtbar gewesen, dass es keinen Ruhm bringen würde, sich an der wehrlosen Stadt zu vergreifen. Aber wie vielen Dörfern und Kleinstädten hatte das geholfen? Wie viele solcher Siedlungen hatte der Krieg einfach ausradiert! Einer verkommenen, dem Guten verloren gegangenen Soldateska konnte man nicht mit Vernunft oder dem Ehrenkodex kommen. Das stellten die Stadtväter auf ihrem Ritt nach Nürnberg mit großer Ernüchterung fest, ohne dass darüber gesprochen werden musste. Oft genug mussten sie die Nacht unter freiem Himmel oder in einer der vielen Ruinen zubringen, in ihre Mäntel gehüllt, von anderen Zeiten träumend. Wenn sie überhaupt Schlaf fanden. Wachen mussten aufgestellt werden und Fürbringer war im Grunde seines Herzens dankbar, dass alle außer ihm bewaffnet waren. Wenn er es auch niemals zugegeben hätte. Das Land lag da wie tot. Und sie erhofften sich etwas von dem Mann, der für dieses Land und also auch für sein Elend verantwortlich war? Wieder kamen die Zweifel. Aber nun gab es niemand, dem man sich anvertrauen konnte. Nach außen musste der Erste Bürgermeister Stärke zeigen, um seine Begleiter nicht zu entmutigen. Aber heulen hätte er können. Wieder und wieder spürte er das Leid an sich empor kriechen wie giftigen Dunst. So fühlte er sich. Hatte er diesen Wölfen überhaupt irgendetwas anzubieten? Ihnen, die alles verschlangen, was in ihre Nähe kam? Hatten sie den Hauch einer Chance, heil wieder nach Hause zu kommen, zu schweigen vom Erreichen ihrer Ziele? Wie damals, als er auf das feindliche Heer zugegangen war, hoffte Fürbringer auch jetzt allein auf die Ungewöhnlichkeit ihrer Botschaft, auf den Bann der Überraschung. Doch wie leicht konnte man sich verkalkulieren. Und besonders gefährlich, das zeigte ihm dieser Ritt in erbarmungsloser Deutlichkeit, besonders gefährlich war der Glaube an das Gute im Menschen. Und eben dieser war von jeher Triebfeder seines Handelns.

Zum Verzweifeln war es jetzt zu spät. Zum Umkehren auch. Es tat ihm nur leid, dass er Andere mit hineinziehen würde in sein Versagen. Diese arglosen, vertrauensseligen Bürger, die nichts wollten, als ihren Geschäften nachgehen wie immer. Die Früchte ihrer Arbeit genießen; war das denn so vermessen? Nein, er würde es versuchen. Wenn ihnen jetzt kein Erfolg beschieden sein sollte, vielleicht würde ihre Idee, da sie einmal in der Welt war, weiterleben, Wurzel fassen und Früchte treiben. Und außerdem kamen sie nicht, um etwas zu erbitten, sondern um von dem zu berichten was ihnen bereits gelungen war. Bilanz, keine Bitte. Wer keine Ansprüche stellt, ist beliebt bei den Regenten. War also sein Zweifel unbegründet? Das, was er sah, sprach eine eindeutige Sprache. Wortlos, grimmig, niederschmetternd. Sie ritten weiter.

Nürnberg empfing sie durchaus angemessen. Für die meisten von ihnen war der dortige Bürgermeister ein alter Bekannter, der sich auch ehrlich freute, sie zu sehen und sie als Gleiche unter Gleichen begrüßte, was natürlich nur seiner Freundlichkeit geschuldet war. Denn die mächtige Reichsstadt war überhaupt nicht zu vergleichen mit dem bescheidenen Grünberg. Hier verkehrte man ganz selbstverständlich mit Fürsten, denn man war ihnen mindestens ebenbürtig. Und die Kaiser waren regelmäßige Gäste. Dennoch war die Wiedersehensfreude ehrlich und aufrichtig. Keiner hätte es für möglich gehalten, dass das verschlafene Städtchen eine Gesandtschaft schicken würde. Obwohl die Nachricht von den Neuerungen – und auch von dem angeblichen Wunder – längst bis hierher gedrungen war. Ganz im Gegensatz zu den allermeisten der Briefe, die Fürbringer an seinen alten Freund geschrieben hatte. Alle wurden sehr gut untergebracht, bekamen die Gelegenheit, ein Bad zu nehmen und zogen ihre guten Gewänder an, um vor Seiner Römisch Kaiserlichen Majestät zu erscheinen, der sie bereits gemeldet waren.

Länger als eine Woche mussten sie warten, bis man ihnen mitteilte, der Gewaltige würde sie gnädigst am nächsten Tage empfangen. Welcher Art diese Gnade sein könnte, ließ sie insgeheim erzittern. Sie hatten inzwischen all ihre alten Bekanntschaften erneuert und neue geschlossen, als der Befehl kam. Der Weg hinauf zur Burg war kein einfacher. Dass ihnen die Nürnberger und auch viele der auswärtigen Gäste wohlgesonnen waren, würde ihnen da oben nichts nützen. Darüber machten sie sich nicht die geringste Illusion. Und dennoch stiegen sie tapfer empor.

Ihr Erstaunen war groß, als sie in den hallenartigen Saal traten. Nicht nur dass der Kaiser erhöht auf einem Thron saß, unter einem Baldachin und vor einem riesigen Wappenadler, sondern dass tatsächlich alle Kurfürsten anwesend waren, erstaunte sie über die Maßen. Letztere flankierten ihren Herrn zur Rechten und zur Linken. Viele Fürsten und Herren von geringerer Bedeutung waren ebenfalls anwesend. Das allein war sehr erstaunlich. Denn ein tiefer Graben trennte diese Menschen voneinander, schied sie nach Konfessionen und machte sie zu erbittertsten Feinden. Hass und Verachtung pflegten sie aufeinander zu schleudern, Kriegshorden hin und her zu hetzen, das Land zu verderben, ganz gleich, ob sie weltlichen oder geistlichen Standes waren. Fürbringer sah in ihnen nichts anderes als zwei Rudel ausgehungerter Hyänen, die nur darauf warteten, übereinander herzufallen. Oder über jeden, der sich in ihre Nähe wagte. Hier war nicht wirkliches Licht, sondern bloß Blendlaternen gab es und blakende Funzeln, die einen blutigen Schein warfen. Der ganze Glanz des Reiches war nichts, war vergangen. Hier regierte keine Gerechtigkeit mehr, sondern das Recht des Stärkeren. Dennoch beugten die Ankömmlinge das Knie vor der versammelten Macht ihrer Tyrannen und senkten in Demut das Haupt. Freches und stolzes Auftreten hätte nichts genutzt, hätte ihre Mission von Vornherein scheitern lassen. Und vielleicht, vielleicht lebte noch ein kleines Fünklein Menschlichkeit in den steinernen Herzen der Kriegstreiber. In dieser Hoffnung waren die Grünberger hergekommen.

Ein Wink des Kaisers forderte sie auf, sich zu erheben. Lange verharrten sie, bis er ihnen erlaubte, zu sprechen. Knapp und schneidend kam der Befehl, nichts Gutes verheißend. Fürbringer trat vor. Musste sehr an sich halten, dass seine Knie nicht zitterten und seine Hände ruhig blieben. Er war sich keineswegs sicher, ob ihm das tatsächlich gelungen war. Aber er trat vor, verneigte sich nochmals tief in Richtung des Thronsessels und sprach. So klar und laut wie er es eben vermochte und es noch schicklich war:

„Großmächtigster, allergnädigster Kaiser und Herr, durchlauchtigste Kurfürsten, gnädige, erhabene Fürsten und Herren. Wir, Schultheiß, Gericht und Rat des Heiligen Römischen Reiches und Ihro Kaiserlichen Majestät Freier Stadt Grünberg erklären und tun kund dieser erlauchten Versammlung, dass wir unsere Stadt hinfüro nicht mehr werden verteidigen gegenüber Heer und Gewalt. Allein gegen streifende Rotten und Gesindel. Also hat der Rat beschlossen und also sei es. Wir gehören keiner der streitenden Parteien an und keiner Konfession – und beiden zugleich. Wer uns überfällt, kann nicht Ruhm gewinnen, denn er fällt über Wehrlose her. Wir können und wollen nicht teilhaben am Elend dieses Krieges, nicht auch noch zum Schwert greifen, wie alle um uns. Sollte es aber der Wille Gottes sein, dass wir untergehen, nun, so geschehe Sein Wille.“ Wieder fiel Fürbringer auf die Knie und mit ihm alle seine Begleiter. „Machet ein Ende, ihr Herren“, sagte er noch. „Machet ein Ende.“

Unbeweglich thronte der Kaiser, verharrten die Machthaber, knieten die Bürger. Schließlich erhob sich das Oberhaupt des Reiches, das man einmal und vielleicht niemals zu Recht das Heilige genannt hatte. Lange blickte er auf die gebeugten Rücken zu seinen Füßen. In der gleichen Reglosigkeit bleibend, die er für kurze Zeit verlassen hatte. Seine Erstarrung griff über auf alle Anderen im Saal. Die Stille lastete so drückend, dass man meinen konnte, sie hätten aufgehört zu atmen, seien versteinert zu einem gewaltigen Diorama des Hochmuts und Ausgeliefertseins. Das Fehlen jeglicher Lebensäußerung schuf eine bizarre Unwirklichkeit. Ein genaues Abbild der aus der Zeit gefallenen, theatralischen Inszenierung vergangener Herrlichkeit, die man hier zum Besten gab.

Endlich sprach der Kaiser. Wieder dieser scharfe, schneidende Ton, der Befehl, sich zu erheben. Schon fürchteten die Städter, erneut Opfer der Unbeweglichkeit zu werden, da fragte der, den sie den Großmächtigen genannt hatten: „Wir haben gehört von euren Taten. Aber wie geht das zu, dass ihr keiner Konfession angehöret und beiden zugleich?“ „Ganz recht“, warf der Kurfürst von Sachsen ein. „Grünberg ist protestantisch.“ „Majestät“, begann Fürbringer mit einer weiteren Verbeugung. „Allerdurchlauchtigste Fürsten, gnädigste Herren! Schauet, wir haben Menschen aufgenommen, willkommen geheißen in unseren Mauern, die andernorts nicht geduldet waren. Katholiken überwiegend. Auch Juden. Nur undurchsichtig Volk haben wir müssen abweisen. Der Katholischen wurden bald so viel, die in den Vorstädten insonderheit wohnen, dass wir übereinkommen sind, unsere ehrwürdige Stadtkirche gemeinsam zum Lobe des Allerhöchsten zu brauchen. Den einen Sonntag evangelisch, den andern römisch. Wir kommen zurecht, gut zurecht und beinahe alle von uns gehen jeden Sonntag zur Kirche. Was schadet es den Protestanten, wenn sie die Messe hören oder den Katholischen, wenn sie Luthers

Lieder singen? Daher gehören wir keiner Konfession an und beiden zugleich.“

Noch immer stand der Kaiser. „Weiß der Papst davon?“ fragte er knapp, ohne den Blick von seinen Besuchern zu wenden. „Er hat uns“, antwortete Fürbringer, „einen Kardinal-Legaten geschickt im Range eines Bischofs versehen mit Brief und Freiheit. Die Stadtkirche ist zum St. Martins-Dom erhoben und im ganzen Bereich der Freien Stadt siedeln sich Katholiken an, denn selbst in einigen Dörfern und kleineren Städten ist man dem Beispiel gefolgt.“ Da ließ sich der Mächtige auf seinen Thron fallen, krallte die Hände in die Armlehnen. „Fürbringer“, sagte er leise und seine Stimme hatte einen seltsam klagenden Ton. „Du hast mit dem Heiligen Vater geschachert, ohne Uns zu fragen, ohne Uns Nachricht zu geben. Geht eure Freiheit so weit, dass ihr Unser Wappen führt und euch nicht schert um Unsern Kaiserlichen Willen?“ „Majestät, halten zu Gnaden, wir mussten handeln, als die Ersten kamen, konnten nicht um Erlaubnis einkommen. Und dann kamen weitere. Und mehr und immer mehr. Vergebung, erhabenster Herr, wenn wir gefehlt. Auch dass wir allein nach Rom geschrieben und nicht auch Ihro Kaiserlicher Majestät. Aber wir waren – und sind – nicht der Meinung, Verbotenes zu tun. Gott kennt keine Konfession. Das sagt unser Probst, unser Kardinal, unser Rabbiner und selbst der Papst in Rom.“

Wieder langes Schweigen. Keiner der Versammelten tat den Mund auf. Der Kaiser schien in dumpfes Grübeln verfallen zu sein. Das statuenhaft Erstarrte griff wieder um sich. Der Hof Barbarossas im Kyffhäuserberg, verzaubert und verwunschen, konnte kaum anders sich darstellen als dieser Reichstag. „Was ihr getan, Fürbringer“, begann der Herrscher endlich und seine Stimme klang unangenehmer denn je, „was ihr getan, ist eine Ungeheuerlichkeit nie dagewesenen Ausmaßes. Wir könnten dich und deine Pfeffersäcke, wie ihr dasteht in Kerkernacht vermodern lassen. Aber Wir schenken euch Unsere Gnade. Unverdient und unbegreiflich selbst Uns, da Wir es aussprechen. Aber es sei. Was Seine Heiligkeit gutheißen, wollen Wir nicht schelten, obgleich Wir es könnten! Wir geben euch Unsere gnädigsten Privilegii, Freibrief, Siegel und Namensschrift von Unserer eignen Hand und von allen hier Versammelten. Unversehrtheit gebieten Wir und schenken sie euch. Wir sind es leid, Benedikt Fürbringer, allzeit nur über Krieg und Verheerung zu befinden. So geht. Morgen wird euch das Pergament gebracht.“

Erneut warfen sich die Grünberger vor dem Potentaten auf die Knie, Fürbringer sprach seinen Dank aus, den er in diesem Moment auch tatsächlich empfand und unter Verbeugungen verließ die Gruppe den hochgewölbten Saal. Wie Traumwandler gingen sie den Burgberg hinab. Trunken vor Glück betraten sie den Marktplatz, fassten sich alle an den Händen, bildeten einen Kreis, wie Kinder, die ein Spiel spielen oder ihre Freundschaft zeigen wollen. Manchem standen Tränen in den Augen. Im Reiche der Schatten und der allertiefsten Finsternis war das Licht aufgegangen. Selbst der Kaiser, vollkommen verstrickt und verwickelt in Gräuel schlimmster Art war nachdenklich geworden und hatte zugegeben, genug von all dem Widerlichen zu haben. Die Hyänen hatten sich, zumindest einen Moment lang, menschlich gezeigt und ein versteinertes Herz war erweckt worden.

Alles hatten sie gewagt und alles gewonnen, ja mehr als sie zu träumen gewagt hatten. Zwar würde weder der kaiserliche noch der päpstliche Brief eine entfesselte Soldateska bändigen können, das wussten sie. Aber gänzlich wirkungslos würden die Dokumente ganz bestimmt auch nicht sein. Auf Jahrhunderte war ihr Wagnis gebilligt und war damit kein Wagnis mehr. Die Realität, die sie geschaffen hatten, durfte, konnte und würde bleiben.

Nicht im Triumph kehrten sie heim. Denn sie hatten wieder die Lande unter dem Schatten des Todes durchqueren müssen. Das dämpfte ihre Freude schwer und ließ nicht nur bei Fürbringer wieder Zweifel aufkommen. Nacht und Bosheit, Gewalt und Blut, Unrecht und Frevel, das war die Realität. Zwei Pergamente, Siegel, Unterschriften änderten nicht das Geringste daran. Und doch. Dennoch. Irgendwo in dieser giftigen Finsternis musste man doch beginnen, Licht zu machen, sonst würde es bleiben, wie es war. Im Wagnis lag die Lösung, der Ausweg, das Entkommen. Wagnisse einzugehen war das Einzige, was blieb, um nicht an der Gegenwart zu ersticken. Sie hatten es getan und mit jedem Tag, da ihre Stadt bestand würde die Botschaft hinausgetragen. Jedes Hinaustragen ein Lichtstrahl. Jede Nachricht ein bisschen weniger Finsternis. Es ging voran, es lebte, es war ein Wunder. Ein Wunder. Auch Fürbringer sah das so. Was ihn allerdings regelrecht wütend machte, war, dass einige seiner Begleiter ihn mit geradezu heiligem Schauer betrachteten, ihm eine Ehrfurcht entgegenbrachten, die seiner Meinung nach mehr als unangebracht war. Der Nimbus des mit überirdischer Vollmacht Versehenen, den er nach der Sache mit dem Feldherrn mühsam losgeworden war, wurde ihm erneut übergestülpt. Gegen seinen Willen. Noch in Nürnberg fing das an und noch in Nürnberg kam ihm sein alter Freund Bastian Dreher zur Hilfe. „Männer", grollte er eines Abends, als sie in der Ratstrinkstube zusammensaßen, „hört doch auf, unseren Benedikt hier wie ein Wundertier anzugaffen. Glaubt mir, er ist es nicht. Damals, als er zu den Feinden hinausging vor die Mauer, hatte ich Wache, wie ihr wisst. Wollte ihn erst gar nicht gehen lassen. Weißt noch, Fürbringer, was ich dir damals gesagt habe?" Der Angesprochene grinste breit. „Übergeschnappt bist du, das hast du mir gesagt. Erinnere mich noch gut." „Eben." Dreher war vollkommen ernst geblieben. „Und das war ehrlich gemeint. Denn wie ein strahlender Held sah er wahrhaftig nicht aus, unser Wohlachtbarer. Meint ihr nicht, dass einer, dem Gott selbst eine Aufgabe gibt, dem unser Herr sagt: Geh hinaus und Ich will die Feinde vor dir her treiben, meint ihr nicht, dass der ohne Zögern frisch drauflos läuft? So war das aber nicht. Der war sich überhaupt nicht sicher, unser Schultheiß. Recht verzagt sah er aus. Wir kennen uns seit Kindertagen und ich weiß genau wie er ist, wenn er seine Unsicherheit verbergen will. Wisst ihr was? Das Wunder besteht bloß darin, dass er anders denkt als wir. Neue Sachen in Betracht zieht. Er denkt anders, vielleicht sieht er klarer. Wunder? Meinetwegen. Ein Wunder ist unser Verstand, den Gott uns gegeben. Aber wir müssen ihn benutzen und das tut Benedikt. Und jetzt hört auf mit euren Wundergeschichten, sonst werd ich ernstlich böse!" Eine so lange Rede hatte Dreher wohl sein Lebtag noch nicht gehalten. Aber sie war richtig und sie wirkte auch. Als sie zurück kehrten gab es kein Geraune und Geflüstere mehr, keine Wundermär und keine Heiligenverehrung. Die Menschen freuten sich wie die Kinder. Echt und tief war die Freude und ohne das Furunkel übertriebenen Lobpreises.

Grünberg und die zugehörige Umgebung hörte nicht auf, sich zu verändern. Kardinal und Probst wurden gute Freunde, sorgten für die Leute und halfen dem Rat wo sie konnten. Später schloss sich auch der Rabbiner dem Kreis an. Den Juden hatte man angeboten, am Sabbat die Kirche zu nutzen. Aber sie wollten sich ihr eigenes Bethaus, ihre Synagoge bauen. „Eine Kirche bleibt eine Kirche", sagte der Rabbi schmunzelnd. „Für uns will das nicht recht passen." Woraufhin ihm der Kardinal leidenschaftlich und für seine Zeit absolut untypisch widersprach. Von gemeinsamen Wurzeln redete, von Älteren Brüdern und von der Hoffnung – auch er kam dabei ins Schmunzeln – die halsstarrigen Israeliten möchten sich in einem christlichen Gotteshaus endlich doch bekehren.
Der Heiligkeit des Gemäuers wegen. Also wurde die Synagoge gebaut. Nicht in einer Vorstadt, darauf bestand Fürbringer, sondern zentral, am Marktplatz, wo sich glücklicherweise eine passende Möglichkeit fand. Keiner sollte sich zurückgedrängt fühlen, an den Rand gestellt. Das war seine Vision und er freute sich immer wieder, dass die Theologen ihn so mächtig unterstützten. Sicher, es gab

auch Gemurre und Widerspruch. Die Offenheit nach allen Seiten gefiel nicht jedem. Unermüdlich sprach, erklärte, beschwichtigte der Bürgermeister, zeigte klar auf, dass niemand, wirklich Niemand einen Nachteil haben würde. Sagte, dass sogar Kaiser und Papst sich eingelassen hätten auf die neuen Wege. Dass an konfessioneller Enge, Vorurteilen und unbegründetem Hass sich der schreckliche Krieg entzündet habe, den man doch so sehr verabscheute. Man glaubte ihm, vertraute ihm noch und wieder neu. Seit damals, als er im Triumph zum Regierenden gemacht worden war, begleitete ihn das Vertrauen seiner Mitbürger, dass durch die Urkunden der beiden mächtigsten Männer der Welt beinahe ins Unendliche gewachsen war. Nein, von Wundern redete kaum mehr jemand. Aber es war doch offensichtlich, so die verbreitete Meinung, dass diesem Mann alles gelang, was er anfing. Und sei es noch so gewagt und unsicher. Und er hielt immer sein Wort. Politische Spiegelfechtereien und Intrigen waren ihm fremd. Auch hierin war er ein untypischer Vertreter seiner Berufsklasse. Obwohl gleichrangig mit reichsunmittelbaren Fürsten, bewegte er sich nicht auf dem glatten Parkett gewiefter Machtmenschen. Er war noch immer der Kaufmann, der er zuvor gewesen war. Und er leitete das Gemeinwesen nach denselben Grundsätzen wie sein Unternehmen. Offenheit gegen hoch und nieder hatte sich schon immer ausgezahlt. Hatte man das Vertrauen der Menschen, ließen sich bessere Geschäfte machen und Ideen eher durchsetzen, so seltsam sie auch auf den ersten Blick schienen. War man jedoch einmal im Verdacht der Unlauterkeit, wurden die Menschen misstrauisch und alles lief schlechter. So etwas konnte einem wie zähes Pech anhängen. Jahrelang. Jahrzehntelang. Freilich, viele waren so an Verstellung und Lüge gewohnt, dass sie regelrecht erbost waren, wenn man ihnen ins Gesicht sagte, was man dachte oder was man für die Wahrheit hielt. Selbst Hinweise auf Offensichtliches ertrugen manche nur schwer oder überhaupt nicht. Insbesondere die Mächtigen waren so benebelt von Hofschranzen und käuflichen Jasagern, von gewieften Emporkömmlingen und hemmungslosen Ränkeschmieden, dass sie gar nicht mehr wirklich in der Realität lebten, sondern in der Scheinwelt, mit der man sie umgab. Dies war Fürbringer sehr bewusst gewesen und daher wunderte er sich immer noch, immer wieder, dass der Kaiser und die Fürsten ihm und seinen Freunden nicht nur nicht geschadet, sondern sie über jedes Hoffen hinaus unterstützt hatten. War die Majestät ernüchtert durch die Abscheulichkeit des Krieges für die er ein gut Teil Verantwortung trug? Auch er musste ja irgendwie nach Nürnberg gekommen sein und niemand hatte ihm verheimlichen können, wie sehr sein Reich am Boden lag. Alles Blendwerk hat seine Grenzen.

Bei aller Euphorie freilich war das, was die Grünberger taten, noch immer ein Experiment, das jederzeit und auf grausame Weise scheitern konnte. Mehr als einmal waren auch Soldaten vor der Stadt aufgetaucht. Und immer hatte sie die Wucht der Geistlichkeit vertrieben. Während der Probst fragte, ob sie am Tage des Jüngsten Gericht mit blutigen Händen vor Gott erscheinen wollten, hatte der

Kardinal gleich mit Fluch, Kirchenbann, Exkommunikation und ewiger Verdammnis gedroht. Der Rabbiner schließlich warnte vor dem Zorn des Ewigen, der, nach der Heiligen Schrift, jeden Mantel verbrennt, der durch Blut geschleift wird. „Wollt ihr“, donnerte er von der Mauer, „wollt ihr wirklich auf der falschen Seite stehen, wenn Gott sein Friedensreich aufrichtet, wovon Jesaja kündet? Wollt ihr eure Greuel mit in die andere Welt nehmen? Mein ist die Rache, spricht der HERR, ICH will vergelten!“ Verzagt waren die Kriegsknechte, verkommen, ja beinahe entmenscht, wie sie waren, abgezogen.

Mit dem Rabbiner hatte es freilich seine eigene Bewandtnis. Die zwei anderen Theologen traten auf mit den Insignien ihrer Ämter. Bischofsstab und Kardinalspurpur oder schwarzer Talar mit Brustkreuz. Je nachdem, welchem der verfeindeten Machtblöcke der Heerhaufe zuzuordnen war. Gelang die Zuordnung nicht, gingen beide. Baruch ben Simeon hätte eigentlich zu Hause bleiben können. Denn das Erscheinen eines jüdischen Geistlichen entfachte eher den Zorn der Soldateska, brachte ihre ekelhaften Vorurteile ans Licht. Nichts davon geschah vor den Mauern Grünbergs. Denn dieser Mann überragte alle Bürger an Körpergröße und wirkte mit seinem wallenden Kopf und Barthaar, im weiten Mantel ganz wie ein Prophet des Alten Testamentes. Seine Wirkung war enorm und seine Stimme erfüllte das Tal. Einmal rief er die Zehn Gebote in die Weite. Um dann hinzuzufügen: „Siehe, ich habe euch heute vorgelegt den Weg zum Leben und den Weg zum Tode. Wer den Heiligen Worten folgt, wandelt im Segen, wer sie mit Füßen tritt, spricht den Fluch aus über sich selbst. Ich aber und mein Haus, wir wollen dem HERRN dienen!“ Damit verschwand er von der Stadtmauer und auch die Belagerer verschwanden. Schneller, viel schneller als damals bei Fürbringer. Es kam einer Flucht gleich; nein, es war eine Flucht. Unter Zurücklassung vieler, auch wertvoller Dinge gaben die Soldaten ihrem Entsetzen nach vor der schieren Gewalt der Worte. Sie kamen auch nicht wieder und so machten die Grünberger regelrecht Beute. Sogar das Feldherrenzelt mit all seiner kostbaren Ausstattung war aufgegeben worden. Die Bürger wollten dem Rabbi und seiner Gemeinde das Allermeiste von diesen Dingen zukommen lassen, aber der winkte ab, sprach von ungerechtem Gut und ging seiner Wege.

Baruchs imponierende Persönlichkeit führte dazu, dass immer mehr Christen am Sabbat die Synagoge besuchten. Probst und Kardinal eingeschlossen. Häufig trafen sich die drei Theologen zu manchmal hitzigen Diskussionen, die aber an ihrer freundschaftlichen Verbundenheit nicht das Geringste änderten. Auch dazu erschienen die Bürger in wachsender Anzahl, so dass man auf Kirche, Synagoge und Rathaus ausweichen musste. Nein, einer Meinung war man nicht im Reichsstädtchen, wohl aber eines Sinnes.

Selbstverständlich nahm man auch an den gegenseitigen Festen teil. An diesen ganz besonders. Aber Ähnliches, das muss gesagt werden, gab es auch anderswo im Reich. Nur nicht in dieser Geschlossenheit, fast könnte man sagen, in solcher Perfektion.

Indessen prosperierte die Stadt und ihr Umland. Der Rat hatte sogar von einem durch Krieg und Schulden in Not gekommenen Adligen sein an reichsstädtisches Gebiet grenzendes Territorium kaufen können. Sehr groß war es nicht. Aber es umfasste Land, Dörfer, Wälder, Seen, eine Burg und ein Schloss. Eröffnete damit neue Möglichkeiten der Entwicklung und des Wirtschaftens. Manches Dorf besaß zwischenzeitlich einen protestantischen Pastor und einen katholischen Priester, eine nachgeordnete Kleinstadt sogar eine jüdische Gemeinde. Die Herren Patrizier kümmerten sich um Vieles, setzten vertrauenswürdige Leute in wichtige Ämter ein, behielten aber stets die Fäden in der Hand. Vorbei die Zeiten, in denen sich der Magistrat des Monats höchstens einmal im Rathaus versammelt, mehr getrunken als entschieden hatte und im Übrigen Bürgermeistern, Stadtschreibern, Vögten und Dorfschulzen die Arbeit überließ. Auch dafür hatte Fürbringer energisch gesorgt. Dennoch aber wusste man nie, wie lange es noch gutgehen konnte. Denn so schön es einerseits war, dass draußen in der Welt von den Grünberger Wegen und ihren Erfolgen gesprochen wurde, so gefährlich war es auch. Die Lichtstrahlen, die das Dunkel beleuchteten, konnten übelste Schatten erwecken. Je bekannter ihr Städtchen wurde, desto weniger konnte es im Verborgenen bleiben. Nicht nur Neugierige und Neuansiedler wurden von dem Glanz des Besonderen angezogen, sondern auch Glücksritter, Beutemacher und – am Allerschlimmsten – Soldaten. Die unauffällige Behäbigkeit gehörte der Vergangenheit an. Alles konnte man nicht haben. Unbekannt bleiben und Andere für seine Denkweise begeistern. Das ging nicht an. Und der

– wenn auch bescheidene – Wohlstand weckte Begehrlichkeiten. So war es ein Tanz auf dem Vulkan, ein Va-Banque-Spiel, Russisch Roulette. Die Freude konnte abrupt zu Ende sein.

War sie das wirklich? Wir verlassen den vertrauten Boden der Erzählung und begeben uns zur präzisen Sezierarbeit der Geschichtswissenschaft. Mein erster Gedanke war: Zu schön, um wahr zu sein. Natürlich war ich ungeheuer neugierig, ob die Sache einen historischen Kern hatte. Schlug daher im Lexikon unter G nach. Wie Grünberg. Und siehe da. Zwei Städte dieses Namens sind mir ins Netz gegangenen. Aber alles Beifang, der zurück ins Meer darf. Die eine liegt in Hessen, die andere in Schlesien. Keine war je Reichsstadt gewesen und die Beschreibungen passen absolut nicht. Aber Städte verschwinden nicht einfach. Selbst wenn sie zerstört werden nicht. Man baut sie wieder auf, bewahrt sie zumindest im Gedächtnis. Doch niemand konnte mir weiterhelfen. Kein Museum, keine Bibliothek, kein Archiv und keine Datei hatte etwas für mich. Dabei hatte ich so auf die Archive gehofft. Im Vatikan und der Hofburg musste doch etwas zu finden sein. Papst und Kaiser lassen keine bedeutenden Urkunden aufsetzen, die dann auf wundersame Weise beide verschwinden. Nur in einem kleinen Provinzmuseum fand ich – nun ja, eine Brotkrume, einen Trostpreis. Das Fragment einer Steintafel, die den Rest eines Wappens zeigte. Darunter ein Amtsstab, dessen Schaft in einer Schwurhand endete und eine Inschrift: Herr Benedict Fyrbringer, Schuldthay Hier bricht es ab. Wie gesagt, ein Fragment. Man konnte mir nicht sagen, was es einst gewesen war, ein Epitaph, ein Grabstein, eine Hausinschrift, ein Gedenkstein. Man wusste nicht einmal, wo es herkam. Hatte es auf dem Dachboden des alten Schulhauses gefunden. Selbst das Alter war nicht eindeutig bestimmbar. 16., frühes 17. Jahrhundert, möglicherweise. Das ist alles. Mehr habe ich nicht. Historiker würden nüchtern konstatieren, dass es sich bei dieser Quellenlage um eine Sage handelt, die ich da aufgeschnappt hatte. Auf keinen Fall aber um einen geschichtlich verbürgten Bericht. Was nicht belegbar ist, hat nie existiert.

Da wäre ich ehrlich gesagt weniger brutal. Man findet immer wieder Unbekanntes. Gerade darin besteht einer der vielen faszinierenden Seiten historischer Forschung. Aber zugegeben. In unserem speziellen Fall gibt es auch für meinen Geschmack zu viele blinde Flecken.

Wenn man die Erzählung aufmerksam anhört oder liest, würde man sie aus vielerlei Gründen im Kontext des 30jährigen Krieges einordnen. Aber eben, weil so viele Spuren ins Nichts führen, scheint mir, dass man weiter zurückgehen muss. Dass die Geschichte wesentlich älter ist. Mittelalterlich höchstwahrscheinlich. Dann wären wir wirklich im Bereich der Sage. Im Laufe von Jahrhunderten wurde sie wieder und wieder erzählt und immer wieder zeittypisch überformt. Besonders in Epochen, deren Menschen das Geschehen verzweifelt vertraut war.
Das Kriegsgeschehen meine ich. In solchen Zeiten war man besonders empfänglich auch für die Aussage, die Kernaussage, dass nämlich nicht immer alles bleiben muss, wie es ist, dass man durchaus erfolgreich neue Wege gehen

kann. Das könnte meiner Ansicht nach die Einfärbung im Sinne der ersten Hälfte des 17. Jahrhunderts erklären. Und außerdem: Freund Fürbringer würde sagen: Es ist gar nicht so wichtig, ob es so war, wie es da erzählt wird. Wichtig ist der Lichtstrahl, der die Schatten durchbricht. Was hilft es, wenn du Ort und Zeit kennst? Auf den Sinn kommt es an und auf die Botschaft.

Worte können Vieles bewirken. Zum Guten wie zum Bösen. Und die Worte, die ich da aufgeschnappt und aufgeschrieben habe, scheinen mir durchaus Gutes bewirken zu können. Wir müssen nicht unbedingt immer so handeln, wie alle handeln, wie man immer handelt und schon immer gehandelt hat. Wir können Neues wagen, wenn wir Neues denken, anders denken. Auch wenn Grünberg in Wirklichkeit ganz anders hieß oder wenn es nie existiert hat. Selbst dann, wenn das Experiment am Ende doch gescheitert ist und man absichtlich alle Beweise vernichtet haben sollte um alles zu lassen, wie es ist und war und weiter sein soll. Härte, Brutalität, Falschheit, Unmenschlichkeit. Selbst dann können wir Neues wagen. Dann, finde ich, ist es sogar ganz besonders wichtig. Aber, wisst Ihr was? Denkt gefällig selber. Viel Spaß dabei.

Wirkmacht
(Franziska Bauer)

So manches, das schlecht eingerichtet
auf dieser Welt, könnt‘ besser sein.
Wär'man zum Handeln nicht verpflichtet?
S‘ tät Not, man richtet‘s anders ein!
Du meinst, da kann man halt nichts machen?
Du sagst, das ginge dich nichts an?
Bleibst müßig angesichts der Schwachen?
Was du nicht tust, bleibt ungetan!

Kennst du den Sinnsspruch nicht, den alten:
„Was du nicht willst, dass man dir tu,“
(daran sollt man sich tunlichst halten)
„das füg‘ auch keinem andern zu?“

Auch was du nicht tust, zeitigt Folgen.
Es mangelt, wenn du‘s recht bedenkst,
an Freude dir und an Erfolgen,
wenn deine Wirkmacht du verschenkst.

Klangaufgang
(Gerd Jenner)

Es war so vieles zerbrochen. Verloren vieles auf immer. Folge verfehlten Lebensentwurfs vieler Jahrzehnte. Menschen streiften umher. Ohne Zuhause, ohne Wert oder Sprache. Tierlaute krächzend. Suchten verzweifelt nach Nahrung und Schutz für die Nacht. Dämmer ringsum. Gift, Dreck, Angst und Gewalt. Mittendrin die zwei mit dem Kästchen. Dunkles Holz, schöne Klänge. Ein Spielwerk, Wunder schlechthin, brachte Heimat. Ein wenig. Inmitten der Leere, des feindlichen Nichts. Hässliches, Gefährliches schwand im Klang der Musik.

Veränderungsklänge wirkten. Langsam, beharrlich und schön. Selten nur hörten Andere zu. Heimlich, gingen schweigend davon in ihr feindliches Sein. Neue Gedanken tragend in Dreck und Gewalt. Ein Anfang war es.
Dreck und Gewalt aber trieben den Mann davon und die Frau. Schutzmantel der Töne, immer dabei und immer gefährdet. Krankheit kam und Schwäche. Verkriechen im Mauergeviert, wie sterbende Tiere. Die Spieluhr noch einmal aufziehn. Dann - die Nacht.

Ungutes Schweigen am Morgen. Etwas huschte herbei, klein und verwachsen. Ein Mensch. Berührte den Kasten in zögernder Vorsicht, sah die Zwei und ging weg. Rannte, Hilfe zu holen. Menschen, die Anderen halfen! Wie lang war das nicht gewesen! Noch war

Leben in beiden. Im Niederbeugen der Helfer kam in der Menschlichkeit Menschsein zurück. Liedchen konnten sie summen. Töne finden ganz leise, jeder für sich. Dann aber zusammen. Zarte Melodie, geschaffen von allen. Gut waren die Töne, hilfreich auch. Heilsam. Wie die aus dem Kästchen.

Zehn minus Nächstenliebe (Sonja Gruber)

I. Alter Krieg
Die Flugzeuge fliegen heut Nacht tief.
Ich wecke dich.
Das letzte Mal; du warst ein Kind, das schlief.
Ein wilder Bass legt sich über michdichrütteltuns.
Brust wieder klamm.
Du siehst mich nicht – an,
starrst die Wand – ab
krallst die andern
[Kinder].
Die Tür ist aber, hallt.
Wen beschützt du dann?

II. Abschied
Vor mir das Meer.
Dahinter die Berge.
Dahinter die Sonne.
Wo sinkt sie ... hin?
Ein Würmchen taucht auf.
Ein Kratzer, der blinkt.
Es rafft meine Sicht.
Die Platte, die hinkt.
Ist sie im Wasser?
In Rillen sintfließen
die Schlips meiner Riesen.

Darunter ... die Stille.
Die Nadeln, die malten.
Das Bild vom Gebirge,
das spiegelt mir nass.
Die Sonne in Tüchern.
Ich streife sie ab.
Damitten ist's finster.
Nun gleitet mein Hals!
Wieder ich Kind.

III. Ausgewiesen
das zahnige Lachen hinter den Blumen.
zackige Fransen anstatt von … Haaren?
in meinen Augen springen blaue Aufziehkatzen
das Weiße adert
da war ein Name, der verblasst
etwas Tinte rinnt in den Mund
was war so scharf, so … bunt?
dies Gras hat nicht zu wachsen!
außer mir, Außermich … bespuckt
Außenich/-sicht
mein Pass, der Pass … gnadenlos gerupft

IV. Demut
Ich neige mich, sitzend, zu Boden; will ihn
küssen.
Mit jedem Hauch, jedem Widerhauch rückt er,
schwingend;
ein Stückchen
fort.

Ein warmes Loch tut sich, schiebend, auf; nimmt mich,
summend, in sich.
Ich traue mich ..., kauere ... nicht.
Der Torf, den mir der Himmel, tropfend, bringt.
Ganz tief das Licht der Gletscher, taktvoll, sticht.
Die Hand sich schalt und nie mehr ... bricht.
Ich bin, innerstnun, umhüllt.

V. einsam
Ein zerrissener Mond am helllichten Tag.
Unten glänzt das Segel der Nacht.
Der Fahrer hat längst abgedankt.
Ein Strand aus Spiegeln und Smaragd,
die Jagd der Sohlen auf ihr Ziel.
Es klirrt der Brand immerdazu.
Ein suchend Bruder bricht nicht ab.
Ein Schifflein knirscht,
Fata auf dem Fuß.
Im Zwischen nicht
ein Schatten, nicht
ein Gruß.
Trank die Luft das ...
halbe Wasser?

VI. gelocht
Gerippe aus Wolken
ziehen aus allen
Fallen Register
vertilgte Knochen
schnappen nach

mir klopfen die Tropfen
ins offene
Meerschaummaul
woher so getroffen
Betrautes war faul
ich pfeif nichts heraus
mein mausiges Loch

VII. Grenzposse
Aufgeblähte Träume.
Du suchst dein Gesicht.
Geburten versäumen.
Die Grenze verschwimmt.
Schillernde Räume,
die Possen verrichten.
Die ober dir keuchen.
Sie finden deinen ... Reisepass nicht.
Du nickst gegrößentlich.

Grüne Fassade
Efeu-Ahorn-Welle
nehmen nehmen nehmen
Ehe an der Wand
Arme ohne Atem
wo der Flug im Drall verschwand
(die Frucht war durchgebrannt)
wo Rot Gorilla stand
dort hängt heut Mann
(eingelegt in smarte Schachtelstadt)

VIII. Grußlos
Dein zucknicker Kopf.
Der stoßende Blick.
Man liegt dir zu Bock.
Du trittst auf den Fuß.
Dein Herz ist verstopft.
Schütter der Gruß.
Ich knicke ein Stück.
Du fühlst dich recht groß.
Das dünnliche Glück.
Es rüttelt in dir.
Du gibst dich nicht ab.
Der flügge Vampir.
Du wirkst heut so blass.
Ich sag lieber nichts.
Du stürzt mit Veracht.

IX. Hochsitz
Dort sitze ich.
Nur mit einem Stups angelehnt an die Holzwand einer verwaisten Hütte.
Mein Blick also doch
in die Weite,
mein Rücken also doch nicht ...
Die weiße Sonne schneidet Streifen in den kleinen See vor mir.
Wie bin ich hierher/geknickt?
Die Tränen für dich waren
stahlklar,
schossen jede

für sich.
Die Narben in meinem Gesicht, die Krater dort hinten.
Ein Ufer ist nicht in Sicht, es schmilzt in die ... Berge.
Du stehst wohl am Gipfel und …
Ein schroffer Wirbel, der winkt.
Gebrochen ist er jedoch nicht.
Hier sitze ich noch immer und blinzle.
Ein Tropfen springt mir unverseh…
/von der Wimper.
Die Rinne vom Dach ragt durch die Mitte.
Es ist, als klopfte es mich.
Der See indes sinkt ab,
das Bild von dir damit.
Das Bänklein von dir hatte ...
Löcher,
morschte klamm
hinter meinem Stand.
Jetzt, jetzt hält es,
ich strecke mich
nach
ganz unten,
ganz schwingt es,
ganz still.

X. Höhenschwund

Man steckt mir Rosinen in die Augen.
Die Erinnerung an falsche Trauben,
die hingen.
Meine rechte Hand hält mein Herz.
Ganz weg von mir

hängt es.
Ein Ge-lenk-ge-stän-ge bwgt mich.
Keine Finger,
die mehlen.
Neben mir tropft es
Löcher.
Sie waren kernlos.
Ich strecke mich
nach einer Pinzette.
Man rettet, was rostet.

100 Jahre Buße (Harald Birgfeld)

➢Brief an eine Redaktion

In unsrem „Kircheblättle“ las ich die Einleitung oder das Vorwort mit der Überschrift „Grüß Gott“. Ich wäre nicht daran hängen geblieben, wenn mir eine derartige Überschrift nicht besonders naiv vorgekommen wäre, also ich fühlte mich sofort in eine hinterwäldlerische Zeit versetzt und persönlich verunglimpft, eigentlich betroffen. Der Autor brüstete sich noch in einigen Passagen mit vergangenen Zeiten. Die waren mir nicht nur nicht mehr gegenwärtig und in Erinnerung, sondern in keiner Weise erhellend oder gar prägend geblieben und gewesen. Er schrieb: „…tatsächlich zurückblicken und staunen über das Gelungene und Geschaffene, über das Schöne und Erfüllte.“ Der Autor musste meiner Meinung nach im Keller gelebt haben, wenn alles, was mich derzeit aufwühlte, so spurlos an ihm vorbei gegangen war. Sein Text ging dann hurtig weiter: „…denn jetzt blicken wir öfter über den Tellerrand der Seelsorgeeinheit, ja unserer unmittelbaren Heimat hinaus und versuchen für Sie ein Magazin in Form einer Wundertüte zu machen: überraschend, ausgefallen, abweichend, anders.“ So viel Langweiligkeit und Überheblichkeit können mich sehr verärgern, und eine gewisse Zeit möchte ich alle unguten Gefühle unterdrücken. Es kommt dann aber immer wieder in mir hoch, und ich

denke, dass der Autor zu mindesten eine Antwort verdient, die ihn zwar freundlich, aber bestimmt in die Wirklichkeit zurückzuholen versucht. Ich warte also zwei Tage und hoffe, dass sich meine Wut oder mein Ärger
gelegt hat. Doch ich kenne mich nur zu gut. Ich kann warten und warten, aber es baut sich ein immer größerer Druck auf. Dann habe ich einen Einfall, der mich zu milden Worten befähigt. Mit der Bitte, meine E-Mail an die Redaktion
weiter zu reichen schreibe ich also:

Sehr geehrte Redaktion,

danke für Ihren nachbarschaftlichen Gruß durch das Verteilenlassen des „Kircheblättle“. Neugierig habe ich Ihren Beitrag „Grüß Gott“ gelesen. Dazu muss ich gratulieren. Es ist für mich bemerkenswert, dass Sie es mit vielleicht schönen Worten fertigbringen, Ihr Blättle als überraschend, ausgefallen, abweichend, anders darzustellen. Alles, was
geschrieben wurde, würde meiner Meinung nach dem Anspruch gerecht werden, wenn die Überschrift wäre: „Die Gabe mit Zungen zu reden, und nicht die Gabe der prophetischen Rede.“ Ein kleiner Text von mir soll wie ein Gleichnis sein:

➢Opi, glaubst du an #Gott?

Die siebenjährige Enkelin war mit ihrer vierjährigen Schwester aus der Großstadt in dem 7000-Seelenstädtchen bei ihren Großeltern zu Besuch. Der Großvater und die Enkelinnen, gingen gemeinsam spazieren. Die jüngere der beiden klebte mit der Nase an einem mit Kinderschuhen gefüllten Schaufenster und fand helle Begeisterung an Figuren und der kindlichen Deko. Der Großvater und die ältere Enkelin kamen nun an ein Wegkreuz. So etwas kannte sie nicht. Sie fragte: „Opi, was ist das".

Der Großvater: „Das ist eine Stelle, an der man beim Spazierengehen anhalten und Luft holen und an Gott denken kann".

Sie, nach einem Augenblick des Nachdenkens: „Opi, glaubst du an Gott"?

Bei Kindern ist man eigentlich auf eine Frage vorbereitet, die mit „Warum" beginnt. Dann hat der oder die Gefragte noch einen winzigen Augenblick Zeit zur Besinnung. So aber antwortete der Großvater spontan: „Ja". Jetzt kam ihre eigentliche Frage, die lautete natürlich: „Warum"? Nun war der Großvater aber nicht verlegen, sondern sogar ganz froh und antwortete spontan: „Weil ich so nie alleine bin".

Tatsächlich wurde meine E-Mail an die Redaktion weiter gereicht und mir das auch bestätigt. Es ließ mich aber unzufrieden zurück, und ich erkannte, dass nicht die Redaktion mein Problem war, sondern dass die Umstände in denen ich und viele andere Menschen leben, das Problem zu sein scheinen, und komme schnell zu der neuen Erkenntnis, dass auch die Umstände nicht das Problem sind, sondern, dass mein Verhalten unter den herrschenden Umständen für mich zu einer unlösbaren Aufgabe geworden ist.

Inhaltlich war das Kircheblättle bemüht, einen Abriss von Selbstdarstellungen „guter“, „braver“ Bürgerinnen und Bürger und vor allen Dingen der wohlmeinenden Institutionen des Gemeindewesens sowie deren allgemeine Anerkennung und Akzeptanz wiederzugeben. Das war für mich aber ohne wesentliches Interesse.

Mir fiel in dieser Not ein Zeitungsartikel in die Hände. Der Mann und die Frau, die sich darin äußern, haben einen Weg gefunden, den ich beschreiten möchte. Er kann sicher kein Rezept sein, aber vielleicht die Richtung vorgeben.

➢100 Jahre Buße

In jener Nachricht las ich den Bericht des Mannes und der Frau. Sie riefen laut zu 100 Jahren Buße auf. Sie schworen reine Wahrheit, und in ihrer Not beriefen beide sich auf Gott. Sie schrieben:
„Alle kirchlichen Gemeinden, ihre höchsten Obrigkeiten und die Allerniedrigsten und die davor, davor und die davor, verstießen und verstoßen endlos gegen die Gebote Gottes, ohne Wissen oder ganz absichtlich, immer schweigend als ein Schattenchor.

Nun soll es 100 Jahre Buße geben mit den Bitten um Vergebung und Versöhnung. Alle reden nur mit eigenen Worten, um sich zu erbauen, keine, keiner spricht bekennend und baut die Gemeinde auf.

Männer wie die Frauen sollen gleich sein vor dem Herrn, denn sie verstießen gleichermaßen, und als Zeichen ihrer Buße sollen beide 100 Jahre jeden Prunk und jeden Reichtum von sich weisen, sich in Demut hüten vor Begünstigung und Willkür. Nur die Liebe sollen sie behalten, denn der Mensch ist ohne Liebe nichts. Er wäre nur ein tönendes Erz, ohne Herz, und eine klingende Schelle an einer Schwelle".

Von meiner Redaktion wünsche ich mir nicht unbedingt eine Antwort, aber aus meinem Herzen.

Am Ende des Stalkings (Oliver Fahn)

Damit hatte Nikolas nicht gerechnet. Lediglich aus Erzählungen kannte er die von Radka beschriebenen, überaus schrägen Szenen mit ihrem Ex-Partner Gregor. Nikolas hatte mit Radka an jenem sonnenherrlichen Samstag wieder mal ein Date vereinbart. In eine unscheinbare Parkbucht in die Nähe des fahlgelben Mietwohnungsklotzes, in dem Radka wohnte, war er hineingefahren. Dort wartete er gewohnheitsmäßig bis sie nach seinem abgesetzten Anruf mit der kurz-prägnanten Forderung: „Also, ich wäre dann da, komm runter“, tatsächlich in seinem Blickfeld auftauchte. Ohnehin fanden die Treffen nie anders als im Verborgenen statt. Während Nikolas Radka mit Stöckelschuhen, dezent geschminkten Lippen, einer ihrer Gesichtsform völlig angemessenen Sonnenbrille auf sich zukommen sah, veränderte sich plötzlich ihr selbstbewusstes Gangbild, sie verzögerte, als müsse sie sich der Richtigkeit ihrer Schritte rückversichern. Nikolas erkannte lediglich, dass irgendetwas nicht stimmte. Sie stand schon im Begriff, die letzte Straßenkreuzung zu dem Auto von Nikolas hin zu überqueren, da hielt ein Fahrrad mit einem ergrauten Mann, den er nicht sofort identifizieren konnte. Und ja, wie er erfuhr, bei dem Typen auf dem Rad, der Nikolas unverhohlen böse Blicke zurückwarf, handelte sich um Gregor, den er zum ersten Mal leibhaftig erlebte. Der Kerl also, der Radka seit eh und je als sein Eigentum betrachtete. Eine auf Lebenszeit unveräußerliche Sache, eine Habe, ein Ding, das allein ihm gehörte. Mit welch weit aufgerissenen Augen der sich auf seinem Fahrrad gewendet hatte, nur um Nikolas' gewinktes Ich bin da aus dem geöffneten Fahrerfenster mit furchterregender Miene zu quittieren.

„Versprochen, falls ich ihm begegne, halte ich mich im Hintergrund, ich möchte dir ja am Allerwenigsten durch mein Vorgehen schaden, Schatz", hatte Nikolas seiner Radka zugesichert und somit versuchte er jetzt, nachdem er ihr zugewinkt hatte, weil er im ersten Moment überhaupt nicht realisierte, dass Gregor mit dem Rad herangeeilt war, so zu tun, als wäre er ein völlig Unbeteiligter. Und auch Gregor schien die Szene nicht in den wahren Kontext bringen zu können.

Wieder mal ein blöder Gaffer, der meiner auf immer und ewig mir allein gehörende Radka, ungebührliche Blicke schenkt, die ich stellvertretend zurückweisen muss, mochte er gedacht haben.

Es waren Gregors berüchtigten, rein zufälligen Runden um Radkas Block. Und Radka ließ sich bis dato von ihm mit dem Argument einlullen, dass bei ihm der Zufall tatsächlich öfter sein Werk zu verrichten schien, als bei den meisten anderen Leuten. Nikolas litt wie ein Hund, weil er aus dem Augenwinkel doch nicht ausblenden konnte, wie Gregor sie am Bordsteinrand zu seinem Rad herzog und ihr einen Wangenkuss aufdrückte, ihren Schockmoment nutzte, die versteinerte und somit vollkommen wehrlose Radka zu bedrängen.

Hinter seiner Windschutzscheibe erbebte Nikolas. Just als Radka auf ihn zugerannt kam, schob sich Gregor mit seinem Rad dazwischen, das spulte sich in seinem Kopf wieder und wieder ab. Nikolas war seiner Ohnmacht ausgeliefert, musste ertragen, wie Gregor Radka durch allerlei Liebesbekundungen die Zeit ihres Dates für sich beanspruchte. Nikolas kochte innerlich bei der Vorstellung, wie arg verängstigt sie dieser Gregor hatte. Ab dem Zeitpunkt, zu dem sie ihm das Ende ihrer Beziehung verkündet hatte, begann der psychische Terror. Ständige Bombardements mit WhatsApp-Nachrichten, Nötigungen durch Telefonate und wenn Radka nicht ranging, Sturmläuten an ihrer Haustür und wenn das nicht wirkte, die Kieselsteine, die er gegen ihre Balkontüre schmetterte, bis sie, halb im Mitleid, halb in Panik, schlussendlich doch aufmachte. Und sich wieder zu einer Freundschaft überreden ließ, die über die Hintertür bedeutete, er wolle sich erneut an Radka ranmachen.

Warum begreift Radka diesen Mechanismus nicht? Weshalb blockiert sie Gregor nicht und erwirkt ein Annäherungsverbot? Solche Fragen hatte sich Nikolas in den letzten anderthalb Jahren gestellt. Seit eben er an die Stelle von Gregor gerückt war. Nur leider durch dessen notorischen Belästigungen im Geheimen.

Jetzt, während Nikolas schweißüberströmt im Auto saß, sein heutiges Treffen bereits für erledigt betrachtete, hielt er Radka vor, dass sie ihre an Gregor unerwiderte Liebe zu wenig vehement herausstellte. Keine klaren Grenzen setzte, keine Folgen ansprach für den Fall, wenn er auch künftig seine Überschreitungen nicht bleiben ließ. Gregor sprach unvermindert auf Radka ein. Ohne genaue Kenntnis über seinen Widersacher im geparkten Auto zu erlangen, hatte er doch geschafft, Nikolas eifersüchtig zu machen. Wie demütigend diese Szene für Nikolas war! Gregor spielte hier den Platzhirsch und sein Druckmittel funktionierte wunderbar.

Nikolas musste stets funktionieren, als gäbe es ihn nicht. Nicht in dieser Stadt. Nirgendwo, da Gregor sie ausspionieren konnte. Ein neuer Mann an Radkas Seite durfte in seiner Realität nicht vorkommen. Daran hatte sich Nikolas zu halten. Und Nikolas hatte sich auch diesmal wieder Radkas Forderung unterworfen. In der Rolle eines braven Hündchens, der er nun hinter dem Lenkrad in der Parkbucht war, fühlte er sich gegängelt von den Umständen, weil Radka scheinbar nicht fertigbrachte, jene zu beseitigen.

Ein Griff zum Hörer, eine Anzeige, genügend Material hätte sie gesammelt, dachte Nikolas. Doch sein Anstand zu schweigen, wo er anprangern wollte und Gregor am liebsten auf offener Straße zur Rede gestellt und ihn in seinem frauenverachtenden Gebaren gerne ein für alle Mal in die Flucht geschlagen hätte, genau jener Anstand, der Gregor total fremd war, brachte Nikolas ins Hintertreffen. Wie lange sollte er den Wahnsinn noch mitgehen und sich möglichst unauffällig benehmen, wie jetzt gerade im Auto?

Radkas Gehorsam gegenüber Gregor ist pathologisch, er verstärkt die Angriffslust des Angreifers, die Rücksichtslosigkeit des Stalkers, seine vorgebliche Berechtigung auch nach ihrer Trennung ihren Alltag zu durchwandern, überlegte Nikolas weiter.

Eigentlich war Radka eine Powerfrau mit Grips, leider nur mit Emotionen, die sie gelernt hatte zurückzunehmen, um sich vor der Übergriffigkeit von Gregor zu verschanzen. Dies bekam Nikolas zu spüren. Auch hinter seiner wohlmeinenden Art witterte sie eine düstere Seite. Radka kannte weder ihre eigene Größe, noch traute sie den Dimensionen von Nikolas' Liebe. Der versuchte sie darin zu schulen, anzunehmen, was in ihr steckt. Doch damit stiftete er Skepsis. Das waren Radka doch noch allzu unbekannte Gewässer, aus denen Nikolas Komplimente fischte. Der fortlaufend sie unterschätzende und ihr das regelmäßig preisgebende Gregor bequatschte sie nun mit einseitig guter Laune, während Radka ihren Mund verzog und sichtlich eingeschüchtert dreinschaute. Die feinen Antennen von Nikolas für seine über alles geliebte Radka reichten selbst in der beiläufigen Beobachtung, die seine Augenwinkel zuließen, um ihre bittere Not auszumachen. Und aus ebensolcher Liebe vermied er prompt auszusteigen und einen längst überfälligen Eklat zu provozieren.

Nikolas hörte in seinen Gedanken die
Gespräche mit Gregor, die ihm
Radka wiederkehrend nacherzählte.

Lass es uns doch noch einmal miteinander probieren. Wir können uns für heute verabreden. Mein Sohn Lukas würde so gerne wieder deine Tochter Aileen treffen.

Jene Tochter Aileen war gemeint, die Gregor nach Strich und Faden erniedrigt hatte durch missbilligende Hinweise auf ihr Gewicht und seine strikten Vorstellungen davon, was ein Mädchen ihres pubertären Alters zu tun und zu lassen hätte. Einst lebten sie unter einem Dach. Radka, Aileen, Gregors Sohn Lukas im vierzehntägigen Zyklus eines Wochenendvaters, alles unter der puren Kontrolle seiner zwanghaften Vorstellung wie ein Haushalt unter der Ägide eines männlichen Herrschers zu funktionieren hätte.

Während Nikolas hilflos im Auto saß und ohne Ziel an seinem Radio herumdrehte, fiel ihm ein, dass Gregors Vater – so wusste er von Radka – früher einfach Teller aus dem Fenster geschmissen hatte, wenn ihm das Essen nicht geschmeckt hatte. Jenen Jähzorn hatte er seinem damals kleinen Gregor genetisch eingepflanzt. Bevor Radka überhaupt Interesse an Nikolas verspürte, hatte sie ihn kumpelhaft eingeweiht in die Widrigkeiten ihrer Patchworkfamilie ein. Damals sah Nikolas weder eine Berechtigung etwas zu unternehmen, noch das Leid unter dem Regime Gregors anzuprangern. Eine Regentschaft, von der Nikolas inzwischen wusste, dass unter ihr nicht nur Radka, sondern auch die Kinder litten.

Während Nikolas zunehmend in Rage geriet, mit den Schenkeln wippte und hoffte, Radka könne sich demnächst endlich von Gregor loseisen, überlegte er, wie er je aus seiner Rolle des Inkognitos herauswachsen sollte. Glühend heiß schossen ihm alle möglichen, vor allem Gregor betreffende Gedanken durch den Kopf. Und inwieweit Nikolas' eigene Loyalität gehen dürfe, ob sie nicht eher fördere, dass sich Gregor so ausdauernd und dermaßen perfide in Radkas Leben hineinschlich. Er wollte sie sich jederzeit und unverzüglich verfügbar halten.

Erst am Samstag zuvor hatte Gregor Radka rein zufällig im Schrebergarten ihrer Tante beim Gießen überrascht. Sein Besuch war wie eine Drohung über sie hereingebrochen. Eine Demonstration seiner Omnipräsenz.

In seinem Auto sitzend, Gregor auf dem Rad und Radka mit weichen Knien unter ihrem kurzen Kleid, erinnerte sich Nikolas, wie sie klagte: Und plötzlich hat er sich neben mich auf die Liege gelegt und meine Beine gestreichelt.

Was soll ich mir noch alles gefallen lassen, brodelte es in Nikolas' Gedanken, die seine sämtlichen Glieder in Alarmbereitschaft versetzten. Den Kampfmodus musste er ersticken, denn seine Hand fasste schon nach dem Türgriff. Argwöhnisch begutachtete Nikolas, wie Gregor es auch jetzt gelang, ihre begrenzten Mußestunden noch weiter zu beschneiden. Der begrenzte und verzögerte und vergällte bislang ungeahndet die beiderseitige Vorfreude von Radka und Nikolas auf ihr eigentliches Treffen.

Endlich ließ er ab.

Radka hatte sich zu ihrer Wohnung zurückbegeben, indem sie Gregor erklärte, sie hätte noch einen Schlüssel vergessen. Nikolas hatte nie wirklich verstanden, weshalb sie ihm das alles darlegte, obwohl sie ihm keinerlei Erklärungen schuldete. Es war aus und vorbei zwischen ihnen. Radka rief Nikolas an. Sagte, sie müsse in die Wohnung hinauf. Sich einige Minuten sammeln und verschnaufen, verarbeiten, was gerade geschehen war, in diesem surrealen Streifen namens Leben.

„Der Spuk ist vorbei", tröstete Nikolas. Doch so sehr sie im Gegenzug beteuerte, ab sofort müsse sie Gregor in die Schranken weisen, so genau wusste Nikolas, sie würde einknicken, sobald der wieder die Knöpfe drücken werde, die er zu bedienen verstand, um sie bei nächstbester Gelegenheit zu erweichen.

Während Nikolas nun konsterniert bei verdorbener Laune auf sein Steuer trommelte, ließ er die Schilderungen Radkas, die plausibel klangen und dringend zur Anzeige gebracht werden mussten, Revue passieren. Gregor war keineswegs ein unbeschriebenes Blatt. Bereits ein paar seiner Verflossenen hatten sich vormals zusammengerottet und ein Annäherungsverbot erwirkt, weil er nie anders als penetrant seine Geliebten verfolgte.

Radka – das konnte Nikolas ihm nie verzeihen – hatte Gregor in seinem Suff verprügelt. Sie hatte die blauen Flecken auf Fotos dokumentiert, ärztlich bestätigen lassen, als es aber dann um die Anzeige bei der Polizei ging, einen Rückzieher gemacht, zur Entlastung des Täters gelogen. Ihre Tochter Aileen hatte er zu einem netten, in seiner Gegenwart nie Widerstand leistenden Mädchen geformt. Alles, was um Gregor herum geschah, manipulierte er zu seinem zweckdienlichen Werkzeug, machte aus menschlichen Wesen Marionetten, die nach seiner Pfeife tanzen mussten.

Radkas Anruf riss Nikolas aus seinen Grübeleien: „Mein Sohn wird mich ans andere Ende der Stadt bringen müssen. Du kennst sein Auto, fahr uns einfach hinterher." Nikolas nahm unverzüglich die Fährte auf, nachdem Radka mit vorsichtigen Blicken bei ihrem Sohn eingestiegen war. Alles war darauf ausgerichtet, dass Gregor kein Treffen witterte, keine Affäre oder eine wahrlich liebevolle Beziehung, wie sie Nikolas zu Radka pflegte. Wie sollte sich Nikolas unter den Bedingungen, die Gregor heraufbeschwor, nicht instrumentalisiert und ausgebeutet vorkommen?

Mann, hatte Nikolas dieses Versteckspiel mittlerweile satt. Dachte Nikolas während er durch die verwinkelten Gassen kurvte. Und selbst beim Wort verwinkelt musste er Gregor in seine Gedanken integrieren. Der hatte doch einen Nachnamen, der irgendwie in enger Verwandtschaft mit Winkel stand. Wie oft hatte Nikolas stumm neben Radka gesessen und lediglich mit dem Kopf geschüttelt, wenn sie mit zittriger Stimme und trockener Kehle doch wieder ranging, wenn er anrief. Immer verlief dann der restliche, eigentlich ihrer Zweisamkeit gehörende Abend mit

Rekapitulationen über das Ansinnen Gregors. Gregor, der schon längst Geschichte sein sollte, mischte sich kontinuierlich in ihre Beziehung ein.

Welche Wechselbäder Nikolas erlebte! Während er sich im städtischen Verkehr dicht an die Stoßstange von Radkas Sohn heftete, fiel ihm ihre geistige Ebenbürtigkeit ein. Wie sie beide, Nikolas und Radka, gegenseitig ihren Wissensdurst aneinander stillen konnten. Phänomenal, jene Zuneigung in künstlerischer Hinsicht, die nur ein Aspekt war, ein Pfeiler im Fundament ihrer tiefen Bedeutsamkeit füreinander …

Und Gregor hatte nichts Besseres zu tun, als seine LKW-Touren für einen großen Konzern danach zu planen, wie er Radka auf seiner Arbeitsstrecke mit seinem Brummi begegnen konnte. Bei jedem entgegenkommendem LKW meinte Nikolas Gregor aufblenden zu sehen und er hörte auch den Piepton der Nachricht, die er ihr im Anschluss sendete, um sich bei ihr auf dem Balkon auf ein Glas Wein oder zu einem Besuch ihrer ehemals gemeinsamen Katzen einzuladen.

Lauter Vorwände um sie zurückzuerobern, fadenscheinige Alibis, mit denen er seine ganze Hand nach Radkas kleinem Finger ausstreckte. So verseucht waren Nikolas' Gedanken bereits von dem besagten Gregor, so arg hatte er sich bereits durch die fiktiven Auseinandersetzungen mit dem Typen identifiziert und in diesen Mann verstiegen. Und wie gefangen war Radka noch an Gregors kurzer Leine, dass sie seinem Bekenntnis Glauben schenkte, sein selbst für Außenstehende klar ersichtliches Stalking wäre der Zufall höchstpersönlich?

Radkas Sohn bremste an einer Ampel. Nikolas tat es ihm gleich. Unterdessen bewertete er, wie ihm Radkas Gutgläubigkeit allmählich auf die Nerven ging. Ihre Blindheit war für Nikolas verstörend. Wie konnte sie nur die Bilder, auf denen die Schläge von Gregor so genau protokolliert waren, in der Schublade verkommen lassen? Während die Ampel umschaltete und seine Reifen beim Anfahren leicht quietschten, ärgerte er sich abermals, dass sie bei der polizeilichen Vernehmung den Sachverhalt geleugnet und ihn damit – nach allem, was er ihr angetan und wie er sie zugerichtet hatte – noch gedeckt hatte.

„Bestie"; sagte Nikolas in den Rückspiegel hinein.

Sie wäre von der Treppe gefallen, war ihre verbreitete Version über die Fotos, die sie auch bei mehreren Bekannten hinterlegte, wovon irgendjemand sie der Polizei übergeben hatte. Oder der Arzt. Gewiss er, dachte Nikolas nun, nachdem er sich intensiv mit dem Fortgang der Bilder beschäftigt hatte. Und bei augenblicklich ruhiger Fahrt schrie er dann wie von Sinnen: „Er hat sie verdroschen. Meine Radka! Warum jener überbordende Täterschutz? Wozu diese Treue zu Gregor, wenngleich sie mir gegenüber verschlossen bleibt, reserviert, obwohl oder vielleicht gerade, weil ich ein gutmütiger Mann bin?"

Als würde Radkas Sohn Emilio an Nikolas ein Diebesgut übergeben, stieg sie in einer Nebenstraße um. Dieser Gregor brachte also ein Trio dazu, dass es quer durch die

Stadt fuhr und einen entsprechenden Ort suchte, wo die Übergabe einer Frau von Radkas Format stattfinden konnte. Diese Geheimnistuerei, nur weil Gregor nicht damit umgehen konnte, dass seine Beziehung mit Radka passé war.

Während der gesamten Überlandfahrt hielt Nikolas Radkas Hand und streichelte nebenher mit seinen besänftigten Worten ihre Seele. Mehr schlecht als recht.

Sie wirkte verstockt, in sich gekehrt, überhaupt nicht zugänglich für Nikolas. Vereint suchten sie im Idyll der Felder auf einer Picknickdecke ein Stückchen Normalität. Die Sonne strahlte, doch erhellte auch sie Radkas geschundenes Gemüt nicht. Wenigstens nicht nachhaltig. Nach dem Zwischenstopp erreichten sie schlussendlich die Wohnung von Nikolas. Doch in seinem behüteten Heim, das von Wänden umzingelt war, in die sich Gregor keinen legalen Zugang verschaffen konnte, betrieb er weiterhin Telefonterror. Postwendend belästigte er die vom Vorfall noch schockierte Radka.

„Noch in unseren intimsten Stunden", ereiferte sich Nikolas, der weder ein noch aus wusste. „Immerhin gehst du jetzt nicht ran", lobte er Radka, „doch sag mir, warum bringst du es nicht zustande, Gregor zumindest dabei zu blockieren?", fragte er gleich hinterher. Seine Frage blieb ohne Antwort.

Nikolas kam es so vor, als hätte Radka gegenüber Gregor ein schlechtes Gewissen. Eine Nikolas' Dafürhalten völlig unangebrachte Pietät. „So kann es nicht weitergehen", wetterte er in dem Dämmerlicht der jalousieverhangenen Wohnung, die aus den Kerzen ihre Romantik bezog, die nun gänzlich vernichtet war. „Wenn du wegen deiner prägenden Vorerfahrungen Gregors überaus penetrante Annäherungsversuche nicht strikt genug ablehnen kannst und ihn überzeugend abwimmeln wirst, dann muss ich tätig werden."

Selbstverständlich behagte Nikolas die Stellvertreterrolle nicht, aber wie lange sollte er sich das von Gregor noch gefallen lassen? Seinetwegen wollte er nicht dauerhaft eine Schattenbeziehung mit Radka führen und so tun, als gäbe es ihn nicht, während Gregor so tat, als wäre er noch immer mit ihr liiert und Radka ihn durch ihre Milde und dem Angebot einer Freundschaft gewähren ließ. Dieser Aufenthalt bei Nikolas mit einer durchweg in angstvollen Gedanken verstrickten Radka zeigte ihm, wie dringend etwas geschehen müsse. Nachdem sie auf der Heimfahrt fast wortlos durchs Umland gefahren und die hügeligen Kilometer in Bedrückung verflogen waren, in dem Empfinden, von Gregor der Leichtigkeit beraubt und hinter den Möglichkeiten eines atmosphärischen Zusammentreffens zurückgeblieben zu sein, kam der Höhepunkt des Tiefgangs ab dem Ortseingangsschild von Radkas Wohnort. Gänzlich unzugänglich wurde sie.

„Was ist?", erkundigte sich Nikolas, der über die Mittelkonsole hinweg ihren Oberschenkel streichelte.

„Ach, weißt du, ich überlege, wo du mich am besten ablässt, damit ich ungehindert in meine Wohnung komme.“ Wieder einmal würde eine Kurznachricht nach Radkas Aussteigen und Nikolas’ Bangen, sofern sie ohne Zwischenfall in ihrer Wohnung ankommen war – ohne dass die Zufälligkeit von Gregors Touren neuerdings gegen sie würfelte und er sie abermals unterwegs aufhielt – den fortgeschrittenen Abend beschließen und Nikolas von seinen Sorgen erlösen. Alles gutgegangen, würde der absehbare Inhalt lauten. Doch noch auf den letzten Metern im Slalom der beidseitig eng beparkten Anliegerstraße, bevor er Radka ausließ, kamen nach dem heutigen Ereignis Beklemmungen in Nikolas auf.

„Gib mir den Abschiedskuss schon hier“, hatte sie ihn routinemäßig einige Straßenzüge vorher schon verabschiedet, um ja kein unnötiges Aufsehen zu erregen und ergänzt: „Das Treffen am morgigen Sonntag lassen wir besser ausfallen.“ Und als Nikolas beim Anhalten am Wegrand ein enttäuschtes Gesicht machte, schickte Radka hinterher: „Meine Söhne haben für morgen eine Grillparty anberaumt und für die wenigen Stunden unserer Zweisamkeit lohnt es sich nicht für dich zu kommen.“

Am Tag danach fällt wieder alles ins Wasser, weil sie traumatisiert ist durch Gregor und seine engmaschigen Kontrollen. Was er ihr zufügt, das beschädigt sie. Sie darf kein Opfer seiner fehlenden Akzeptanz werden. Aber von selbst wird er nie darauf kommen, dass er das Verfallsdatum ihrer abgelaufenen Beziehung übersehen hat.

Nikolas weinte sich wie ein kleines Kind durch die folgende Nacht in seiner einsamen Wohnung. Jedes Mal aufs Neue war Radkas Weigerung bei ihm zu übernachten ein Schlag ins Gesicht. Und doch hatte Nikolas auch Gregor zu verdanken, dass Radka mit Zärtlichkeiten kaum umgehen konnte. Nikolas wollte nicht den Kredit für Gregors Versagen tragen. Und doch musste er das. Die Laken waren in dieser Nacht besonders kalt, sein Kopf schwer wie nie zuvor, beladen von der Last seiner Hilflosigkeit. Im Andrang der Dämonen seiner geballten Schlaflosigkeit fühlte er sich berufen und befugt, gegen Gregor zu agieren.

Aber was ist, solange Radka mir kein dafür Okay gibt, fragte eine zweite, seine eigene, widerstreitende Stimme. Nikolas war Radkas Wärme beraubt. Von Gregor, dessentwegen ihre Emotionen verkümmert waren wie ein zu selten trainierter Muskel. Nikolas wälzte sich in den Laken, überall juckte und kratzte es. Radkas rückhaltloser Achtsamkeitsmodus bezüglich Gregors Spionagegebaren übertrug sich auch auf ihn.

Wo wird er Radka noch überall auflauern, auf welche Weise sie ausspähen, wenn ich dem ganzen Getue nicht endgültig einen Riegel vorschiebe, sinnierte Nikolas, nachdem er sich seitwärts aus dem Bett gedreht hatte und in seine bereitstehenden Pantoffeln hineingeschlüpft war.

Nicht nur die Serie seiner schlaflosen Nächte wurmten Nikolas. Die Tatsache, dass Radka neulich erst darüber benachrichtigt worden war, einen literarisch nicht unbedeutenden Award gewonnen zu haben, machte sie vor Nikolas noch mächtiger, noch attraktiver. Und somit war ihm noch unvorstellbarer wie eine Frau, so klug, andererseits daran scheiterte, einem Mann von Gregors Kaliber eine unmissverständliche, in seinem Gedächtnis für alle Zeit ankernde Abfuhr zu erteilen. Nikolas erlebte sich, nachdem er ins Badezimmer gegangen war und die Proportionen seines Gesichtes durchaus mit Wohlwollen betrachtet hatte, in einer Stimmung, die ihm bewusst machte, etwas müsse geschehen. Er durfte sich nicht länger als Mann zweiter Klasse behandeln lassen.

Was sendet sie an ihn für eine Botschaft, wenn Gregors Nachname noch immer hinter dem von Radka auf dem Klingelschild ihrer vormals gemeinsamen Wohnung steht? Wie oft habe ich ihr angeboten, ihn zu entfernen, falls sie selbst es nicht kann. Doch nichts geschieht. Was für eine lächerliche Vorstellung, welch traurige, mich in Mitleidenschaft ziehende Darbietung. Mitleid hat sie scheinbar nur für ihn, doch den Kreis ihrer Hörigkeit werde ich durchbrechen, schwor sich Nikolas, als er soeben Wangen und Stirn mit frischem Wasser auf einem Waschlappen belebt hatte. Nikolas fühlte sich fit, er war bereit. Und das Foto in ihrem Flur. Führt sie mich an der Nase herum, wenn sie behauptet, dieses Porträt aus dem Urlaub hinge nur wegen der Kinder Lukas und Aileen dort und nicht, damit Gregor noch immer ein Stück weit ihres Lebens beziehen kann. Ist ihre Okkupation seitens Gregor nicht auch ein bisschen hausgemacht? Bei seinen gedanklichen Konfrontationen geriet er in einen Zorn, den er gerade jetzt als förderlich empfand und dankend annahm.

Wie ein Richter, der die Schuldverhältnisse aufs Exakteste eruieren muss, kam sich Nikolas nun vor. Wie ihn das fuchste! Gregor belagerte sie so mühelos, obwohl er doch durch seine Gewalt gegen Radka jegliche Rechte an ihrer Gesellschaft verwirkt haben hätte müssen.

Nun zückte Nikolas sein altmodisches, aber für Notizen zweckdienliches Handy, das, was man heutzutage einen Knochen nennt. Und begann zu strahlen, ein kräftiges, beide Mundwinkel einbeziehendes Lächeln. „Genügend Daten über Gregor habe ich gesammelt, Informationen akribisch zusammengetragen, alles, was Radka mir erzählt hat, weil sie es belastet, jedoch nicht imstande ist, es zur Anzeige zu bringen." Diese eine Datei las Nikolas wieder und wieder, auf- und abgehend in seinem Büro, mit der Genugtuung eines himmelschreienden Belastungsmaterials in der Hinterhand.

Aufgewühlt und übermannt von seinen Fantasien, die er zum jetzigen Zeitpunkt als höchst ausgegoren empfand, machte er sich daran, Gregors Firma über dessen Alkoholeskapaden und Gewaltexzesse in Kenntnis zu setzen, einen Alkoholtest bei ihm anzuraten, anonym; und vorerst nur angedacht. Nikolas malte sich aus, welche Argumente er vorschieben konnte, wie er Gregors Betrieb mit Konsequenzen drohen könne, falls nichts geschehe und seine Warnungen schlicht ignoriert werden würden. In den Medien in ein schlechtes Licht gerückt war ein ortsansässiges Unternehmen rasch. Das zwang zur Handlung. „Aber nein“, bremste er sich in seiner feigen Methode.

Nikolas wählte auf seinem Handy alternativ und in real die Nummer der zuständigen Polizeidirektion und wartete mit bewusst regulierten Atemzügen, bis ein Herr Heumann sich am anderen Ende der Leitung meldete. „Was kann ich für Sie tun?“, so seine erste Frage.

„Nikolas Bremer hier. Wozu mit dem Versteckspiel weitermachen?“ „Was können wir für Sie unternehmen?“, fragte Herr Heumann verdutzt.

Nikolas gab ihm den vollständigen Namen von Gregor, gegen den – wie gesagt – bereits frühere Delikte vorlagen, nachdem seine Ex-Geliebten mit sich gerungen hatten, ihn endlich wegen Stalkings anzuzeigen. Diese Taten untermauerten die Glaubwürdigkeit von Nikolas.

„Ich kann Ihnen zusagen, wir werden Ihr Anliegen ernst nehmen und Sie zu gegebener Zeit benachrichtigen, Herr Bremer“, sicherte Herr Heumann zu.

Eines Morgens, noch in den weitgehend von Dunkelheit eingehüllten Stunden, kam eine Streife in geheimer Mission an die Pforte. Das Duo aus Heumann und einer Kollegin. „Wir haben einen begründeten Verdacht, wenn Sie hier bitte einmal in das Röhrchen pusten“, ordnete Heumann an, nachdem er Gregor am Hoftor vor dem Aufbruch zu seiner Tour aus seiner Führerkabine herausdirigiert hatte. Der Restalkohol vom Vortag, denn er betrank sich Nacht für Nacht, reichte, der Test schlug prompt an. Seinen Job war er selbstredend los.

In einem langwierigen Prozess, zu dem auch Radka vorgeladen wurde, rückte sie heraus mit dem Belastungsmaterial der Schläge. Glücklicherweise verjährt gefährliche Körperverletzung nicht so eilends und Gregors obendrauf addiertes Vorstrafenregister genügte für einen unmissverständlichen Denkzettel. Radkas Zeugenaussage war sozusagen der Tropfen auf den heißen Stein. Das Elend all der unterdrückten Frauen wurde gesühnt, indem Gregor für sein viehisches Vorgehen letztendlich eingebuchtet wurde. Über die Zeit seines Gefängnisaufenthaltes hinaus musste Gregor einen streng kontrollierten Alkoholentzug absolvieren. Der wurde ihm auferlegt und war Bedingung, nach dem eingeschränkten Kontakt zu seinem Sohn Lukas – lediglich in Gegenwart einer Person des Jugendamtes – ihn je wieder ohne Aufsicht sehen zu dürfen. Und das stand ohnehin in den Sternen. Nicht selten hatte er auch Lukas mit Ohrfeigen gezüchtigt.

„Immerhin hält er sich an das Annäherungsverbot zu dir. Das bestärkt mich in meiner Überzeugung, dass ich zu deinem Wohle viel früher hätte eingreifen sollen“, sagte Nikolas, während er Radka, die nun endlich ohne Fluchtgedanken neben ihm nächtigen konnte, den Rücken streichelte. Es lagen Monate hinter ihnen, in denen Radka die Vorfälle reflektiert und über ihre damaligen Reaktionen und Interpretationen der psychischen und physischen Gewalt nachgedacht hatte. Sie war inzwischen soweit gereift, dass sie die ehrliche Liebe von Nikolas als ein Geschenk annehmen konnte, das sie zuvor ausdauernd zurückgewiesen hatte, weil es ihr jederzeit zu eng geworden war, sobald er etwas mehr Zeit oder zwischenmenschliche Wärme von ihr beanspruchen wollte. Es war die Bürde aus der Beziehung mit Gregor, der sie unentwegt erdrückt hatte. Nikolas versuchte Radka durch sein Vorbild zu lehren, worin der Unterschied zwischen einer soliden partnerschaftlichen Fürsorge und der skrupellosen Inbesitznahme eines Menschen bestand. Ihre Muster zu erkennen bedeutete für Radka in der Folge, jenseits der früheren Entwürdigungen das Tor zu ihren Freiräumen immer weiter aufzustoßen. Während Radka Nikolas ihre Zuneigung bis dato durch ihren Fleiß und Einsatz, also durch strikte Leistungen demonstriert hatte, konnte sie mittlerweile auch aktiv wahre Nähe geben.

Voller Stolz konnte sie jetzt, da sie erneut zu den Preisträgern bei einem noch prestigeträchtigeren Literaturwettbewerb zählte, Nikolas zu dem Galaabend mitnehmen. Da er ihr ohne jeden Zweifel immer wieder gespiegelt hatte, was in ihr steckt, was für eine tolle Frau sie in seinen Augen ist, sagte sie voller Inbrunst, als sie von der Moderatorin nach ihrer Kraftquelle fürs Schreiben gefragt wurde: „Hier vorne, dort unten am Tisch sitzt er, mein Kraftgeber. In den schwierigen Zeiten war er mein Motor, er hat mich betrieben, wenn bei mir nichts mehr ging,

Nachsicht mit mir gezeigt, wenn andere nur noch Geringschätzung für mich übriggehabt hätten."

Nikolas verscheuchte während des Festaktes zu Radkas Ehren die Gedanken an Gregor. In Rührung blickte Nikolas zurück auf die Entwicklung, die sie beide gemeinsam durch die schweren Monate gemacht hatten, in denen sie gewachsen waren, wie sie es als Paar ohne diese Widerstände nie gekonnt hätten.

Radka las auf der Bühne noch ihre Siegergeschichte, bei der sie in jedes einzelne Wort das Gewicht einer umfänglichen Romanwelt hineinpackte. Eine Geschichte, die von einem behinderten Jungen handelte, der seine Betreuerin dazu bringen wollte, ihr einmal Rilke rezitieren zu dürfen. Hatte nicht Radka unter einer vergleichbaren Ohnmacht gelitten, aus der sie sich befreien musste und nur durch Nikolas und durchs Schreiben befreien konnte? Nach jener völlig authentischen Story, die auf den Stühlen der Zuhörerschaft reihenweise Bestürzung auslöste, gab es stehende Ovationen für Radka. Vor dieser Sympathie- und Hoffnungsträgerin für andere Frauen in ähnlichen Situationen, denen sie den Mut zur Sprache vermittelte, ging Nikolas auf die Knie, unmittelbar nachdem sie von der Bühne abgetreten war.

„Danke für unseren Zusammenhalt", sagte Nikolas, so stimmgewaltig, dass auch ohne Mikrofon allesamt seine Lobeshymne zur Kenntnis nahmen.

„Kannst du dir vorstellen, dass du mein Mann wirst, Nikolas?", fragte die tränenüberströmte, von ihren

Gefühlen überwältigte Radka, die zuvor so oft einer abermaligen Ehe nach zwei gescheiterten abgeschworen hatte.

Und als ob man dieser Begebenheit noch eine Krone hätte aufsetzen müssen, wartete im Anschluss ein Verleger. Der fragte an: „Können Sie sich vorstellen für meinen Verlag einen Essay zu schreiben? Gegen einen beträchtlichen Vorschuss versteht sich."

Er bemerkte, welche Lebensgeschichte hinter dieser Frau stecken musste, die einen derart bemerkenswerten Text mit einer solch grandiosen Anmut vortrug. Radka willigte nicht sofort ein, erbat Bedenkzeit, denn zuvörderst war ihr wichtig, den Mann, der sie aus der Misere gerettet hatte, in ihren künftigen Lebensentwurf miteinzubeziehen. Wenn sie ihr Schicksal nachhaltig in die richtigen Bahnen lenken wollte, dann nur zusammen mit Nikolas.

Schließlich, nachdem Nikolas und Radka die Köpfe zusammengesteckt hatten, wie nur zutiefst Verbündete es fertigbringen, platzte es aus Radka heraus: „Wir sind für das Projekt bereit. Vorausgesetzt eine Klausel ist eingebaut, die da lautet, wir dürfen den Essay in Kooperation in Angriff nehmen."

Sie nickten sich übereinstimmend zu, denn Radka und Nikolas wussten beide gleichermaßen, dass literarische Co-Produktionen gerade nach derartigen Peinigungen, häufig mehr Intimität bereithalten als jedwede Körperlichkeit.

Risse – in Partnerschaften und Beziehungen (Brigitte Mulderer)

Manche Risse lassen sich reparieren, indem man Scherben wieder aneinanderfügt. Ein Objekt zusammenstückelt und vervollständigt; sie erstrahlen nach dem Polieren in neuem Glanz. Und andere Risse hinterlassen ihre Wunden in Form eines Scherbenhaufens. Was bleibt, ist Wehmut.

Doch auch Wehmut lässt sich reparieren. Sinnbildlich sind dann nicht die Teile, die man zusammenklebt, das Resultat, sondern aus jedem Scherbenteil lässt sich ein neues Schaustück kreieren. Ganz anders als das, das zerbrochen ist. Viele Möglichkeiten, Neues entstehen zu lassen, liegen auf dem Weg.

Risse sind in der Gesellschaft gang und gäbe. Man wälzt sich als Seele mit anderen Seelen in einem Thema. Reibt sich aneinander, trägt einen Streit aus und unser Leben gerät aus den Fugen. Später hat man die Wahl. Man nutzt die Diskrepanz konstruktiv und heilt nach und nach die Wunden, indem man zusammenträgt, was man als Seele an Schönem mit einem Menschen gemeinsam erreicht hat; das Destruktive lässt man fortfließen … So kann eine Beziehung in Würde strahlen, die schon sehr viel an Schattenseiten erlebt hat. Dann hinterlässt ein vorangegangener Riss nichts Negatives in einem selbst.

Arbeitet man nicht vehement an Gemeinsamem, an dem, was einen zusammenhält, zerfällt ohnehin alles in tausend Teile. Doch ein guter Anfang ist getan, wenn sich die Sprache für den Zusammenhalt einsetzt. Es sind zunächst nur Bruchteile an Engagement notwendig, um sukzessive ein friedliches Miteinander zu erschaffen und mit der Zeit Wesentliches wieder zusammenzuflicken. Die Zeit heilt. Verspürte Wehmut verwandelt sich in echte Hingabe.

Manchmal läuft es auch anders und die Verbindung zu jemandem hält nicht für immer; dann lassen sich neue Situationen kreieren, man kann als Seele auch zulassen, andere Menschen, sprich andere Seelen zu treffen, die Neues in einem selbst auslösen. Dies kann durchaus da oder dort auf fruchtbaren Boden fallen und wachsen. Nach einiger Zeit der Anteilnahme am eigenen Schicksal und nach konstruktivem Lenken betrachtet man plötzlich ein neues „Kunstwerk" vor seinen Augen, das sich etabliert.

Man hat dafür weniger „Klebstoff" – quasi zur Instandhaltung – benutzt, weniger gefeilt und weniger poliert, was das Alte betrifft. Stattdessen hat man auf Neues gesetzt. Die Seele erlebt, wenn sie für diese Veränderung offen ist, dass eine neue Ausgangsposition entsteht, die Flügel verleiht, was auch immer kommen mag.

Essenzen bleiben. Genau genommen: Das Fruchtbare an einer Essenz bleibt. Das nicht Brauchbare versickert in aller Schwere nach und nach in den Untergrund, weil unsere Seelennatur ihm keinen Wert mehr beimisst. Alles, was wir von uns abwälzen, lässt sich abtragen, sicher und zusehends. Wir als endlose Seelen sind durchzogen von der Wirkkraft des Lebens. Wir wirken und be-wirken. Der Wert, dem wir den Dingen geben, ist essenziell, nicht das Vergehen und das, was wirklich von uns geht. Das Vergehen ist nur ein Aspekt. Es ist still, neutral und mag uns nicht beherrschen.

Wir müssen uns von nichts verabschieden, was zu uns gehört. Diese Möglichkeit, unser Leben zu formen, liegt in unserer Hand. In unseren Gefühlen. Die Echtheit ist alles, was wir erreichen wollen, ohne es zwanghaft erringen zu müssen. Echt ist, uns authentisch zu erleben, in allem, was wir mit uns tragen und mit dem wir konform gehen. Echt ist auch, dass sich immerwährend Lebensinhalte bilden, die wir mit Vernunft hinterfragen und bejahen können. Alles kann Gestalt annehmen.

Risse durchbrechen nicht nur. Risse reißen nicht nur Fäden in die Gesamtheit. Risse geben der Gesamtheit einen neuen Stellenwert.

Bildherkunft: Brigitte Mulderer

Adam
(Teona Komakhidze)

Jetzt bin ich wie Adam,
in seinem Landhaus,
als er in der Dunkelheit stand,
Am Tag, an dem er allein gelassen wurde und Perlen ihres Körpers abriss.

Ich umsorge die Nacht wie ein kleiner Vogel.

Einige Dinge ändern sich nicht.
Ich habe letzte Nacht nicht geschlafen.
Ich konnte die Geräusche von kranken Menschen hören.
Ich möchte ein Teil des Fleisches der Mitternacht sein,
denn dieser Moment ist weit mehr
als der Spiegel der Einsamkeit,
wo Eulen jenseits der Planeten klopfen.

Zwischen den versteinerten Häusern weint jemand.
Ich habe beschlossen, dich nicht zu vergessen.

In diesem Leben kam ich als Wasser in ritueller Buße.
Dieses Monster ist mir nicht mehr heilig,
aber ich weiß nicht, wie ich ohne sie sprechen soll.
Du wirst wahrscheinlich immer verletzt sein.
Ich lasse dich los und fange dich dann immer wieder auf.

Ich forme meinen Plan aus Nelkenstücken,
bevor ich einfriere, ohne zu antworten,
frei von aller Schande.

#633a34
(Teona Komakhidze)

Jemand flüstert uns zu, dass in uns ein Funke existiert, der die Macht besitzt, sowohl alles zu zerstören als auch wieder zum Leben zu erwecken. Sein Kelch aus Worten sammelt die Stimmen aus den Herzen eines jeden Einzelnen. Die Zeit verkauft Fische, in Blut getränkt und schuppig, in einem morbiden Tanz zwischen Traum und Albtraum.

```
hex_wert = self.hex_farbe.lstrip("#")

rot = int(hex_wert[0:2], 16)

grün = int(hex_wert[2:4], 16)

blau = int(hex_wert[4:6], 16)

return rot, grün, blau
```

Der Energiefluss des Vergessens verwandelt sich in einen schwarzen Fluss, der die Seelen mit sich zieht. Warme Kastanientöne tanzen in digitalen Portalen, während Zwergenformeln sich vereinen, um eine klare Einheit zu bilden.

Kastanien breiten sich vor meinem inneren Auge aus, umgeben von unzähligen Feldern, strahlend wie ein kunstvolles Gemälde. In diesem abstrakten Raum verschmelzen die Welten des Codes und der Poesie.

```
if __name__ == "__main__":

farben_analyzer = FarbeAnalyzer("#633a34")

rgb_werte = farben_analyzer.hex_zu_rgb()

print("Die RGB-Werte für die Farbe #633a34 sind:",
rgb_werte)
```

Die Zeit beginnt zu fragmentieren. Kinder des Vergessens erscheinen, tanzen durch den Riss der Zeit.

Ein Licht in dunklen Tagen (Christina Telker)

Der Herbst hat nun bereits Einzug gehalten, an der zeitiger einsetzenden Dunkelheit merken wir mehr und mehr, der Sommer rüstet sich zum Abschied. Selbst wenn das Laub erst langsam beginnt sich zu färben und uns sonnendurchflutet grüßt, lässt es sich doch nicht verleugnen, dass das Jahr sich seinem Ende zuneigt. Viele Menschen leiden in diesen Zeiten unter Depressionen, uns fehlt das Licht des Sommers. Psychologen raten die Deckenbeleuchtung einzuschalten, um uns durch künstliches Licht die Seele zu erhellen. Unser Leben kennt Stimmungsschwankungen, so haben viele dieses Gefühl des Lichtmangels irgendwann einmal kennengelernt. Heute ist es einfach, steht uns doch genügend Strom zur Verfügung. Noch unsere Eltern lernten es kennen, mit Strom sparsam umzugehen. In den 1950er Jahren wurde der Strom immer wieder einmal abgeschaltet, damit er für die Betriebe im ausreichenden Maße zur Verfügung stand. Eine Kerze ersetzte dann das Lampenlicht. Wir alle sehnen uns nach Licht. Am wohlsten fühlen wir uns jedoch, wenn unser inneres Licht leuchtet, wenn unsere Gedanken positiv gestimmt sind. Viele Gründe gibt es, die dies verhindern. Sei es Arbeitslosigkeit, Krankheit, zu kleine Löhne und Renten oder ein Kummer in Ehe und Familie. Unsere Gedanken haben dann nicht mehr die Kraft, positiv auf uns zu wirken. Wir befinden uns in einem finsteren Tal. Aus diesem Tal, kommen wir selbst mit dem Licht der Sonne, nicht so einfach heraus, da diese Finsternis in uns ist. Wir brauchen Menschen die zu uns stehen, um unsere innere Dunkelheit zu besiegen. Unterschiedliche Angebote gibt es hierfür. Manchem hilft auch das Internet gleichgesinnte zu treffen, um uns mit ihnen auszutauschen.

Die beste Hilfe ist jedoch immer das reale Leben und Gebete, die zum Himmel steigen. Gott erhört Gebet und er zeigt uns Auswege. Manchmal ist es ein Mensch, mit dem wir nicht rechneten, der uns ein Stück unseres Lebensweges begleitet. Haben wir Vertrauen und gehen wir den ersten Schritt auf andere zu. In ihrer Gemeinde, in den unterschiedlichsten Kreisen, freut man sich über ihr Erscheinen. Nehmen wir eine Kerze mit, vielleicht mit Wachs verziert. Ein Licht, und sei es noch so klein, kann bis in unsere Seele leuchten und die Dunkelheit vertreiben.

Das Glück liegt in deinen Händen (Daniel Mylow)

Wer aber auf das Glücklichsein verzichtet,
erfüllt sein Dasein nicht.
(Ludwig Marcuse)

Gewöhnlich gehen die Dinge dahin. Wir gehen mit den Dingen und warten, dass sich irgendwann zwischen Tag und Nacht ein Spalt auftut, bevor die Erinnerungen sich in Wände verwandeln.

Das Zimmer war schwarz. Als Elisha die Augen aufschlug, waren seine Eltern tot. Sie lagen nebenan in einem Raum wie diesem. Seine Eltern waren schon lange krank und sie hatten ihm und seinem Bruder gesagt, dass sie sterben würden. Elisha weinte nicht. Er zog eine Decke über ihre ineinander verschlungenen Körper und fragte sich, warum Mom und Dad in der gleichen Nacht gestorben waren. Der Tod hat seine eigene Zeit, hatte Mom ihm zu erklären versucht, als er sie gefragt hatte, warum sie und Dad sterben müssten.

Elisha rannte zu seinem Onkel. Die Straßen von Nakura lagen verlassen. Er lief über die bleiche, gesprungene Fläche des Marktplatzes und spürte den Geschmack der Tränen auf seinen Lippen. Sonnendunst stieg über die Skelette der zerstörten Häuser.

Sein Onkel veranlasste alles, was er in so einem Fall für notwendig hielt. Er kniete eine Weile bei den Toten. Dann räumte er den Krug und die leeren Röhrchen, die auf dem Boden gelegen hatten, fort und sah Elisha mit einem eigentümlichen Ausdruck in den Augen lange an.
„Von heute an wohnt ihr bei mir."

Als Ihsan, Elishas Bruder, erwachte, hatte man seine Eltern schon fortgebracht. Ishan war erst drei und er würde nicht verstehen, was Elisha mit seinen elf Jahren verstehen musste, deshalb erzählte er ihm, dass Mom und Dad für lange Zeit nach Europa gereist seien. Der Kleine weinte ein wenig, aber als er hinter der Hütte des Onkels die Hühner entdeckte, lachte er schon wieder und sah Elisha strahlend an, als müsste man das Glück nur ansehen und dann wäre es schon da. Elishas Eltern wurden in einer Grube weit draußen hinter den Feldern bestattet, wo man Massengräber ausgehoben hatte.

In Nakura sah man viele Kinder auf der Straße. Sie bettelten und stahlen, um zu überleben. Ihre Eltern waren tot, und es wurden täglich mehr. Elisha war froh, in der Hütte des Onkels zu leben, auch wenn es nur wenig zu essen gab.

Es war einer jener seltenen Tage, an denen ein grauer Regenschleier über dem Land lag. Elisha und sein Bruder hatten Hunger. Er durchstöberte die Hütte des Onkels. Auf dem Schrank neben der Haustür fand er einen Korb mit Geldscheinen. Die Scheine knisterten verführerisch in seiner Handinnenfläche, ein winziges Stück Glück in seinen Händen. Elisha stürzte los. Heute war Markt auf dem Platz vor der Moschee. Er kaufte Brot, Obst und Gemüse und für

seinen Bruder ein Eis. Im Haus des Onkels setzten sie sich auf den Boden und aßen. Elishas Bruder sog genüsslich an seinem Eis.
Kurz darauf kehrte der Onkel zurück. Er sah die beiden an.
„Woher hast du das?“, fragte er Elisha.
„Gekauft“, antwortete Elisha und senkte den Blick zu Boden.
„Von welchem Geld?“, fragte der Onkel.
Elisha schwieg.
„Antworte mir! Von welchem Geld, frage ich dich.“
„Es lag auf dem Schrank. Wir hatten Hunger. Ich bin zum Markt gegangen. Ich habe Essen für uns alle gekauft.“
„Du hast mein Geld gestohlen. Und dabei solltest du den anderen ihr Geld stehlen. Was meinst du, wozu du hier ein Dach über dem Kopf hast? Ich werde dich bestrafen müssen.“
Der Onkel verschwand. Er kehrte mit einer dunklen Flasche und einem Strick zurück.
„Streck deine Hände aus“, befahl er.
Er fesselte Elishas Hände mit einem Strick.
„Und du, geh raus auf die Straße. Mach es besser als dein Bruder“, sagte er zu Ishan. Er wartete einen Augenblick. Dann schüttete er den Inhalt der Parafinflasche über Elishas Hände, hielt ihn fest und entzündete das Parafin mit einem Feuerzeug. Elisha schrie. Er riss sich los. Seine Hände brannten wie Fackeln. Die Flammen loderten in die Höhe. Elisha rannte durch das Haus, bis er seine Hände in einen Wasserbottich tauchen konnte und die Flammen zum Verlöschen brachte. Die Schmerzen waren unerträglich. Sie schienen ihn zu zerreißen und Elisha wälzte sich wimmernd

über den Fußboden.
„Steh auf, Bastard!“
Sein Onkel trat ihm in den Bauch.
„Steh auf und verlass dieses Haus. Und komm nie wieder. Du hast kein recht mehr, hier zu wohnen.“
Elisha lief auf die Straße. Er verbarg die schmerzenden Hände in den Ärmeln seiner Kutte. Blind vor Schmerzen rannte er zwischen den Häusern und Baracken auf den grauen Horizont hinter der Stadt zu. Dann verlor er das Bewusstsein. Es war, als würde er verlöschen.
Als er erwachte, war es Nacht. Der Schmerz pochte dumpf in seinem ganzen Körper, ein Meer aus Feuer. Er wimmerte. Hinter den Feldern begann das Mondland. Zwischen dunklen Wolkenstreifen sickerte das Mondlicht wie Nebel auf die Hügel. Einen Atemzug lang vergaß Elisha seine Schmerzen.

Eine Woche lang ernährte er sich von Abfällen und Essensresten. Hilflos drückte er sich in den verlassenen Hausruinen der Vorstadt oder in alten Viehställen herum. Nach einer Woche fand ihn zufällig eine Mitarbeiterin des Roten Halbmondes. Ein Fahrer brachte Elisha in ein Krankenhaus. Als er einer Ärztin dort die ganze Geschichte erzählte, verhaftete man seinen Onkel und brachte ihn ins Gefängnis. Nach einigen Wochen gaben die Ärzte die Hoffnung auf, Elishas Hände zu retten. Er lebte nun ohne Heimat zusammen mit seinem Bruder auf der Straße.
Wenn der Tag zur Neige ging, wurde es kalt in Nakura. Ohne seine Hände war Elisha hilflos. Andere Kinder hatten ihm aus Abfällen einen Verschlag gebaut. Ein Stück von einem alten Spiegel glitzerte über dem Eingang. Wenn

Elisha nur lange genug hineinsah, entdeckte er die Wurzeln des Lichts in der Tiefe der Spiegelscherbe und darunter das Gesicht eines Kindes, das er vielleicht nie mehr würde sein können. Es war nur ein winzig kleines, kurzes Glück, in diese Scherbe zu blicken, aber Elisha ahnte damals noch nicht, dass es die Sehnsucht nach Glück ist, die einen am Leben hält. Alles was man braucht, war diese Sehnsucht.

Eines Abends hielt ein großes Auto mit einem roten Kreuz auf der Motorhaube in dem Elendsviertel Naguras. Ein breitschultriger, kräftiger Mann stieg aus. Er sprach mit den Kindern, die neugierig aus ihren Verstecken herausgestürzt waren. Die Kinder zeigten auf einen Verschlag. Der Mann ging auf Elisha zu. Obwohl es ein weißer Mann war, sprach er mit Elisha in dessen Sprache. Das Gespräch dauerte nicht lange. Er nahm ihn und seinen Bruder in dem großen Auto mit. Sie fuhren zu einem Heim für Waisenkinder, das ganz am Ende von Nakura lag, dort wo Elisha noch nie zuvor gewesen war. Später erfuhr er, dass der fremde Mann aus Deutschland kam und mit einem ganzen Team zusammen dieses Waisenhaus aufgebaut hatte. Er hatte über Gerichtsangestellte von Elishas Schicksal gehört, ihn aber erst jetzt gefunden. In dem Heim lebten über dreihundert Kinder. Aber das waren nicht viel, denn in Kenia gab es jeden Tag zwei- bis dreitausend neue Waisenkinder, weil ihre Eltern an Aids gestorben waren. Diejenigen, die hier waren, hatten Glück. Die vielen weiß gestrichenen Räume des großen Gebäudes waren erfüllt vom Lachen der Kinder. Für Elisha und seinen Bruder war das eine neue fremde Welt. Der Mann bemerkte rasch, dass Elisha seine Hände immer in Stofflappen gewickelt hielt. Er konnte sie

nicht mehr benutzen. Sein Bruder fütterte ihn und half ihm bei den wichtigsten Dingen. Morgens gingen die Kinder gemeinsam in die Schule und nachmittags arbeiteten sie gemeinsam im Waisenhaus. Ohne seine Hände fühlte sich Elisha bald nutzlos. Während die anderen sägten, hämmerten, malten oder nähten, saß er im Hof und blickte auf die rote Erde der Hügel, aus denen das Buschwerk silbern glänzte. Auch wenn er sich im Stich gelassen fühlte und seine Welt ein ums andere Mal schwankte und brach, vergaß Elisha doch nie die Geschichten, die ihm seine Mutter vorgelesen hatte, als er noch ganz klein war. Auch wenn manche der Geschichten traurig endeten, gibt es Sehnsüchte, hatte ihm seine Mutter erklärt, die nicht altern. Und zu diesen ewig jungen, uralten Sehnsüchten gehörte das Glück. Daran dachte Elisha, wenn er auf dem Hof saß und die anderen spielen und arbeiten sah und ihr Lachen in seinen Ohren widerhallte.
Einige Wochen später kam der Mann zu ihm, der ihn hierher gebracht hatte. Er sagte ihm, dass er ihn bald nach Deutschland bringen würde, wo man ihm helfen konnte. Elisha wusste nichts von Deutschland. Nur, dass das weit weg war und dass es dort sehr kalt sein sollte.

Der Mann flog mit ihm nach Deutschland. Elisha war so schlecht vor Aufregung, dass er nichts vom Flug mitbekam. Hoch über den Wolken erzählte ihm der Mann, dass die Menschen in seiner Heimat für ihn gespendet hätten und dass ein Chirurg sich bereit erklärt hatte, Elisha an den Händen zu operieren. Der Mann legte seine Hände auf Elishas verkrüppelte Hände unter den Bandagen: „Hör niemals auf, an das Glück zu glauben, Elisha.“

Nebel nistete in den Bäumen. Über den dunklen Wäldern lag der Himmel brach. Elisha starrte durch das Fenster im Auto. Die Landschaft schwieg unter dem Laub des Herbstes. Er fror.
In den nächsten Wochen wurde er dreimal operiert. Weitere Operationen sollten folgen, bevor er wieder nach Afrika zurückkehren durfte. Er würde seine Hände nie wieder hundertprozentig benutzen können, aber er war schon bald nicht mehr auf die Hilfe anderer angewiesen. Es ging ihm besser. In der Nähe von Siegen wohnte er in der Familie des großen Mannes. Es war wirklich sehr kalt in Deutschland, fand er. Alles erschien ihm fremd hier. Manchmal weinte er.
Als er seine Hände das erste Mal wieder richtig bewegen konnte, glich er einem Vogel, der zum ersten Mal seine Flügel ausbreitete. Am liebsten hätte er seine Finger tief in die Erde gekrallt, wie um seine Erinnerungen umzupflügen. Er lachte jetzt immer öfter. Er freute sich auf den nächsten Morgen, während ihm die Nacht früher wie ein Meer aus undurchdringlicher Finsternis erschienen war. Jetzt lag er wach, mit einer Hoffnung auf ein Morgen. Wenn er die Glieder seiner Finger langsam nach oben streckte, dann glänzten sie in der leblosen Stille. Sie erzählten von Licht und Dunkel, Flügel in der Nacht, die ihn still lächeln ließen. Was er in sich spürte, war ohne Namen, ohne jede Erinnerung, aber er wusste, dass es schon immer da gewesen war.

Die Zeit, die uns noch bleibt (Daniel Mylow)

Das Mädchen auf der anderen Straßenseite verlor den Halt und rutschte, mit den Händen ins Leere greifend, vom Fenstersims in die Tiefe. Einen Augenblick lang dachte Elinor daran ihr nachzuspringen.

Aber dieser Gedanke tauchte erst viel später in ihm auf, als er bereits unten auf der Straße stand. Panisch irrten seine Blicke über die Häuserzeilen. Die lange Reihe parkender Autos versperrte ihm die Sicht. Er rannte über die Straße. Elinor blieb abrupt stehen. Auf einem an einer Hauswand aufgeschichteten Stapel alter Matratzen lag ein Mädchen. Wenn es einen Blick in ihren blinden Augen gab, dann schien er in den grauen Novemberhimmel gerichtet, vielleicht auch gerade auf das Dach, auf dem Elinor eben noch gestanden hatte.
„Hilfst du mir?"
Sie schien ihn bemerkt zu haben. Elinor griff nach der in die Luft gestreckten Hand und zog das Mädchen empor. Für einen Augenblick berührten sich ihre Gesichter.

Als er achtundvierzig Stunden später in einer kleinen Pension an der belgischen Grenze die Augen aufschlug, schien es, als ob die Zeit das wenige, das er wusste, ausgelöscht hatte. Er war ohne jegliche Erinnerung. Das Mädchen hielt seine Arme um ihn gelegt. Elinor schloss die Augen. Auf diese Weise konnte er für Augenblicke sein wie

sie. Er spürte die Schatten rundherum, wie sie es gesagt hatte.
Sobald einem die Augen zufielen, spürte man das Licht wie ein Geheimnis. Man versank darin, genau wie sie es gesagt hatte. Auf der Zunge schwebten die Gerüche, die Töne, die Gedanken. Man war wie ein Raum, den das Licht durchflutete. Elinor sah das Mädchen an. Nur wenn er sie ansah, erinnerte er sich, flüchtig, so wie man in einer Spiegelscherbe für kurze Zeit seine Umgebung aufleuchten sieht. Die zwei Tage, die er mit dem Mädchen unterwegs war, hatten ihn verändert. Wohin wollte sie doch gleich? Hatte sie ihm nicht erzählt, dass ihr Vater, den sie nie gesehen hatte, im Sterben lag? Als ihre Mutter sie anrief, um ihr das zu sagen, hatte sie keinen Augenblick gezögert. Jetzt war sie zu ihm unterwegs.

An dem Morgen, an dem sie sich begegnet war , hatte er sie noch zur Bahn gebracht. Aber was war vorher geschehen? Er konzentrierte sich auf ihr Gesicht.
Ein Haus. Ja, die Nischen des Treppenhauses waren dunkler als sonst, das Licht auf den Stufen gebrochen scharf. Er durfte nicht anhalten. Weiter, nur weiter, dachte er. Er stieß die Dachluke auf. Im Himmel lagen farblose Wolken begraben. Darunter sahen die Dächer der Stadt aus wie graue Muscheln, die unter einem unsichtbaren Wellenschlag zitterten. Er atmete schwer. Die Regungen des Windes und der lautlose Flug einer Krähe waren die einzigen Spuren des Morgens. Wir sterben nicht einfach so, heute oder morgen, wir sterben, weil das schon alles war, dachte er, während er sich Schritt für Schritt zum Rand des Daches vortastete. Plötzlich, in einem einzigen Augenblick, veränderte sich

alles. Es war, als ob der stille Stand der Dinge mit dem Licht zwischen den Häuserschluchten verschwand. Alles geriet in Bewegung. Und dann hatte er das Mädchen auf der anderen Straßenseite gesehen.

Sie warteten am Flussufer auf die Bahn. Ein Vogel tauchte ins Wasser. Stimmen stiegen wie Atem empor. Das erzählte sie ihm.
„Das Leben ist langsam", sagte sie. Ihre Stimme klang traurig. Seine Hand lag auf ihrem Arm. Er wusste, dass er nicht mehr so tun konnte, als wüsste er den Weg. Das war so ein Gefühl in ihrer Nähe, als ob ihre Finger seine Erinnerung durchblätterten. Vielleicht war er deshalb ohne Erinnerung. Er fuhr mit.

„Hörst du den Wind? Es hört sich anders an, wenn man näher ans Meer kommt."
„Ja", sagte Elenior und sah aus dem Fenster des Pensionszimmers. Darauf hatte er noch nie geachtet. Es war, als ob er in den zwei Tagen, die sie jetzt mit der Bahn, per Anhalter oder zu Fuß unterwegs waren, erst sehen gelernt hatte. Das Mädchen hatte ihn den Regen auf seiner Haut spüren lassen, den Geschmack von Dingen, die man in den Mund nahm, ohne dass man sie sah, sie hatte ihn fühlen lassen wie der Wind schmeckte, wie sich das verdorrte Novembergras zwischen den Fingern anfühlte, sie hatte ihn gelehrt, dem Sprechen der Stille zu lauschen und die kühle Luft hinter dem Fenster des Zugabteils zu atmen.

Ein Lastwagen brachte sie fast bis zur Küste. Von der Landstraße aus folgten sie der Eisenbahntrasse ins nächste Dorf. Es war möglich, dass dort irgendwo in diesen

Augenblicken ihr Vater starb. Die Dunkelheit lag bereits wie ein großer Körper über der Ebene ausgestreckt. Ihnen blieb nur noch eine Flügelspanne Zeit, so schien es Elenior. Ein feiner Regen legte sich auf ihre Haut.
Zwischen Nacht und Tag gibt es einen Spalt, hatte das Mädchen ihm erzählt. Einen Spalt, durch den man fliehen kann. „Noch ist es Zeit“, hatte sie gesagt. „Du musst ihn nur rechtzeitig sehen, nur einen winzigen Augenblick lang.“
Daran musste er denken, während sie immer weiter liefen. Ein leiser Takt begleitete ihre Schritte, wie eine Sanduhr, die in allen Dingen summt. Vielleicht, dachte Elenior, ist das die Zeit, die uns noch bleibt.

Homo homini salvator (Franziska Bauer)

Es tickt schon bedrohlich die Höllenmaschine,
und ihr steckt nur ängstlich den Kopf in den Sand?
S' ist sinnlos zu warten, dass Gott euch erschiene.
Steht auf, nehmt das Heft lieber selbst in die Hand!

Wer soll euch denn helfen, wenn nicht ihr einander?
Macht euch gegen Hetze und Lügen immun!
Bleibt stets solidarisch, steht ein füreinander,
Wer soll uns denn helfen, wenn wir es nicht tun?

Schuld sind nicht „die andern", die uns „überfluten",
sie kommen, weil man ihre Heimstatt zerstört.
Rassimus und Grenzmauern führ'n zu nichts Gutem.
Bewahrt euch die Menschlichkeit, wie sich's gehört!

Die Grenzen des Wachstums sind zwar überschritten.
Und dennoch – fasst Mut, hofft und nützt den Verstand.
Glaubt nicht, dass uns vollends die Zügel entglitten!
Die Lösung liegt vielfach bereits auf der Hand.

Das Alter
(Anita Hollauf)

Wenn es dich anschaut, das Alter
dann sei unbesorgt
bleib eingesponnen, im Kokon deines Erinnerns,
schmeck die vergangenen Sonnenstrahlen
wie Honig auf deinen Lippen.
Genieße die kleinen Augenblicke des Glücks
mit offenem Herzen.
Trag deinen Erfahrungsreichtum mit Würde und
Stolz. Tanze zu deinem Chaos im Kopf,
sei frei von Zwängen und Abhängigkeiten.

Erzähle längst vergangene Geschichten zwischen deinen
Falten.
Lass dein lichtes Haar im Mondschein erstrahlen.
Zeig deine strahlenden Augen zwischen dem matten Blick.

Wenn es dich anschaut, das Alter,
dann lach ihm entgegen,
sei da, so wie du bist:
Manchmal vergessensgeschwängert,
manchmal klebrig denkend,
ausgesetzt, am Rande der Gesellschaft.
Mit Ohren, mehr nach innen
als nach außen gerichtet,
als peinlich empfunden, weggestellt.

Wenn es dich anschaut, das Alter,
dann trotze der Gegenwart,
sei einfach du: Immer warmherzig,
immer wertvoll,
angefüllt mit Leben,
gemeisterter Vergangenheit,
Schwere und Leichtigkeit,
einzigartig im Gestern und Heute.

Trau dich, gut zu sein!
(Sharela Koch)

Gestern hörte ich eine Radio-Predigt zum Thema „Nächstenliebe“. Dabei fiel der Spruch: "geben, bis es schmerzt". Ganz so schlimm war es heute bei mir nicht, sondern meine gute Tat dauerte nicht mal eine halbe Minute. Trotzdem spürte ich deutlich, dass Nächstenliebe auch bedeutet, über den eigenen Schatten zu springen. Heute kostete es mich zum ersten Mal richtig Überwindung. Und das kam so:

Ich verbrachte meine Mittagspause im Stadtpark und war anfangs komplett in meine Lektüre vertieft. - Bis mir eine Frau auffiel, die leise telefonierte. Zuerst dachte ich mir nichts dabei. Sie saß ruhig auf einer Bank, war ordentlich gekleidet. Nichts Auffälliges. Irgendwann bemerkte ich ihre seltsame Körperhaltung. Sie verdrehte ihren Oberkörper ungewöhnlich in die andere Richtung. Ich war irritiert. Ab und an hob sie ihre linke Hand in Richtung Gesicht. Erst da begriff ich: Die Frau saß leise weinend auf der Bank. Es wäre so leicht gewesen, sie einfach zu ignorieren. Man hörte nicht mal ein Schluchzen. Für einen Moment hatte ich sogar gedacht, ich hätte mich getäuscht. Also, was tun?

Ich möchte ganz bestimmt keiner Fremden ein Gespräch aufzwingen. Besonders nicht, wenn sie alles daran setzt möglichst unauffällig zu sein. Und wie würde ich wohl selbst reagieren, wenn ich weinend hier sitzen würde? Ich wusste wirklich nicht, wie ich mich als Christin verhalten sollte. Andere bewusst zu „übersehen“ kann aber auch nicht die Lösung sein.

Ich habe also eine Packung Taschentücher genommen und, als ich dabei war den Park zu verlassen, lief ich zu ihr. Ich schaute in ihre Augen und überreichte ihr beim Weitergehen einfach stumm die Taschentücher als Zeichen des Trosts.

Mit ihrem "danke" und überraschtem Lächeln hatte ich nicht gerechnet. Darauf hatte ich nicht zu hoffen gewagt. Es zeigte mir aber, dass sich meine Überwindung gelohnt hatte.

Mein Fazit: Trau Dich Gutes zu tun! Es lohnt sich!

(← Dieser Text ist ein Auszug aus dem Buch: „Sharelas Tagebuch – Aus dem Alltag einer Christin“)

Wege aus dem Abseits
(Robert Höpfner)

So sehen sie aus,
    die Feindseligkeiten:

Das Herz ein Morgenstern,
der eisern in der Brust schlägt.
Die Blicke Bajonette,
den kalten Augen aufgepflanzt.
Die Zunge eine Klinge,
scharf darauf, Wunden zu schneiden.
Das Gesicht eine Maske,
unter der sich die Fratze verbirgt.
Der Kopf eine Zeitbombe,
die nicht ganz richtig tickt.

Und so kann sie aussehen,
    die Versöhnung mit sich und der Welt:

Den Morgenstern zu einem Abendstern verwandeln.

Die Blicke entwaffnend sein lassen.

Die Zungen im Ernstfall im Zaum halten.

Anderen ihr Gesicht wahren lassen.

Bedrohliches entschärfen, bevor es hochgeht.

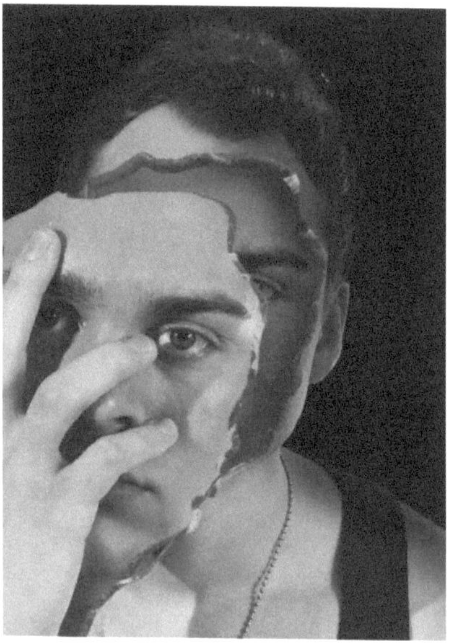

Irgendwann
(Anita Hollauf)

Irgendwo, am unendlichen Ende der Trauer
spür ich immer noch deine alltagsüberflutete
Einsamkeit spür ich immer noch deine dunklen Tränen am
Morgen spür ich immer noch deine todessehnsüchtige
Wehmut

irgendwo, am unendlichen Ende der Trauer
hör ich immer noch deinen verzweiflungsschweren
Seelenklang
hör ich immer noch deine menschenmüden Gedankentiere
hör ich immer noch deine stumm schreiende Angst

irgendwo, am unendlichen Ende der Trauer
schreib ich immer noch sonnige Buchstaben in den
schwarzen Sand
schreib ich immer noch bunte Briefe in dein
Regenbogenherz
schreib ich immer noch heimliche Worte auf leuchtende
Sterne

irgendwo, am unendlichen Ende der Trauer
irgendwann, am Ende
irgendwann

Die Kranichfrau
(Christian Knieps)

I

Osamu folgte dem kaum sichtbaren Weg nach Hause. Er kam von einem Streifzug über den frühwinterlichen Hafenmarkt, auf dem er nach Resten Ausschau gehalten hatte, mit denen er seine Seile machen konnte. Seile, die sein Überleben sicherten. Mehr nicht.

Das einzige, das Osamu besaß, war das Haus seiner Eltern, das sie ihm nach ihrem Tode vermacht hatten. Seither war er alleine auf der Welt, arbeitete jeden Tag und fand nur ab und an die Ruhe des Lebens, wenn er vor seinem Haus auf einem alten Holzschemel saß und eine Tasse Tee trank, während er dem aufsteigenden oder niederfallenden Dunst der Morgen- oder Abenddämmerung über dem angrenzenden See zusah.

Vom Hafen ging Osamu in Richtung seines Hauses, leicht bergan, denn es lag am Fuße eines Berges. Als er nach Hause kam, spürte er die Kälte in seinem Körper, die der Winter mit sich brachte, und indem er eine Kanne mit heißem Tee zubereitete, hielt er ein und dachte darüber nach, was er mit den gefundenen Materialien anfangen würde. Den dampfenden Tee nahm er mit und trat wieder nach draußen, setzte sich auf den Holzschemel und blickte über den See in die Ferne. Auf dem See sah er Enten,

Kraniche und andere Vögel, die in großer Seelenruhe auf dem sich kräuselnden Wasser dahinglitten.

Der Tee wärmte ihn von ihnen, und Osamu spürte wieder seine Glieder, die aufgrund der Kälte und seines Alters, aber vor allem aufgrund seiner schweren Arbeit schmerzten. Die Kälte zugleich hassend, aber auch liebend, weil sie ihm die Schmerzen betäubte, sah er nach oben in den wolkenlosen Himmel, als just in diesem Augenblick ein Vogel im ungewohnten Flug in der Nähe niedersank. Der Vogel fiel mehr, als dass er kontrolliert sank, und ohne dass Osamu sah, wie dieser auf den Boden fiel, ahnte er, dass das Tier verenden würde, wenn er ihm nicht half. Er stand auf und lief in die Richtung, in der er das Tier vermutete, und als er es fand, sah er, dass es sich um einen Kranich handelte, dem ein Pfeil in der Seite, unterhalb des rechten Flügels stach.

Das Tier rang zu sehr mit dem Tode, sodass Osamu aufpassen musste, als er sich dem Kranich näherte. Er erreichte ihn, besah die Wunde und entschied, dass es besser sei, den Pfeil erst zu Hause herauszuziehen. Somit packte er den Kranich mit seiner harten Hand und mühte sich diesen so zu halten, dass dessen Schmerzen erträglich waren, doch wie ihn selbst die Kälte in einen Schock versetzt hatte, so war auch der Kranich derart geschockt, dass Osamu keine Schwierigkeiten hatte, den Vogel mit nach Hause zu bringen.

Dort angekommen legte er den Vogel vor sein Haus auf einen Holzblock, den er mit einer Decke unterlegte, nahm sich ein Tuch aus dem Innern des Hauses und zog den Pfeil zunächst langsam, dann am Ende schnell heraus. Das Blut quoll aus der Wunde, auf die Osamu das Tuch drückte. Da in Reichweite der gekochte Tee stand und Osamu von dessen heilsamen Wirkung gehört hatte, nahm er diesen und goss den erkalteten Tee behutsam über das Tuch, das sich damit vollsog. Eine lange Zeit drückte Osamu das Tuch auf die Wunde und goss weiter Tee darüber, bis die Wunde zu bluten aufgehört hatte. Er merkte, dass der völlig entkräftete Kranich schwach atmete, aber entspannt vor ihm lag, trug diesen ins Haus und bettete ihn so weich, wie es ihm möglich war. Die nächsten Tage pflegte er den Vogel und sah zu, wie dieser wieder zu Kräften kam. Tag für Tag bot Osamu seine letzten Seile auf dem Markt feil, um die Einkünfte gegen frisch gefangenen Fisch einzutauschen. Nach zwei Wochen war es dann soweit, dass der Kranich wieder auf seinen Beinen war, als Osamu nach Hause kam. Er freute sich über dieses unerwartete Ereignis wie selten zuvor in seinem Leben und führte mit dem Vogel, der das Zutrauen zu Osamu zu haben schien, eine Art Tanz auf.

In dieser trauten Eintracht ging es noch eine knappe Woche weiter, ehe Osamu merkte, dass der Kranich gesund genug war, um wieder über dem See seine Kreise zu ziehen. Schweren Herzens öffnete er die Türe und ließ den Vogel aus seinem Haus, sah mit an, wie dieser auf den Vorplatz hüpfte, sich ein letztes Mal umdrehte, seine gewaltigen Schwingen ausbreitete und abhob.
Zunächst etwas unsicher, dann mit immer sichereren Flügelschlägen erhob sich der Kranich und flog über den See davon. Osamu starrte ihm noch eine Weile hinterher,

auch dann noch, als der Kranich bereits lange aus seinem Blick verschwunden war.

II

Die nächsten Tage hatte Osamu schwer an seinem Verlust zu tragen. Jeden Abend saß er auf dem Holzblock und blickte über den See. Er suchte den einen Kranich unter den vielen, und immer, wenn er ihn zu finden glaubte, war es ihm, als würde dieser ihm zuwinken. Doch dann drehte der Kranich ab und flog eine weitere Runde über dem See.

Der Winter zog weiter herauf, und Osamu hatte es immer schwerer, auf dem Markt seine Waren loszuwerden, da im Winter nur sehr wenige Schiffe zum Fischfang ausfuhren und die Zeit der Reparaturen noch bevorstand. Jeden Abend musste er deswegen hungern und hatte nur Tee zum Trinken, der ihm wenigstens die Wärme in seinem Körper schenkte.

An einem unerwartet sonnig-milden Wintertag saß Osamu dann schweigend in seinem Haus und ließ seine Gedanken ins Nichts wandern, als es urplötzlich an seiner Türe klopfte. Er schrak auf und wunderte sich, denn er erwartete sonst niemals Gäste und dachte bereits an einen Bittsteller, den er jedoch abwimmeln würde, da er ja selbst nichts hatte. Doch als er die Türe öffnete und durch den Spalt nach draußen blickte, stand kein Bittsteller vor der Türe, sondern eine anmutige Frau, die Osamu noch nie in seinem Leben gesehen hatte. Sie hielt ihm eine Hand mit Reis entgegen und bat um einen Unterschlupf für die Nacht. Gebannt von der völlig unerwarteten Situation bedurfte es einer zweiten Frage, ehe Osamu aus seinen Träumen erwachte und die unbekannte Frau in sein Haus ließ. Sofort ging er daran, ein kleines Feuer anzuzünden und setzte eine Kanne Tee auf. Ohne große Worte miteinander zu sprechen, setzte sie einen zweiten Topf auf, in dem sie Reis kochte, den die beiden zusammen mit dem Tee zum Abendessen genossen.

Lange schon hatte Osamu keinen Besuch mehr bei sich zu Hause gehabt, und so unbeholfen er sich als Gastgeber anstellte, so leicht machte sie es ihm, indem sie ihm half, stets das richtige zu tun. Auch wenn Osamu es nicht zugeben konnte oder wollte – gleich mit dem Eintritt der Frau in seinem Haus war er über beide Ohren in sie verliebt.

Da die unbekannte Frau, deren Name Yukiko war, kein Ziel für den Winter hatte, bat sie Osamu, ein paar Tage bleiben zu dürfen, dem er sogleich zustimmte. So begannen sie zusammen zu leben, gewöhnten sich aneinander, und seine Liebe zu ihr wuchs von Tag zu Tag. Obwohl beide arm waren und sie nur sehr selten mehr als Reis und Tee für die karge Mahlzeit hatten, hatten sie sich selbst – und das war fürs Erste genug.

Eines Tages jedoch wollte er auf den Markt, um seine Seile feilzubieten und günstige Reste einzutauschen, als Yukiko ihm vorschlug, aus etwas Seide, die sie noch besaß, einige Kleider zu weben. Osamu stimmte freudig zu und ging auf den Markt. Den ganzen Tag über war er aufgrund der Nachricht beschwingt und verkaufte mehr Seile als sonst.

Zudem trieb er mehr gebrauchtes Material für neue Seile auf und ging freudestrahlend nach Hause.

Als er dort ankam, erwartete ihn Yukiko bereits und brachte ihn ins Haus hinein, wo er seinen Augen kaum trauen konnte, denn sie hatte nicht nur einfache Seidenkleider gewoben, sondern herrschaftliche Kleider, die ein Vermögen wert sein mussten. Yukiko meinte, dass Osamu auf dem Markt gut und gerne einhundert Ryo dafür erhalten könne – und so war es auch, als er diese Kleider auf dem Markt feilbot.

Alle Marktschreier verstummten, als sie sahen, was Osamu auf dem Markt anbot und wie schnell er diese herrlichen Kleider an die hochherrschaftlichen Damen verkaufte. Es war, als ob sich der Himmel geöffnet hätte, um Osamu für einen Moment in seinem Leben im vollen Glanze des Lichtes dastehen zu lassen. Osamu wartete nicht, bis einer seine billigen Seile kaufen wollte, sondern ließ diese auf dem Markt liegen, um mit dem erworbenen Geld an den anderen Ständen guten Reis, besseren Tee und Dinge zu kaufen, die sonst nie auf ihrem Teller landeten.

Mit prallgefüllten Taschen lief er zurück nach Hause, berichtete Yukiko von seinem Verkaufserfolg und legte den neuen Reichtum nebst den Köstlichkeiten auf den Tisch. Für diesen Abend war alles in bester Eintracht, und die beiden genossen die reichen Speisen. Dazu tranken sie den besten Tee, den sie in ihrem Leben bisher genießen durften.

Als Osamu am nächsten Morgen aufwachte und sich auf den Vorplatz schlich, um den Kranichen und den anderen Vögeln beim Fliegen und Tauchen zuzusehen, war es ihm, als wäre er ein anderer Mensch – befreit von der Last der Armut und beseelt von einer Glückseligkeit, die er noch nie gespürt hatte. Yukikos Talent, aus Nichts hervorragende Seidenkleider zu machen, mutete wie ein Traumgebilde an, und er musste sich des neuen Reichtums vergewissern, um an dessen Wirklichkeit zu glauben.

An diesem Tag ließ Osamu die Arbeit sein und genoss die müßige Stille des Tages. Dass er seine Arbeit auf dem Markt gelassen hatte, war ihm gleichgültig; auch dass er im Moment keine Rohstoffe hatte, um neue Seile zu machen, schien nicht von Interesse. Er verbrachte den Tag ohne Arbeit und genoss am Abend das fürstliche Mahl, das ihm reichte. Sie beide waren auch an diesem Abend glücklich; am folgenden und den darauffolgenden auch noch.

III

Doch nach einer Weile fragte sich Osamu, wie lange sie wohl beide dieses Leben fortführen konnten. Dass die Ryos nicht bis zum Ende aller Tage reichen würden, war ihm klar, und so fragte er Yukiko, ob sie nicht noch mal Seidenkleider weben könnte. Zunächst stand sie der Idee reserviert gegenüber, gab aber nach, als Osamu mit Nachdruck in sie drang. Er müsse ihr nur versprechen, dass er sie beim Weben nicht beobachte, sonst würde sie die Kleider nicht machen. Osamu versprach es und ging während des Webens durch die Hafengegend spazieren. Dabei präsentierte er sich als neureicher Lebemann, gab hier und da etwas Geld aus und sah danach, was die anderen auf dem Markt machten. Doch wie es für ihn klar war, dass er nicht mehr zu den hart Schuftenden auf dem Markt gehörte, so war er nun auch für die Verkäufer nichts weiter als ein neureicher Kunde, dem man vielleicht etwas andrehen konnte. Angewidert von den Verkäufern und deren Aufdringlichkeit, die er früher selbst zur Schau gestellt hatte, ging er nach Hause zurück und fand dort erneut eine Handvoll feinster Seidenkleider vor. Freudestrahlend nahm er Yukiko in den Arm und drückte sie, ohne dass er merkte, wie schwach sie am ganzen Körper war. Sie lächelte nur qualvoll und war die nächsten Tage krank.

Osamu hingegen war in diesen Tagen nicht viel zu Hause, sondern nahm die Seidenkleider und verkaufte sie direkt an die hochherrschaftlichen Damen, zu denen er nun nach Hause ging, denn auf dem Markt, unter den alten Gleichgesinnten, konnte und wollte er sich nicht aufstellen. Nach kurzer Arbeit war er alle Kleider los und erhielt sogar noch etwas mehr als bei der ersten Runde. Mit den Einnahmen ging er neuerlich einkaufen, gab noch mehr Geld aus als beim ersten Einkauf und kam nach Hause, wo Yukiko weiterhin das Bett hütete.

Osamu kochte ihr einen kräftigenden Tee und gab ihr etwas Stärkendes zu essen, doch dies geschah weniger aus Liebe als mehr zum Schutz seiner unerwarteten Geldquelle, die er um alles in der Welt beschützen wollte.

Nach einigen Tagen war Yukiko wieder auf den Beinen, aber es brauchte noch ein paar Wochen, bis zum Anfang des Frühlings, ehe sie vollständig gesund war. In der

Zwischenzeit hatte Osamu sie dreimal gefragt, ob sie neue Seidenkleider weben würde, doch jedes Mal hatte sie ihn davon überzeugen können, dass sie noch nicht gesund genug sei. Doch sie hatte mitbekommen, wie Osamu mit jedem Fragen ungeduldiger und herrischer wurde, und da sie jetzt ihren Hauptgrund verloren hatte, gab sie trotz ihrer Bedenken ein weiteres Mal seinem Wunsch nach, neue Kleider zu weben.

Wie zuvor verließ Osamu das Haus und ging zum Markt hinunter, durchstreifte den Hafen und das Dorf, doch da ihm langweilig war und es nichts Neues mehr zu entdecken gab, fragte er sich, warum Yukiko nicht wollte, dass er beim Weben anwesend sei. Die Neugier packte ihn sehr stark und so ging Osamu entgegen seines Versprechens nach Hause zurück und schaute durch einen Spalt in den Wohnraum. Als sich seine Augen auf die veränderten Lichtverhältnisse eingestellt hatten, erschrak er bis ins Mark, denn was er sah, war nicht Yukiko, die dort Seidenkleider webte, sondern ein Kranich, der sich seines Fellkleides bediente, um die Kleider zu weben. Mit jeder Feder, die sich der Kranich ausriss, durchzog den Vogel ein großer körperlicher Schmerz, und es brauchte jeweils einige Augenblicke, ehe er an die Arbeit zurückkehren konnte.

Osamu sah dem schmerzvollen Treiben gebannt zu und wusste nicht, wie er reagieren sollte. Also beobachtete er den Vogel weiter und entdeckte dabei eine verheilte Wunde an einer Stelle des Körpers, an der bereits kein Federkleid mehr zu sehen war – genau an jener Stelle, an der die Wunde beim geretteten Kranich gewesen war! In diesem Moment erschrak Osamu derart stark, dass er mit dem Kopf gegen den Fenstervorbau stieß. Sogleich hielt der Kranich in seiner Arbeit ein und schaute zum Fenster.

Osamu war entdeckt! Das wusste er nun und ging niedergeschlagen zur Eingangstüre, die sich langsam öffnete. Indem ihn der Kranich traurig anblickte, wusste Osamu, dass er den Kranich und damit seine Lebenspartnerin verloren hatte; und nur wenige Augenblicke später spannte die verwandelte Yukiko ihre weiten Flügel auf, schlug einmal zum Abschied und erhob sich in die Lüfte, höher und höher, bis sie nicht mehr zu sehen war.

Osamu blieb lange auf dem Vorplatz stehen und blickte Yukiko hinterher. Doch er bekam nur den See und die Kraniche zu sehen, die darüber ihre Bahnen zogen, um auf Fischfang zu gehen. Tief in seinem Körper spürte er, dass er das verloren hatte, das ihm am meisten bedeutet hatte.

Impuls
(Sharela Koch)

Gelebte Nächstenliebe ist wie Fußball spielen:

Übung macht den Meister.

Sommermärchen (Christina Reinemann)

Deutschland, 2006, Europameisterschaft. Ein Traum in schwarz-rot-gold. Ein Land, ein Team, eine Gemeinschaft. Es war unglaublich. Einfach unglaublich. Jedes Spiel auf Großleinwand. Übertragungen in Stadien, weil zu viele Zuschauer in die Kneipen stürmten, weil zu viele Menschen sich auf den Plätzen drängten. Weil jeder dabei sein wollte. Unabhängig von der Nationalität. Autokorsos. Fahnenmeere. Ein Spektakel. Eine Europameisterschaft, die uns alle verband. Wir tanzten zur Musik, wir feierten die Tore und wir litten mit unserer Mannschaft. Niemand in Deutschland hätte dies 2006 erwartet. Niemand hätte es vorher sagen können. Die Stimmung hätte kippen können. Aber das tat sie nicht. Friedlich, feiernd, alle zusammen. Zusammen, das Motto hatte auch unsere Universität aufgegriffen und drei große Leinwände zur Verfügung gestellt, damit wir Studenten auch an der Universität die Möglichkeit hatten, die Spiele zu verfolgen. Nach einem langen Vorlesungstag noch einen Abstecher in den Sport- oder Mensabereich. Ein Blick auf die Leinwand und die Sorgen und der Ärger waren verflogen. Mir machten die Vorlesungen jedenfalls viel mehr Spaß und ich ging in diesen Wochen wirklich sehr, sehr gerne zu Universität. Es war ein tolles Gefühl. Mit Freunden zusammen zu sitzen. Nicht nur über die anstehende Klausurenwoche zu sprechen, sondern über das Kopfballtor vom vergangenen

Abend. Selbst fußballunbegeisterte Menschen, wie meine Freundin, konnten sich dem Drang nicht entziehen. Dem Drang, ein Spiel zu sehen. Dabei zu sein. Mitzufeiern. Sich zu freuen. Insiderwissen oder Fachwissen war nicht gefragt. Grölen bis der Arzt kommt war das Motto und sicher taten so manch einem Musikwissenschaftler*in am nächsten Tag die Ohren weh, von den vielen schiefen Tönen. Von dem Lärm. Uns war das egal, wir hatten Spaß, wir feierten unser Team, jeden Sieg und auch jedes Gegentor. Für meine Freundin und mich war es längst mehr als nur eine Europameisterschaft. Es war die Europameisterschaft. Eine Europameisterschaft, von der wir noch lange sprechen würden – im Guten wie im Schlechten. Ein Sommermärchen ganz nach dem Geschmack des Kaisers. Denn kurzzeitig wurde Deutschland in dieser Zeit wieder von einem Kaiser regiert. Wen interessierte es, wem die Bundeskanzlerin die Hände schüttelte, wenn der Kaiser sprach. Wir hingen an seinen Lippen, lauschten den Experten in den Pausen. Der Kaiser. Ein Mann. Ein Wort. Er hatte die Europameisterschaft nach Deutschland geholt. Er hatte uns ein Sommermärchen versprochen. Und er hatte sein Wort gehalten. Im Gegensatz zu vielen Politikern, die gerne viel versprechen aber nur wenig halten. Der Kaiser, das war unser Mann. Jedenfalls in diesem einen Sommer. Für diese eine Europameisterschaft.

Deutschland, 2024, Europameisterschaft. Europameisterschaft im eigenen Land. Und doch glaubt keiner an ein Sommermärchen wie 2006. Der Kaiser ist tot. Die Schlammschlacht um gekaufte Europa- und Weltmeisterschaften hat die Fußballwelt verändert. Der

Kaiser, der uns 2006 Lust auf Fußball, auf Sommer, auf Feiern gemacht hatte. Ein Traum, der sich ausgeträumt hat? Schlagzeilen nach einem neuen Sommermärchen, nach Public Viewing in Stadien und der Sperrung von Straßen – Fehlanzeige. Stattdessen lesen wir: Terrorangriff möglich. Public Viewing meiden. Terroranschlagswarnung statt feiernder Menschen. Terroristen bedrohen unsere Europameisterschaft. Doch es ist nicht nur der Terror. Es herrscht Krieg. Krieg in Europa. Dürfen Kriegsparteien spielen? Dürfen die Fußballer für ihr Land kämpfen. Kämpfen abseits des Krieges. Der Kaiser hätte es sich gewünscht. Ein fairer Kampf. Ein Spiel dauert 90 Minuten und danach sind wir alle wieder Freunde. Doch der Kaiser lebt nicht mehr. Und die Bundeskanzlerin ist ein Mann. Ein Mann ohne Strahlkraft, ohne die einer Frau. Ohne Elan, die Massen für die Europameisterschaft zu begeistern. Er wirkt zurückhaltender. Sorgenvoller. Die Welt hat sich verändert. Die Warnungen werden lauter, Terror, Krieg, Gewalt. Drei Schlagworte, die niemand mit dem Sommermärchen 2006 verbunden hätte. Drei Worte, die nicht zum Fußball passen. Zum Feiern. Zu Großveranstaltungen. Zu Fans, die sich in den Armen liegen. Es sind nur drei Worte. Worte, die ich nicht mit Fußball verbinde. Worte, bei denen ich mich frage, werde ich wieder mit Freunden ausgelassen feiern. In der Universität sitzen und gemeinsam Fußball schauen? Wäre es nicht so schön, wäre es nicht so wichtig, dass wir auch 2024 wieder ein Sommermärchen erleben? Zusammen feiern, zusammen singen. Autokorsos in den Straßen. Völkerverständigung. Nationalstolz, ohne, dass man gefragt wird, ob man rechts wählt. Stolz auf unsere Jungs. Auf ihre Siege. Leiden bei ihren Niederlagen. Die Experten sehen unsere Chancen eher gering, aber wie oft hat ein Underdog bei einer Europameisterschaft großes vollbracht. Gewonnen. Und Favoriten nach Hause geschickt?

Wenn der Ball wieder rollt. Wenn der erste Anstoß erfolgt ist, dann werden wir wissen, ob Terror, Krieg und Angst die Fußballwelt erreicht haben. Oder Feiern und Singen Brücken bauen, Gräben überwinden und uns ein Sommermärchen wie 2006 bescheren. Ob die Menschlichkeit siegt? Ob der Fußball uns alle wieder verbindet? Uns wieder zusammen bringt?

Der chinesische Kochtopf (Hermann Bauer)

Gerne höre ich auch heute noch auf den Rat des Ehepaares Lindner. Ob die Probleme klein oder groß sind, die Lindners finden immer einen Ausweg.

Sabine und Robert Lindner sind weit über 80 Jahre alt. Im Herzen aber sind sie jung und modern geblieben. Herr Lindner hatte einen Beruf, in dem er in der ganzen Welt herumkam. Er lebte viele Jahre mit seiner Frau in Asien und Südamerika. Heute wohnen die beiden am Münchner Stadtrand, direkt am Ufer des Starnberger Sees. Ein breiter Weg führt zu der geräumigen Villa.

Ich sitze in einem schwarzen Ledersessel und betrachte das Kaminfeuer. Kein Wohnzimmer strahlt eine solche Gemütlichkeit und Geborgenheit aus wie dieses. Und ich war schon in vielen Wohnzimmern zu Gast.

Herr Lindner schenkt mir einen französischen Rotwein ein, wir stoßen alle an, und Frau Lindner bemerkt: „Es wird höchste Zeit, dass wir mal wieder gemeinsam einen netten Abend verbringen.“

Herr Lindner steht auf, was ihm große Mühe bereitet. Wie so viele Senioren hat auch er Schwierigkeiten mit seinen Beinen. Sie tragen ihn nicht mehr so gut.

Er geht zum Kamin, bückt sich und greift nach dem Korb, um Holz zu holen. Ich springe auf, um ihm die Arbeit abzunehmen. Aber schon steht Sabine Lindner neben mir und bittet uns, beide wieder Platz zu nehmen, denn sie möchte Brennholz holen. Sie lässt sich nicht von mir helfen.

Als sie wieder das Zimmer betritt, geht ihr Mann auf sie zu, bedankt sich bei ihr und drückt ihr ein Küsschen auf die Wange.

Ich bin gerührt. Es ist jedes Mal eine Freude für mich zu sehen, wie glücklich und harmonisch die beiden immer noch sind – nach so vielen Ehejahren.

Ich trinke einen Schluck Wein und frage sie: „Was ist eigentlich das Geheimnis eurer glücklichen Ehe?"

Beide lächeln sich an, und Robert antwortet: „Ein Geheimnis gibt es da sicher nicht. Die Ehe ist ein Bündnis, das gehegt und gepflegt werden muss. Für manche ist die Ehe bzw. die Liebe lediglich ein Boogie-Woogie der Hormone. Wenn solche Bindungen dann scheitern, muss man sich nicht wundern."

Sabine nickt und fährt fort: „Leider sind die meisten Menschen nicht auf die Ehe vorbereitet. Robert und ich waren es auch nicht. Als wir vor über 60 Jahren heirateten, hatten wir keine Ahnung. Wir wussten nicht, wie man über seine Gefühle und Empfindungen spricht, wie man Kritik einsteckt und Kritik übt, ohne den anderen gleich in Bausch und Bogen zu verdammen. Oder wie man konstruktiv streitet und es schafft, auch mal nachzugeben, Probleme auch mal eine Weile im Raum stehen zu lassen, um einen günstigeren Augenblick zu ihrer Bewältigung abzuwarten. Die ersten Jahre waren deshalb ziemlich schwierig, und der Haussegen hing oft schief.“

Robert geht in die Küche. Er kramt aus dem hintersten Eck einen Gegenstand hervor, bringt ihn mit ins Wohnzimmer, reicht ihn mir und sagt: „Vielleicht gibt es doch ein Geheimnis unserer glücklichen Ehe – dies hier hat eine Menge dazu beigetragen.“ Gespannt wartet er auf eine Reaktion von mir. Ich bin jedoch ratlos. Was er mir in die Hand gedrückt hat, ist ein ganz gewöhnlicher Kochtopf. Er ist nicht schön, die Farbe bereits an einigen Stellen abgeblättert.

Sabine lacht und erzählt: „Dieser Topf ist schon sehr alt. Ich habe ihn bei einem alten Chinesen in Shanghai gekauft. Dieser Mann sagte zu mir, in Europa sei die Ehe mit einem heißen Topf zu vergleichen, den man auf eine kalte Platte stelle und der nach und nach abkühle. In fernöstlichen Ländern sei die Ehe ein kalter Topf, den man auf eine heiße Platte stelle, so dass er sich langsam erwärme und immer heißer werde. Diese Worte haben mir damals sehr gut gefallen, und bis heute habe ich sie nicht vergessen.“

Robert unterbricht Sabine und stellt klar: „Nicht, dass unsere Ehe zu Anfang ein kalter Topf gewesen wäre, ganz im Gegenteil. Aber ich glaube, dass viel zu viele Menschen lediglich darauf hoffen, dass sich die Anfangshitze möglichst lange hält, anstatt immer wieder kräftig nachzuheizen. So verstehe ich die Ehe: die Freundschaft vertiefen, sich immer näher kommen, sich immer besser verstehen lernen."

Verträumt beobachte ich, wie die lodernden Flammen auf die gerade aufgelegten Holzscheite übergreifen.

Sabine unterbricht die Stille: „Wir reden oft über Ehe und Partnerschaft. Und wenn jemand Schwierigkeiten hat, so wie du, versuchen wir ihm zu helfen." Dabei schaut sie mir tief in die Augen.

Robert legt seine Hand auf meine Schulter und sagt: „Ich finde es wichtig, auch von anderen Menschen zu hören, welche Probleme sie haben. Zu sehen, wie sie damit umgehen, das hilft auch uns weiter."

Ich bin nicht in der Stimmung, jetzt über die Schulprobleme meiner Kinder zu sprechen. Auch nicht über die voraussichtliche Kündigung unserer Mietwohnung und schon gar nicht über meine momentane Ehekrise. Da kann mir keiner helfen, denke ich mir, da muss man eben durch.

Also trinke ich mein Glas leer, stehe auf, gehe wie ein Tiger in seinem Käfig nervös auf und ab und sage etwas vorwurfsvoll: „Das alles hört sich recht einfach an, ist jedoch, wie alles Üben, eine schwierige Arbeit. Es erfordert eine Menge Geduld." Ich bedanke mich für den netten Abend und möchte mich verabschieden.

Frau Lindner reagiert überhaupt nicht und holt noch eine zweite Flasche Rotwein aus der Küche.

Herr Lindner kommentiert trocken: „Setz dich."

Seine Frau reicht mir die Flasche und den Korkenzieher.

Ich öffne die Flasche, gieße allen die Gläser nach und lasse mich in den Sessel fallen. Ich fühle mich unausgeglichen und ausgelaugt vom beruflichen und häuslichen Ärger. Der Hausherr deutet mit seinem Zeigefinger auf die Vitrine mit den vielen Schnitzereien, Statuen und Vasen. „Jedes Stück teilt eine Geschichte mit", sagt er. „In welches Land sollen wir dich heute entführen? Nach Burma, Thailand, Indonesien, Indien, Guatemala, Peru...?" Er greift sich aus der Vitrine eine Holzfigur, hält sie in den Händen, betrachtet sie immer wieder von allen Seiten, und dann erzählen beide über Indonesien. Das klingt alles so echt, als ob ich damals selbst dabei gewesen wäre.

Ich schließe meine Augen, und manchmal habe ich das Gefühl, als könnte ich sogar die Gerüche der Speisen, von denen sie mir erzählen, wahrnehmen. So vergesse ich für einige Stunden meine Sorgen. Wie machen die beiden das nur? Die Erzählungen wirken auf mich wie eine Hypnose und Seelenmassage zugleich.

Nach etwa drei Stunden verabschiede ich mich und trete den Heimweg an. Zu Hause fragt mich meine Frau: „War es nett? Haben die beiden wieder über ihre Auslandsabenteuer gesprochen?"

Ich nicke mit dem Kopf: „Ja, es war wieder sehr schön. Diesmal haben sie mich mit nach Indonesien genommen. Aber sie haben mir auch eine kleine Geschichte über einen chinesischen Kochtopf erzählt.

Diese Erzählung gefiel mir am besten. Willst du sie hören?" Verständnislos schaut meine Frau mich an, wobei sie erwidert: „Heute nicht mehr. Ich bin schon zu müde. Vielleicht morgen. Dann erzähle ich dir auch eine Geschichte über Kochtöpfe, Bestecke, Teller, Tassen und Gläser, die ich heute abgespült habe, während du dich amüsiert hast. Ich gehe jetzt ins Bett. Gute Nacht."

Ich bin noch nicht müde. Zu viele Gedanken wirbeln in meinem Kopf herum. Dabei denke ich an einen kühlen Kochtopf und wünsche mir, er möge sich noch einmal erwärmen und vielleicht sogar sehr heiß werden.

Das Leuchten der Vergangenheit (Anne Jansen)

Es gibt nichts, was die Hoffnung stärker in Frage stellt, als der Tod. Als meine Eltern starben war ich neun. Ich war sehr klein und sehr unfertig. Von einem Tag zum anderen änderte sich alles. Meine Eltern waren beide Einzelkinder gewesen. Es gab keine Großeltern mehr. So viel Pech auf einmal ist ungewöhnlich, denke ich im Nachhinein.

Ein Autounfall auf einer gemeinsamen Dienstreise hat die beiden auf einen Schlag ausradiert. Mir hat niemand die genauen Umstände des Unglücks erklärt. Die Erwachsenen um mich herum waren viel zu sehr damit beschäftigt, sich eine Perspektive für mich auszudenken. Wo sollte ich in Zukunft leben. Wer sollte für mich sorgen? Vermutlich haben die Vorgesetzten meiner Eltern sofort das Jugendamt eingeschaltet. Der Staat ist doch zuständig. Der kümmert sich um Katastrophenfälle wie mich.

Die Beerdigung fand in einem Friedwald statt. Zwei Urnen wurden in den Boden versenkt. Nebeneinander. Darüber hinaus habe ich an den Vorgang kaum noch eine Erinnerung. In meiner Rückschau umgibt mich eine graue Wolke. Ein diffuses Gefühl der Verlassenheit mauerte mich ein. Mir war alles egal, außer dass ich fror. Ich zitterte innerlich und erstarrte äußerlich. Ich wusste, ich hatte niemanden mehr. Ich war allein. Fotos aus dieser Zeit zeigen einen blassen Jungen mit niedergeschlagenen Augen.

Sie schickten mich in ein Kinderdorf. Wir lebten in Wohngruppen zu sechs bis acht Kindern in einzelnen Häusern. Es gab dort Hauswirtschaftskräfte und Erzieher im Schichtdienst. Alle paar Stunden waren andere Erwachsene dafür abgestellt, auf uns aufzupassen. Und diese Erwachsenen hatten ordentlich zu tun. Es gab jede Menge Streit. Die Kinder stritten sich untereinander und mit den jeweiligen Aufsichten. Es war meistens ein mörderisches Gezanke im Gange. Bei den älteren Jugendlichen ging es darum, länger Ausgang zu haben, rauchen zu dürfen und mit Alkohol herum zu experimentieren. Die Kleinen balgten sich um Spielzeug oder um Aufmerksamkeit.

Mir war es auf jeden Fall zu laut und zu aggressiv. Ich wurde immer stiller. Ich sehnte mich nach meiner Mama und meinem Papa. Ich verstand nicht, was in diesem Chaos von mir erwartet wurde. Jeden Abend weinte ich mich in den Schlaf.

Und dann kam sie in unser Haus. Ein Neuzugang, wenige Wochen nach meiner Ankunft. Ein Mädchen, das völlig anders war. Jasmin war etwa so alt wie ich. Vermutlich war es ihre Aura der Unnahbarkeit, die mich magisch anzog. Sie wirkte stark und autonom, während ich mich schwach und abhängig fühlte. Sie war anders: Dunkel, wo ich hell war. Meine blonden Flachshaare und ihre schwarze Wolle auf dem Kopf. Meine wasserblauen Augen und ihre tiefbraune Iris. Mein markanter Vorsprung im Gesicht und ihre sommersprossige Stupsnase. Sie war klein und pummelig. Ich überragte sie um einige Zentimeter. Von Anfang an habe ich sie angestaunt und verehrt.

Sie hat mich allerdings gar nicht gesehen. Sie zog in mein Nachbarzimmer. Die anderen Kinder wunderten sich, wie viele Bücher sie besaß. Behutsam räumte sie ihre Schätze in ein Regal. Ihre Schmöker ließen sich gar nicht alle dort unterbringen. Daher stapelte sie sie bald an den Wänden. Tobias, ein Erzieher, schlug vor, dass sie doch einen Teil ihrer Bücher auch im Wohnzimmer lagern könnte. „Dann haben alle etwas davon!“, sagte er.

Jasmin schaute nicht einmal auf. Sie antwortete nicht, sondern machte in Seelenruhe weiter. Tobias zuckte mit den Schultern und wandte sich ab. Nach und nach verließen auch die anderen Kinder
ihren Beobachtungsposten an der Tür. Die Neue war langweilig. Es hatte keinen Sinn länger auf Sensationen und Dramen zu warten. Ich blieb stehen und hoffte, dass sie mich ansprechen würde. Jasmin reagierte mit keinem Wort auf meine stumme Anwesenheit. Als der Essensgong ertönte, kickte sie mit dem Fuß von innen ihre Tür zu. Da stand ich nun, wieder ausgeschlossen. Bedrückt setzte ich mich zu den anderen Kindern. Jasmin wollte keinen Kontakt zu mir. Ich konnte ihr das auch nicht verübeln. Wer wollte schon eine Heulboje zum Freund?

Am nächsten Tag in der Schule stellte sich heraus, dass wir in einer Klasse waren. Unsere Lehrerin setzte die Neue neben mich. „Ihr wohnt doch zusammen“, meinte sie.

„Da kannst du Jasmin sicherlich beim Eingewöhnen helfen.“ Was für eine dämliche Idee, dachte ich damals. Eine völlige Fehleinschätzung meiner Lehrerin. Der Platz neben mir war frei, weil ich keine Freundschaften geschlossen hatte. Ich war nicht zuversichtlich, dass es mit Jasmin und mir klappen würde.

Doch nach einer Weile stellte sich heraus, dass wir uns zumindest schulisch recht gut ergänzten. Ich war ein Mathe-Ass, während Jasmin nicht nur super lesen, sondern auch fehlerlos schreiben konnte. Als ich ihr heimlich bei einer Mathearbeit vorsagte, revanchierte sie sich beim nächsten Diktat. Wir begannen die Hausaufgaben zusammen anzufertigen. Manchmal kam sie zu mir ins Zimmer, manchmal setzten wir uns an ihren Schreibtisch. Doch nie unterhielten wir uns über unsere Vergangenheit.

Ich war die einzige Waise in unserem Haus. Alle anderen Kinder waren bei Eltern aufgewachsen, die sich nicht ausreichend um sie gekümmert hatten. Benedict war mit zwei Jahren ins Kinderdorf gekommen, weil er vollkommen verdreckt und verwahrlost von seinen Eltern im Badezimmer gehalten worden war. Evangeline war misshandelt worden. Ihre Mutter hatte psychotische Schübe und wurde dabei gewalttätig. Lennards Eltern hatten sich scheiden lassen und ihre neuen Partner fühlten sich von Lennard überfordert. Es waren keine schönen Geschichten, die ich mitkriegte. Und manchmal, wenn ich von der Zeit mit meinen Eltern träumte, dann war es ein gutes Gefühl, dass ich mich an schöne Sachen erinnern konnte. Zum Beispiel hat mein Vater mit mir am letzten

Weihnachtsfest einen Tannenbaum im Wald geschlagen. Ich weiß noch, wie schwer es uns beiden gefallen ist in der Schonung eine Wahl zu treffen. Meine Mama hat abends oft Gitarre gespielt und mit mir gesungen. Ich habe jeden Abend eine Gute Nacht-Geschichte vorgelesen bekommen.

Allerdings spielten an den Besuchstagen im Heim meine schönen Erinnerungen keine Rolle mehr. Ich fühlte mich einfach nur elend. Für die anderen Kinder gab es Menschen jenseits des Kinderdorfes, die sich für sie interessierten. Für mich gab es niemanden. Allerdings erhielt auch Jasmin keinen Besuch. Ich fragte mich, wieso.

Dieses Geheimnis lüftete sich, als ich an einem Besuchstag in ihr Zimmer ging. Sie lag auf dem Bett und las. „Mach die Tür zu!", herrschte sie mich an, und als sie sich umdrehte, sah ich, dass sie rotgeweinte Augen hatte. Ich setzte mich auf die Bettkante und streichelte ihren Arm. Das hatte meine Mama mit mir gemacht, wenn sie mich früher tröstete. Bei der ersten Berührung meiner Hand auf ihrer nackten Haut erstarrte sie. Und dann fing sie an zu weinen. Laut und unbeherrscht. Ihre Schluchzer erstickte sie mit dem Kopfkissen. Es schüttelte sie richtig, und obwohl ich mich unbehaglich fühlte, strich ich weiter über ihren Arm. Irgendwann beruhigte sie sich und fing an zu erzählen.

„Mein Papa ist gestorben. Meine Mutter hat recht schnell einen neuen Mann kennengelernt. Jasper hieß der Neue.

Ruck zuck sind wir in sein Haus gezogen. Ich, meine Mutter und mein kleiner Bruder. Ich wollte das nicht. Ich wollte in der Wohnung bleiben, wo wir mit meinem Papa glücklich gewesen waren. Wo es nach ihm roch. Wo ich beim Betreten des Wohnzimmers noch erwartete, dass er da auf seinem Sessel sitzen würde. Meine Mutter wollte jedoch abschließen. Sie wollte einen Neuanfang. Ich war sauer. Ich hasste den Neuen. Ich war nicht nett zu Jasper, und ich war nicht nett zu meiner Mama. Als ich behauptete, Jasper schaue mich seltsam an, hat sie gelacht. Als ich sagte, Jasper fasst mich an, wenn sie nicht da ist, hat sie mich ins Gesicht geschlagen. Da bin ich ausgerissen. Als die Polizei mich fand, habe ich alle Vorwürfe gegen Jasper wiederholt. Das brachte mich hierher. Aber jetzt? Ich fühle mich so allein.

„Das musst du nicht.", sagte ich leise. „Wir sind doch zu zweit." Jasmin hob verwirrt den Kopf. „Ja", murmelte ich, selbst überrascht über meinen Wagemut. „Du hast mich. Ich bin dein Freund. Wir sind nicht mehr allein. Und wir haben unsere Erinnerungen. Wir haben eine Zeit in der Vergangenheit erlebt, die total schön war. Du mit deinen Eltern und ich meinen Eltern. Das macht uns beide stark. Das macht uns gesund. Und jetzt haben wir einander."

Jasmin wälzte sich auf den Rücken und starrte mich an. „Manchmal beeindruckst du mich richtig, Huckleberry Finn." sagte sie. Und als ich verständnislos die Augenbrauen hob, erzählte sie mir brühwarm die

Geschichte von Tom Saywer und seinem besten Freund Huck, beide elternlos und beide richtig gewitzt.

Von nun an nannten wir uns gegenseitig nur noch Tom und Huck. Die anderen wunderten sich eine Weile, aber mit der Zeit übernahmen sie diese Angewohnheit. Tom und ich wurden unzertrennliche Verbündete. Sie steckte mich allmählich mit ihrer Leseleidenschaft an. Als einziges Kind im Haus durfte ich mir von ihrem Lektürevorrat nehmen, was ich wollte. Im Gegenzug machte ich sie in den nächsten Jahren zu einer Zahlenakrobatin, die jedes Sudoku mühelos löste. Nicht das Kinderdorf, aber wir beide wurden uns gegenseitig zu einer Art Heimat.

Inzwischen ist Tom (oder Jasmin) zu ihrer Mutter und ihrem kleinen Bruder zurückgekehrt: Die Ehe mit Jasper ist wieder auseinander gegangen. Mutter und Tochter haben sich versöhnt. Ich bin im Kinderdorf geblieben. Aber jetzt bekomme ich einmal im Monat Besuch. Die Ferien verbringe ich mit meiner besten Freundin.

Und wenn ich heute an meine Mama und an meinen Papa denke, dann tue ich das nicht nur mit Wehmut, sondern auch dankbar. Die neun Jahre, die wir gemeinsam hatten, waren schön. Sie haben mich stark gemacht. Und jetzt habe ich Tom, meine beste Freundin.

Predigt
(Andreas Köllner)

in den kranken, den

verwundeten, den armen

ist Er bei uns

sagte sie und

sie hat recht.

dann wünschte sie uns

einen schönen abend und fuhr

an dem zerbrochenen fenster

der behindertenwerkstatt

vorbei – ich sah Ihn

winken

Marianne
(Herbert Glaser)

Marianne legte das Besteck neben den Teller und wischte sich mit der Serviette über den Mund. Obwohl sie seit längerer Zeit keinen richtigen Appetit mehr verspürte, zwang sie sich, so wenig wie möglich von den Speisen übrig zu lassen. Das hatte sie ihrem Mann versprochen. Erst in etwa einer Stunde würde Marcel, der Pfleger, das Tablett mit dem schmutzigen Geschirr abholen, ihr eine gute Nacht wünschen, und damit für eine kleine Abwechslung im ansonsten ereignislosen Tagesablauf sorgen. Nicht nur er, sondern alle Angestellten des Altenheims gaben sich wirklich große Mühe mit den Bewohnern, aber ihre Arbeitsbelastung war enorm und Besserung nicht in Sicht.

Marianne legte die Hände in ihren Schoß und schloss kurz die Augen. Seit drei Jahren war sie nun alleine, nachdem ihr Mann Hermann nach langer und schwerer Krankheit von ihr gegangen war. Besuch hatte sie schon sehr lange nicht mehr bekommen. Es gab keine Verwandten und alle ihre Freunde waren bereits verstorben. Der Wunsch nach eigenen Kindern war ihnen nicht erfüllt worden.
Stille machte sich in dem kleinen Raum breit. Irgendwann beschloss die Wanduhr, ein paar Schläge zu tun. Sie war eines der wenigen Dinge, die Marianne aus ihrem alten Leben mitgebracht hatte und schenkte ihr ein winziges Stück Vertrautheit.

Aus den Augenwinkeln glaubte sie plötzlich, draußen einen vorbeihuschenden Schatten zu sehen. Sie entriegelte die Bremse des Rollstuhls und fuhr zur Balkontür. Ihr Zimmer lag im zweiten Stock und gestattete den Blick auf eine Neubausiedlung mit verkehrsberuhigten Straßen und Spielplätzen. Auf dem Boden des Balkons entdeckte Marianne ein Stück Papier. Umständlich öffnete sie die Tür und rollte hinaus. Mit ihrer von Altersflecken übersäter Hand angelte sie nach dem Fundstück und betrachtete es. Es handelte sich um einen einfachen Papierflieger, der den Weg bis zu ihr gefunden hatte. Welch netter Zufall, dachte sie bei sich und wollte ihn schon wieder in die Lüfte entlassen, als ihr an dem kleinen Flugobjekt etwas auffiel. Mit zitternden Händen faltete sie das Papier auseinander und entdeckte einen handgeschriebenen Text.

Hallo lieber Finder. Ich bin Leonie und elf Jahre alt. Leider habe ich seit einigen Tagen eine ansteckende Krankheit und darf deshalb nicht aus dem Haus und auch nicht in die Schule gehen. Der Arzt hat gesagt, es wird noch einige Zeit dauern, bis ich wieder gesund bin. Meine Eltern versorgen mich natürlich mit allem was ich brauche, aber meine Klassenkameraden fehlen mir sehr.

Vielleicht bist du auch alleine. Ich schicke dir einen lieben Gruß und hoffe, dass wir unsere Freunde bald wieder treffen können.

Mit feuchten Augen drückte Marianne den Brief an ihre Brust.

Kurze Zeit später begann es zu regnen und an der Innenseite der Scheibe hinterließen Tränen aus Kondenswasser streifige Spuren. Als der Pfleger nachsehen wollte, ob die alte Dame gegessen habe, fand er sie vor mit einem Lächeln auf den Lippen und in einem Zustand, in dem irdische Nahrung nicht mehr nötig war.

Erste Liebe
(Herbert Glaser)

Die Beleuchtung des Verkaufsraums war dezent und unaufdringlich. Scheu tasteten die Blicke von Silvia und Anja über den Inhalt zahlreicher Vitrinen.

„Guten Tag, meine Damen, wie kann ich Ihnen helfen?“

Erschrocken drehten sich die beiden zu einem Verkaufstresen, hinter dem ein hagerer Mann mittleren Alters auf einem Stuhl saß.

Silvia fasste sich. „Wir wollten etwas fragen.“

„Dann treten Sie doch näher.“ Er stand auf und machte eine einladende Geste.

Die Frauen stellten sich vor den gläsernen Ladentisch und musterten ihr Gegenüber. Silvia holte ein Papier hervor und gab es ihm. „Ist diese Rechnung aus Ihrem Laden?“

„Aber ja, diese Quittung habe ich selbst ausgestellt, erst letzte Woche.“

„Aber der Preis“, ergänzte Anja, „das muss doch ein Fehler sein!“

Erneut blickte der Mann auf das Dokument. „Zehn Euro? Der Betrag ist absolut korrekt.“

Die Frauen sahen sich verständnislos an.

„Erinnern Sie sich denn auch an die Kunden?“

Ein Lächeln umspielte den Mund des Verkäufers. „Aber gewiss, ein sehr sympathisches junges Paar. Ihre Namen waren Ben und Thea, wenn ich mich recht erinnere.“

Mit offenem Mund starrten sie den Mann an.

Diesmal war es Anja, die sich aus der Starre löste. „Ben und Thea, das sind unsere Kinder. Aber wie können Sie Siebenjährigen so etwas verkaufen?“ Aus ihrer Handtasche holte sie ein kleines, edel aussehendes Etui, stellte es auf die Glasplatte und klappte es auf. „Das ist doch von Ihnen, oder?“

Prüfend beugte sich der Mann zu dem Objekt und nickte. „In der Tat, es handelt sich hier um Ware aus unserem Bestand. Ist damit etwas nicht in Ordnung?“

„Nicht in Ordnung?“ Silvia schrie fast. „Das hier ist ein Schmuckgeschäft, ein sehr teures, um genau zu sein ...“

„Ich bevorzuge die Bezeichnung exklusiver Juwelier.“ Der Stolz in seiner Stimme war nicht zu überhören.

„Na gut, dann eben exklusiv und teuer. Das ist doch bestimmt kein Modeschmuck, sondern echtes Gold.“

„Genau genommen handelt es sich dabei um bicolore Ringe aus Weiß- und Gelbgold mit 18-karätiger Legierung, hochpolierter Oberfläche und drei Diamanten.“

Silvia musste sich kurz abstützen. „Wie kommen Sie dazu, unseren Kindern ausgerechnet so etwas zu verkaufen?“

„Die Beiden haben sich von mir beraten lassen und sich schließlich für diese Ringe entschieden – eine sehr gute Wahl."

„Und der Betrag? Ich habe in Ihrem Sortiment nichts gesehen, was unter mehreren hundert Euro zu haben ist."

„Das stimmt allerdings. Jedoch hatte Ben nur zehn Euro dabei, deshalb musste ich den Preis etwas anpassen."

„Etwas anpassen?" Anja schlug die Hände über dem Kopf zusammen. „Wollen Sie uns auf den Arm nehmen? Wieso verkaufen Sie sündteure Ringe zu einem Spottpreis an Kinder?"

„Und warum", ergänzte Silvia, „noch dazu Ringe, die ihnen viel zu groß sind? Das sind Eheringe für Erwachsene!"

Lange sah der Juwelier den Müttern in die Augen. „Ich verstehe Ihre Verwunderung und Sie haben natürlich eine Erklärung verdient. Ich habe in all den Jahren unzählige Eheringe an Paare verkauft und dabei gelernt, wie unterschiedlich die Menschen und ihr weiterer Lebensweg doch sind. Ich erinnere mich an ein älteres Paar, das Ringe für ihre Goldene Hochzeit erwerben wollte. Zu ihrer Vermählung hatten sie damals bei meinem Vater gekauft und freuten sich, dass unser Geschäft immer noch besteht. 50 Jahre später durfte ich den Beiden also noch einmal eine Freude machen. Das war einer der bewegendsten Momente."

Die jungen Frauen hatten den Ausführungen gebannt gelauscht. Eine steile Falte grub sich zwischen Silvias

Brauen. „Das ist wirklich alles sehr interessant und schön zu sehen, wie Sie Ihren Beruf lieben. Aber ich verstehe immer noch nicht, was das mit unseren Kindern zu tun hat, tut mir leid! Wenn Sie schon so großen Wert auf Ihre Exklusivität legen, dann verstehe ich nicht, wieso Sie ihnen wertvolle Ringe für zehn Euro verkauft haben."

„Ich bin ganz ehrlich: Noch nie hat mich eine Liebesbekundung zweier Menschen so berührt, wie die von Ben und Thea. Ihre Gefühle füreinander sind rein und unverfälscht. Sie haben mir versichert, dass sie heiraten werden, wenn sie erwachsen sind. Deshalb verlangten sie auch keine Kinderringe, denn erst zur Vermählung wollten sie die Schmuckstücke anlegen."

Friedmann beugte sich vor und sah Silvia und Anja in die Augen.

„Ganz ehrlich, meine Damen, wie hätte ich da Nein sagen können?"

Anja blies die Backen auf. „Nun aber mal halblang! Sie erzählen hier irgendwas über Liebe und Heirat. Dabei handelt es sich um siebenjährige Kinder. Sie haben schon im Sandkasten miteinander gespielt und gehen jetzt zusammen zur Schule, weil wir zufälligerweise in derselben Straße wohnen. Glauben Sie wirklich, dass die beiden eine Vorstellung haben, was wahre Liebe ist. Wer weiß, ob sich ihre Wege nicht trennen."

„Ich hatte von reiner und unverfälschter Liebe gesprochen. Meiner Meinung nach ein großer Unterschied zu Gefühlen zwischen erwachsenen Menschen. Ob sich Ihre Kinder tatsächlich ineinander verlieben, wenn in der Pubertät das andere Geschlecht interessant wird? Das halte ich für sehr unwahrscheinlich. Es gibt angeborene psychologische Mechanismen die verhindern, dass man sich in die Leute verliebt, mit denen man aufgewachsen ist, auch wenn man nicht blutsverwandt ist. Damit verhindert die Natur Inzest, denn in der Regel sind es eben Geschwister, die ihre Kindheit miteinander verbringen."

„Dann ist mir erst recht unklar, warum Sie ..."

„Weil mich dieser Moment so bezaubert hat. Zwei Kinder, die gerade mal so groß sind, dass sie über die Verkaufstheke sehen können, gestehen sich ihre Liebe – oder was sie dafür halten. Um diesen Augenblick perfekt zu machen, bin ich darauf eingegangen. Ein einmaliger Moment in meinem Leben, der sich kaum wiederholen wird. Ich hoffe, diese Antwort genügt Ihnen. Sie sind immer noch skeptisch? Es tut mir leid, wenn ich Sie verwirrt habe. Lassen Sie mich einen Vorschlag machen. Ich werde die Ringe in unserem Safe verwahren bis Ihre Kinder volljährig sind. Danach können die beiden selbst entscheiden, was damit geschehen soll. Sind Sie damit einverstanden?"

Unschlüssig sahen sich Silvia und Anja an.

„Ich hoffe, das Wort das Sie suchen ist Ja."

Check42
(Michael Johannes B. Lange)

Als Decker den Metrozug in den Bahnhof steuerte, dachte er wieder an dieses eine Wort, das ihn nicht mehr losließ. Er betrachtete die Gesichter der Wartenden. An dem üblichen Haltepunkt stoppte er. Er überprüfte das Kontrollpult. Alle Leuchten waren erloschen. Decker hörte das Poltern an der Tür, das er so noch nie gehört hatte. Er öffnete die Tür. Er sah in das Gesicht seines Vorgesetzten. Schmidt sah anders aus als sonst. Decker dachte an dieses Wort, von dem er überzeugt war, dass er es erst nach diesem Vorfall gehört hatte.

***

Decker schlug die Augen auf. Die Erscheinung dieser Gesichter in der Masse... In seiner Zelle war niemand außer ihm. Er sah auf die Anzeige, dann aus dem Fenster. Es dämmerte. Nebenan war nichts zu hören. In dieser Stille hörte er wieder die Stimmen, seine eigene und die von Schmidt. Sogar jemand von der Zonenaufsicht war da.

- Es war nicht meine Schuld, hörte er sich selber sagen.

- Das wissen wir, Decker.

- Ich habe alles richtig gemacht.

- Das wissen wir auch.

- Die Untersuchungskommission hat mich in allen Punkten freigesprochen. - Das ist längst aktenkundig.

- Wieso machen Menschen überhaupt so etwas? Und ziehen mich hinein? Und was dann auf der Lok zu sehen ist, der Windschutzscheibe, die… das… der… Warum? - Manche Menschen sind eben so. Die denken nicht nach. Die kommen in Situationen, da können sie nicht mehr denken. Dann kommen sie ans Gleis. Denke nicht darüber nach, dass diese Menschen nicht denken können. Wir denken, du denkst zuviel über solche Sachen nach. Du musst andere Ziele ins Blickfeld nehmen.

Decker hörte sein Schweigen.

- Du solltest dich checken lassen. Wir meinen es wirklich nur gut.

Er hörte sein Schweigen. Dann hörte er sich fragen:

- Und wenn ich nicht will?

Er hörte Schmidts Schweigen. Am lautesten war das Schweigen des Zonenaufsehers, der sich als Wohlfahrt vorgestellt und seinen abwesenden Kollegen Neumann entschuldigt hatte. Wohlfahrt war es dann, der sagte:

- Das ist natürlich deine freie Entscheidung, Decker, aber…

- Aber?

- Aber dann wird es schwierig, zumindest hier. Der Check42 ist einfach.

- Wird es immer Menschen geben, die sich vor den Zug werfen? , hörte sich Decker nach einer langen Pause fragen.

- Ja, wahrscheinlich, aber die werden immer weniger.

- Wie könnt ihr da so sicher sein?

- Wir arbeiten daran. Und du solltest jetzt an dir arbeiten, Decker.

- Wie denn?

- Wir wiederholen uns nur äußerst ungern.

Die Stimmen verklangen. Allein im Schweigen blieb Decker zurück. Er stand auf und

betrachtete sich auf der spiegelglatten Oberfläche: ein Bild von einem Mann. Er entnahm den Akku und schloss ab.

***

„Ja?“, fragte der Dienst habende Schichtführer in der Etage des Kontrollturmes, von dem die große Drehscheibe draußen im großen Hof bedient wurde. Deckers Blick fiel auf das Modell, das sich langsam in Richtung des Wartungsdocks drehte. In der Ferne erahnte er die Gleisbündel und Gleisharfen, die in Fluchtpunkten zerflossen.

„Meine Schicht beginnt gleich“, erklärte Decker.

„Du bist Decker, nicht wahr?"

Decker nickte. „Und du musst Powers sein."

„Der Plan hat sich geändert, Decker."

Decker schwieg. „Davon weiß ich nichts", sagte er dann.

„Dann weißt du es jetzt."

Decker schwieg. Dann sagte er: „Ich muss einen Zug steuern."

„Nein, musst du nicht", widersprach Powers und wandte sich dem Kontrollpult zu. „Zumindest nicht heute und zumindest nicht du."

„Und warum?", fragte Decker.

Der Schichtführer sagte nichts. Decker sah, wie Powers die Drehscheibe anhielt und die Zugmaschine in das Dock fuhr. Öltropfen glänzten in Pfützen. Arbeiter in Blau traten an die Lok und begannen mit ihren Arbeiten. Decker schärfte den Blick und erkannte Instrumente, die ihm bislang neu gewesen waren.

„Und warum?", fragte Decker wieder.

Powers warf ihm einen kurzen Blick zu, der anders war als der Blick von eben. „Dein Check ist nicht vollständig."

„Meine Akte sagt was anderes", widersprach Decker.

„Die Vorschriften sind modifiziert worden."

„Modifiziert?", fragte Decker.

„Hör zu, Decker, ich habe hier wirklich zu tun. Wir müssen die Lieferungen an die neue Front weiterleiten, okay?“

„Ich will einfach nur verstehen, warum ich nicht mehr arbeiten darf“, erklärte Decker. „Du darfst arbeiten. Du sollst sogar arbeiten. Wir brauchen hier jetzt jeden“, erwiderte Powers, ohne Decker weiter anzusehen. Stattdessen nahm er die nächste Zugmaschine in Empfang, die wie ein silberner Pfeil im Morgenlicht glänzte.

„Aber ihr lasst mich nicht arbeiten?“, fragte Decker.

„Dir fehlt eben was.“

„Und was?“, wollte Decker wissen.

„Ein Check. Der Check.“

„Der ist aber nicht vorgeschrieben“, wandte Decker ein.

„Aber dringend empfohlen“, gab der Vorgesetzte zu bedenken. Powers sah Decker nicht mehr an, sondern konzentrierte sich auf die neue Lok. Und auf die Lok, die danach kommen würde, dachte Decker. Und die Lok danach…und danach…und danach…

„Und dringend empfohlen ist gleich vorgeschrieben?“

***

„Mach erst den Check“, forderte die Sonnenbrille, als Decker durch das Portal wollte, auf dem Verbraucherinformationen flimmerten.

„Ich will doch bloß…“, begann Decker.

„Tut mir leid, ohne den Check 42 kann ich dich nicht reinlassen“, verkündete die Sonnenbrille mit den pechschwarzen Tropfengläsern und verschränkte entschlossen die Arme vor der Brust. „So schwer ist das nicht. Mach es einfach.“

Schweigend trat Decker einen Schritt zurück.

„Habe ich auch gemacht“, rief die Sonnenbrille Decker hinterher. „Hinterher siehst du alles mit anderen Augen.“

***

„Zeig mir bitte bloß deinen Check“, bat ihn die junge Frau am Eingang des Q2. Das Gebäude war erst neulich in Pyramidenform modernisiert worden. Es hieß, dass das Q2 einmal einen anderen Namen gehabt hatte und ein Freizeitreff von Armeeangehörigen gewesen war.
Das muss ein Krieg vor diesem Krieg gewesen sein, dachte Decker.

„Ich meinte natürlich den Check42“, lächelte die Frau im schwarzen Abendkleid, nachdem Decker all seine Daten offenbart hatte.

„Habe ich nicht“, gestand Decker.

„Dann kann ich dich leider nicht reinlassen“, bedauerte die Frau. Rasch und so unauffällig wie möglich warf sie einen kurzen Blick in das Innere der Halle, in der sich bereits mehrere Gäste zu einer Musik versammelt hatten und miteinander sprachen. Ein Mann mit breiten Schultern nickte ihr zu, während immer mehr

Besucher an Decker vorbei eintraten. „Du weißt doch, wer ich bin, oder?“, fragte Decker.

Die junge Frau lächelte nun die Besucher bei jeder Kontrolle an, ohne auf Deckers Frage einzugehen.

„Du bist doch Stefanie, nicht wahr?“, fragte Decker. „Ich bin…..“

„Wir wissen, wer du bist“, sagte nun der Mann mit den breiten Schultern. „Und wir wissen, was du bist.“

„Und was bin ich?“, fragte Decker.

„Jemand ohne Check42“, erwiderte der Mann.

„Ich möchte einfach nur zu Eva“, sagte Decker zu Stefanie.

„Eva wird jetzt auftreten. Da kann sie dich nicht gebrauchen“, antwortete der Mann an Stefanies Stelle. „Zumindest nicht so.“

„Eva wollte nur für mich singen.“

„Hat sie das wirklich gesagt?“

***

Decker stand allein auf der Brücke und sah auf die Gleise hinab. In der Ferne erhoben sich die Türme unter dem Vollmond. Es war nach Mitternacht. Decker dachte an seine Schichtpläne, in denen er ohne Check42 in Zukunft nie mehr auftauchen würde. Wo und wann hatte das alles gefangen?, fragte er sich und sah in der Stille der Nacht zu den Sternen empor. Plötzlich meldete sich seine

Kommunikationseinheit mit einer Sprachnachricht und dem anschließenden Gesang.

„Das singe ich nur für dich", sagte Eva und fügte nach ihrem Gesang hinzu. „Und jetzt mach endlich den Check42."

***

Einfach reinkommen, hieß es bei Check42 immer. Auch die Einrichtung wirkte einladend. Der Mann an der Rezeption sah auf und lächelte.

„Du bist Decker, nicht wahr?", fragte der Angestellte. „Ich habe schon viel von dir gehört." „Ich von dir nicht so viel…", gab Decker zu. Schweigend sah er sich um. „Wenn es jetzt gerade nicht passt…", begann Decker zögernd.

5

„Es passt immer. Schön, dass du da bist! Zur Qualitätsanalyse werden manche Sequenzen aufgezeichnet. Wenn du dagegen Einspruch einlegen…"

Decker schüttelte den Kopf. Er senkte den Blick und betrachte das Muster auf dem Fußboden. Diese Linien, dieses Netz, das Streckennetz, dachte er.

„Alles in Ordnung?"

Decker nickte.

„Bist du immer noch im Schichtdienst?"

Decker nickte. „Hast du eine Steckdose?", fragte er.

„Ja, gleich hier, neben der Couch."

„Fangen wir an", sagte Decker.

***

„Und hier sehen wir nun die Couch im Einsatz, Neumann", erklärte Wohlfahrt. „Für all unsere Lokführer bleibt das Budget stabil."

„Ach ja, die berühmte Couch", bestätigte Neumann. „Was haben wir hier noch?" „Reflektion vom Personenschaden auf Kilometer 451", erklärte Wohlfahrt. „Decker hält da leider einen traurigen Rekord."

Neumann betrachtete Decker. „Wer ist dieser Kollege eigentlich?"

„Sorry, auch für ihn gilt das Persönlichkeitsrecht. Nicht einmal Schmidt könnte mehr verraten", sagte Wohlfahrt.

„Wo ist er überhaupt?"

„Er lässt sich entschuldigen. Check42upgrade."

Neumann überlegte: „Dann kann Decker ein Mensch sein, der nach so vielen Suiziden

beschlossen hat, sich als Maschine oder Roboter oder Gott weiß was zu betrachten, um seinen Job als Lokführer fortzuführen?"

Wohlfahrt schwieg.

„Oder gehört Decker etwa zu der neuesten Baureihe, die dem Menschen am nächsten ist?“, fragte Neumann

„So oder so, die Persönlichkeitsrechte sind unumstößlich“, beharrte Wohlfahrt. „So oder so“, erwiderte Neumann, „wird Decker wohl geprägt von Nächstenliebe.“

Römisches Asyl
(Michael Johannes B. Lange)

Bei allen Göttern, diese Tür soll sich endlich öffnen, Achaicus, sonst sterbe ich!, dachte ich voller Angst. Diese Tür, vor der ich schon sooft gestanden hatte…

Mit wild pochendem Herzen klopfte ich noch einmal, diesmal lauter, aber hoffentlich nicht zu laut, um nicht all diejenigen auf mich aufmerksam zu machen, die immer noch hinter mir her waren, oder auf Achaicus, dem dann auch wie mir die Todesstrafe drohen würde. Ich wurde ganz still, soweit mir das mit keuchendem Atem möglich war. Nein, nichts zu

hören, abgesehen von den üblichen Geräuschen: das Lallen eines Betrunkenen, die lautstarken Beschwerden eines Bettlers, der von eben diesem Kneipengänger aus dem Schlaf gerissen worden war, und irgendein Gestöhne und…

Rom lebte weiter, bei Tag und Nacht, als ewiges Rom, trotz oder gerade wegen all der Toten, die ich bereits gesehen hatte. Die Tür öffnete sich. Das eingefallene Gesicht sah sehr schnell nicht mehr verschlafen aus. Nie war ich erleichterter, meinen alten Freund und Verleger wieder zu sehen. Er war schlank und abgesehen von einem schütteren Haarkranz fast kahl. Ungläubig starrte er mich an.

„Du, Coronatus?", wisperte er Kopf schüttelnd. Dann zog er mich hastig in sein Haus und schloss schnell wieder die Tür.

***

„Danke, Achaicus", keuchte ich. Erst jetzt merkte ich, wie sehr mich die Verfolgungsjagd erschöpft hatte. „Die Proskriptionen, unsere Namen sind ausgeschrieben… die sind hinter mir her. Ich verstehe das einfach nicht. Ich habe doch weder zu denen, um Marius und Cinna gehört, noch habe ich mich gegen Sulla gewendet. Ich bin mir wirklich keiner Schuld bewusst."

Als ob das jetzt noch etwas zählt, dachte ich. Plötzlich wurde mir bewusst, dass ich genau dort stand, wo sich Achaicus` Klienten jeden Morgen versammelten, um vor den Totenmasken seiner Ahnen ihre Aufwartung machten, bevor sie ihrem Tagewerk nachgingen. Wie lange war das alles her? Und nun war alles vorbei. Mein Name stand auf Sullas Befehl auf den Fahndungslisten. Das bedeutete: Wer auch immer mich fand, durfte mich töten. Was mir gehörte, gehörte dann meinem Mörder, der aber nicht als solcher galt, weil er dem Staat mit meiner Liquidierung einen Dienst erwiesen hatte. Und wer mir half, dem drohte das gleiche Schicksal wie mir. Ich hatte Männer gesehen, die enthauptet worden waren. Ich hatte zur Schau gestellte Köpfe gesehen. Ich hatte verstümmelte Leiber gesehen, die in den Tiber geworfen worden waren. Menschen, die mit mir verwandt waren, waren allein dadurch schuldig. Niemand durfte meinen Tod betrauern.

Aber noch lebte ich.

Noch…

„Ich weiß nicht, warum die hinter mir her sind“, ächzte ich.

„Vielleicht hat der große Coronatus die falschen Sachen geschrieben”, vermutete Achaicus leise und verzog bitter das Gesicht. „Und vielleicht hat der dumme Achaicus den Fehler gemacht, genau diese Geschichten zu veröffentlichen.“

„Ich schreibe seit Jahren doch bloß leichte Unterhaltung, und die wurde sogar im Circus Maximus aufgeführt. Leichte Unterhaltung, das kann doch kein Verbrechen sein, das kann doch bloß aufmuntern und erheitern, gerade nach all dem, was Rom erlebt hat…“
„Hör auf!“

So durchdringend wie jetzt hatte Achaicus mich noch nie angesehen. Auch er war von der Flucht gezeichnet, auch wenn seine anders aussah als meine. Ich wollte aber nicht aufgeben. „Erinnerst du noch an den großen Erfolg von Verwechslung mit Wahrheit in…?“‘“, begann ich.

„Andere erinnern sich wahrscheinlich auch daran“, fiel Achaicus mir ins Wort. „Im Augenblick kann alles ein Verbrechen sein, Coronatus. Das, was du sagst, kann genauso

gefährlich sein, wie das, was du nicht sagst. Die Freunde, die du hast und mit denen du redest, können genauso eine Belastung sein, wie die Freude, die du nicht hast oder auch nicht mehr hast.“

Achaicus musterte mich. „Bei wem warst du denn schon bisher?“

„Garrulus hat mich abgewiesen.“

„Und Maganimus?“

„Ich habe miterlebt, wie ein Mob seine Leiche johlend von der Milvischen Brücke in den Tiber geworfen haben.“

Achaicus überlegte. „Fast alle meine Freigelassenen sind nun meine Klienten. Scindens hat Karriere gemacht, hat nun selber Sklaven und sogar ein Haus auf dem Palatin.“ „Bei dem war ich auch schon. Er meinte, ich solle mich zum Hades scheren. Wenn du mich jetzt auch noch weg schickst, werde ich wahrscheinlich genau das tun.“ Verzweifelt überlegte ich, was ich Scindens getan haben könnte. Ich konnte mich nicht daran erinnern, gegenüber irgendeinem Sklaven jemals… Mir fielen die Ratschläge meines verstorbenen Vaters ein: Sei freundlich gegenüber jedem Sklaven, nimm Anteil an seinen Sorgen, freu dich mit ihm, wenn er sich freut, und feiere jedes Jahr die Saturnalien mit ihm, wenn Herren und Sklaven ihre Rollen tauschen.

Achaicus winkte ab. „Es gibt keine schlimmeren Sklavenhalter als ehemalige Sklaven. Das weiß ganz Rom. Das weiß der gesamte Erdkreis.“

„Was ist mit euren Sklaven? Da war doch dieser … Mir ist der Name entfallen.“

Ich überlegte. „Ja, ich weiß, wen du meinst, derjenige, der nie so viel geredet hat. Philemon. Ich weiß nicht, was aus ihm geworden ist."

Wir schwiegen. In unser Schweigen drängte sich die Stille der Nacht, die von Geräuschen unterbrochen wurde, von denen ich mich fragte, ob ich sie mir bloß einbildete. „Was mach ich jetzt bloß", fragte ich mich leise und sah niedergeschlagen auf das schwarz weiße Mäander-Muster zu meinen Füßen.

„Was du auch tust, Coronatus, hier kannst du leider nicht bleiben, so leid es mir tut", hörte ich Achaicus sagen.

Ich schluckte. Ungläubig sah ich meinen alten Freund an. Alles um mich herum drehte sich. Ich sah auf das Tablinum. Der Raum schwankte, als sei ich wieder auf einem Schiff. Die Säulen im Peristyl tanzten einen unheimlichen Tanz, mal schnell, mal langsam.
Ich betrachtete die Wandmosaiken: Ich sah die aufgemalten Mänaden, die mich zerreißen würden. Ich sah einen Silenus, der betrunken war vor Angst. Mich selbst sah ich nicht mehr. „Du, du, du schickst mich, mich in den Tod?", stotterte ich dann fassungslos. Ich spürte, wie mir Tränen in die Augen stiegen. Gleichzeitig nahm ich mir vor, nicht zu weinen, nicht jetzt, nicht hier, vor jemandem, der mir zum Fremden geworden war.

„Du hast den Tod hierher gebracht, Coronatus. Ich versuche, ihn von diesem Haus abzuwenden."

„Das Haus, in dem ich mit euch zu Tisch gelegen habe, wie oft weiß ich nicht mehr." Wie oft war ich hier schon durchgegangen. Sein Haus war mein Haus gewesen. Wie oft hatten die Gäste gestaunt, gelacht und manchmal auch geweint bei meinen Vorträgen an diesen warmen Sommernächten im Atrium am impluvium, wo ich in dem aufgefangenen Regenwasser nun gerne meine schmerzenden Füße gekühlt hätte.

Nie wieder. Hier war ich jetzt schon ein Gespenst. Die Totenmasken von Achaicus` Ahnen neben mir waren lebendiger als ich.

„Bitte gehe jetzt, Coronatus, je schneller, je besser. Mögen die Götter mit dir sein, mein Freund."

„Ich brauche jetzt keine Götter, ich brauche einen Freund."

***

Wie ein Betrunkener torkelte ich aus dem Haus, in dem ich mir Asyl erhofft hatte. So weit es mir möglich war, ging ich im Schatten von Häuserwänden weiter. In einer Nebenstraße sah ich im Mondschein einen Leichnam auf dem Boden liegen. Ich erkannte nicht, wer es war. Wie der Tod einen Menschen verändern kann, dachte ich und betrachtete die zerfetzte Toga, auf der das Blut trocknete.

„Wird mit jedem Mal immer leichter, was?", hörte ich den einen zum anderen sagen. Tote Menschen und Lebende, die wie tot waren. Ich hatte in Gesichter von Menschen gesehen. Die einen wollten töten, die anderen leben. Die einen suchten den Tod der anderen, die anderen ignorierten den Tod anderer. Die Gesichter verschwanden und ließen Masken zurück. Ich hob meine Augen auf zu diesem stummen Sternenhimmel. Langsam zückte ich den sicarius, den ich aus Angst vor nächtlichen Überfällen schon früher immer bei mir getragen hatte. Zuerst zitternd, dann entschlossen, zielte ich mit der Klinge auf meine Halsschlagader, während ich meinen Blick an einen der Sterne heftete. Bringe es zu Ende, dachte ich, und holte aus. Dann sterbe ich wenigstens als freier Mensch.

„Tu es nicht“, hörte ich die Stimme leise, aber fest sagen.

Erschrocken wirbelte ich herum.

„Oder willst du denen wirklich die Arbeit abnehmen?“

Ich konnte es kaum glauben. „Philemon?“, fragte ich zögernd in die Dunkelheit hinein. „Am besten kommst du mit mir“, sagte er mit dem Klang seiner alten Heimat, aus der er einst verschleppt worden war, um - auch unser – Sklave zu werden.

„Woher wusstest du…?“, begann ich unsicher.

„Wir kehren immer wieder dorthin zurück, was wir für unsere Heimat halten. Oder was davon noch übrig ist.“

„Du hast mich erwartet?“

„Wir sollten keine Zeit mehr verlieren, Coronatus.“

***

Wir erreichten eine mir unbekannte Gegend. Hier erstreckten sich die Wohnblöcke so hoch in den Himmel, dass die Sonne kaum diese Straßenzüge erreichte. Dies bedeutete, dass der Tagesanbruch hier nicht ganz so früh war, was wiederum bedeutete, dass mir ein wenig mehr Zeit verschafft wurde.

Mein Abstieg begann mit dem Aufstieg, vorbei an den großen Wasseramphoren, die für den Brandfall immer bereit standen. In Rom belegten die Besserverdienenden die begehrten Wohnungen im Erdgeschoß, die mit fließendem Wasser versorgt waren. Im zweiten und dritten Stock lebten die Handwerker. In den Kammern unter dem Dach lebten diejenigen, die sich nichts Besseres leisten konnten.

Vorsichtig öffnete Philemon eine Tür, die schief in den Angeln hing. Vor mir lag eine Art Zelle. Auf dem Boden stand ein großer Bottich, in dem sich etwas Wasser, wahrscheinlich Regenwasser befand. Es gab eine Sitzgelegenheit und es gab…

„Seit wann bist du auf den Beinen?", fragte Philemon kaum hörbar, während er mir mit Wasser vermischten Landwein und etwas Brot reichte.

„Seit zwei Tagen, glaube ich."

Ich betrachtete die mit Stroh und Kissen bereitete Liege.

„Dann schlaf jetzt", befahl mir der ehemalige Sklave. „Hinterher erkläre ich dir alles." ***

Als ich wieder erwachte, erfuhr ich, wie lange ich geschlafen habe. Da mein Haus unter Beobachtung stand, hatte Philemon vor dem Haus abgewartet, in dem ich am häufigsten ein und ausgegangen war.

„Warum…?“

„Dein Vater hat mich nie als Sklaven behandelt. Er hat mich schon freigelassen, bevor ich mit den symbolischen Backenstreichen wirklich frei wurde. Dein Vater war immer gut zu mir.“ „War ich auch gut zu dir, Philemon?“

Philemon schwieg lange. „Du warst du, und jetzt sind wir hier“, sagte er dann. „Es tut mir Leid wegen Baucis“, sagte ich zögernd. Habe ich ihm das eigentlich je gesagt?, überlegte ich.

„Ich weiß. Komm jetzt.“

Philemon führte mich an eine Fensteröffnung, durch die frische Morgenluft wehte, und wies auf das große Forum mit seinem Tor.

„Ich bringe dich noch zu diesem Tor“, erklärte Philemon und nannte mir zwei Namen. Ich verstand. Durch dieses Tor würde ich zum Hafen von Ostia gelangen. Dort warteten ein Schiff und ein Ziel.

Will darf Leben
(Luna Day)

Sophie saß weinend auf der Treppe ihres Hauses und das sollte ihr Sohn nicht mitbekommen. Er hatte es durch seine Krankheit eh nicht leicht und machte sich viel zu oft schon Sorgen um sie. Dabei war sie die Mutter, die sich um ihn kümmern sollte und nicht umgekehrt.

Aber er hatte sich schon damals um sie gekümmert, als sein Vater von heute auf morgen ging und die beiden im Stich ließ. Als wenn er geahnt hätte, was noch alles passieren würde. Womöglich hatte er wirklich die ersten Anzeichen bei Will entdeckt und war deswegen gegangen. Aber sicher war sich Sophie nicht. Das Schlimme war, dass man ihn nicht mal erreichte und dadurch die Chance um die Hälfte gesunken war, einen leiblichen Rückenmarksspender zu finden. Ihr Ex war adoptiert. Dadurch gab es auch keine Verwandten mehr. Auch ihre Eltern lebten nicht mehr. Im Grunde blieb nur noch sie und sie war nicht dafür geeignet. Einen Spender zu finden war, wie die Nadel im Heuhaufen zu suchen.

Sophie schloss ihre Lider und atmete tief durch. Sie hatte keine Ahnung, wie lang sie noch die Kraft hatte, das alles durchzustehen. Sie wusste nur, dass sie durchhalten musste.

Schwere Schritte ließen das Holz der Stufen knarzen, was immer lauter wurde. Sie erblickte ihren Nachbarn. Damals,

als er eingezogen war, hatte sie ihn angestarrt. Er sah aus, wie aus einem Katalog entsprungen, und das war kein Wunder, der muskulöse Mann war Model. Seine schwarzen Haare waren gerade vom Schweiß nass.

»Guten Abend Frau Nachbarin«, sagte er, als sich seine dunkelbraunen Augen auf sie richteten. Inzwischen wusste sie, dass er Spätnachmittag immer Joggen lief.

Sophie hob ihre Hand zum Gruß.

Er ging an ihr vorbei. Viele würden ihm wahrscheinlich hinterher sehen, aber sie hatte nicht den Kopf dafür. Ihre Priorität war sicherlich nicht einen Mann zu finden, sondern das Leben ihres Sohns angenehmer zu gestalten. Wenn dies überhaupt möglich war neben den ganzen Chemos, Krankenhausaufenthalten und Nebenwirkungen.

Die Tür fiel ins Schloss und sie wollte zurück in ihre Wohnung, aber gerade fehlte ihr die Kraft, aufzustehen. Doch als sie die würge Geräusche von innen hörte, sprang sie auf, nahm schnell einen Eimer und hechtete in Wills Zimmer.

»Ich bin da«, sagte sie und strich über seinen kahlen Kopf, während er den Mageninhalt hinausspuckte. Ihr Blick ging auf den Boden, zum säuerlich stinkenden Flatschen. Wie der im Eimer war er gelb, weil sein Magen leer war. Sie hätte nie gedacht, dass sie sich an diesen Gestank mal gewöhnen würde. Aber es war vermutlich wie die Hinterlassenschaft in Windeln, die man irgendwann auch nicht mehr richtig wahrnahm.

Als Wills Kopf nach hinten sackte, war er noch bleicher als sonst und Schweiß lief hinunter. Sie stellte den Eimer auf dem Boden, ließ ihn in sein Kissen sinken und wischte mit einem feuchten Tuch über sein Gesicht. »Ruh dich aus, mein Schatz«, sagte sie leise und gab ihm einen Kuss. Wie schön wäre es, wenn es nur ein Magendarminfekt wäre und nicht eine Reaktion auf das, was ihm helfen sollte.

Schnell säuberte sie den Rest und lüftete die Wohnung. Sie sah zu ihrem Sohn, der gerade ruhig schlief.

Ein Klopfen ließ sie zusammenzucken. Ihr Blick ging zu ihrem Nachbarn und sie bemerkte, dass sie vor lauter schnell-schnell vergessen hatte, die Tür zu schließen.

»Ich wollte fragen, ob Sie vielleicht Hilfe brauchen?«

»Nein.« Sie ging auf ihn zu. »Wir bekommen das schon hin«, sagte sie erschöpft, aber freundlich.

»Klang aber nicht so. Sie werden immer blasser und sehen immer traurig aus.«

»Ja schon«, seufzte sie, »aber ich bekomm das hin.«

»Okay, aber wenn was ist und ich da bin, können Sie gerne klingeln.«

»Danke.« Sie schloss die Tür. Sicherlich hatte sie Hilfe dringend nötig, das war ihr klar, aber sie konnte und wollte niemanden etwas schuldig sein. Will war ihr Sohn und daher ihr Problem.

Sie rieb sich das Genick, als sie ins Wohnzimmer ging. Seufzend ließ sie sich auf das Sofa nieder und strich sich die

Stirn. Ihr Blick fiel auf die ganzen Briefe, die die Tage eingetrudelt waren. Rechnungen und Werbung. Aber dazu hatte sie gerade nicht die Laune. Ausgelaugt machte sie sich auf dem Sofa lang. Für Hygiene hatte sie keinen Antrieb mehr.

Am nächsten Tag war wieder ein Termin im Krankenhaus. Während ihr Sohn mit Medikamenten zugeschüttet wurde, saß sie da und betete, dass diese Qualen für Will bald beendet seien und er wie ein normales Kind leben konnte. Normal würde er wahrscheinlich nie sein, aber so gut wie.

»Na, kleiner Mann«, sagte sie Krankenschwester, »wie geht es dir denn heute?«

Will zuckte mit den Schultern.

»Er hat sich gestern wieder übergeben, ich habe das Gefühl«, meinte Sophie, »er kann nichts mehr wirklich bei sich behalten.«

Die Schwester notierte es sich. »Manchmal ist es leider eine der Nebenwirkungen.« Sie kniete sich zu ihm. »Weißt du was? Ich frag mal den Arzt, ob wir dir etwas Gutes tun können.«

Will lächelte sie an, während Sophie ihm die Hand hielt.

Kurz darauf erschien Doktor Gall schon. »Ich habe gehört, du hast dich gestern übergeben.« Er kniete sich zu Will.

Sophie war froh, dass er heute Dienst hatte. Ihm schienen die Kinder wirklich wichtig zu sein. Es gab andere, die nur das Krankenblatt ansahen, kurze Anweisungen gaben und dann verschwanden. Aber er nicht. Er nahm sich Zeit.

Sein Blick ging zu ihr. »Sie sehen aber auch immer schlechter aus, nicht, dass ich Sie aufnehmen lassen muss.«

Sie seufzte. »Es gibt auch wesentlich bessere Tage.«

Er richtete sich wieder auf. »Wir suchen nach einem Spender und ich versuche, alles zu tun, dass es ihm besser geht. Mehr kann ich leider nicht machen.«

»Das ist schon sehr viel.«

Er legte seine Hand auf ihre Schulter. »Sie sollten sich ausruhen.«

»Werde ich, wenn er schläft.«

»Soll ich Ihnen etwas aufschreiben, für einen besseren Schlaf oder als Einschlafhilfe?«

»Glauben Sie mir, ich bin so fertig, dass ich schon schlafe, bevor mein Kopf das Kissen berührt.«

Schwach lächelte er und blickte zu Will. »Dann sollten wir schauen, dass du bald gesund wirst, dass ihr beiden schön ausschlafen könnt.«

Will nickte und nahm Sophies Hand.

»So, ich schreib deiner Mama noch was für dich auf, dann müsste es dir heute Nacht besser gehen.«

»Danke«, sagte Sophie.

Er lächelte sie an und ging dann aus dem Raum. Sie sah ihm nach, bis Will leicht kicherte.

Sie verdrehte die Augen. »Schön, dass du wieder lachen kannst.«

Er schlief in ihren Armen, als sie mit der Behandlung fertig waren. Diese Zeit hasste sie am meisten. Sie spürte, wie sein kleiner Körper sich immer wieder verkrampfte. Sie begann zu summen und versuchte ihn und sich damit zu beruhigen. Damals, als er noch nicht geboren war, fing sie damit schon an und es half ihnen beiden auch später.

Doktor Gall kam herein, sah sich das Krankenblatt an, wandte sich an sie. »Wie geht es ihm?«

»Er schläft.«

Der Arzt lächelte schwach. »Wir machen es wie immer?«, fragte er sie.

Sie nickte. Auch, wenn sie wusste, dass es wieder eine sehr schlechte Nacht werden würde, da sie in dem schrecklich unbequemen Stuhl sitzen musste.

»Gut, ich schau dann morgen früh nach ihm.«

»Wie immer«, seufzte sie.

»Wir können nur hoffen, bald einen Spender zu bekommen.«

Schwer schluckte sie den Kloß hinunter und die Tränen brannten ihr unter den Lidern. Kurz drückte der Arzt ihren Arm, bevor er ging.

Zu ihrem Glück ging es Will am Morgen dem Umstand entsprechend gut und Sophie konnte ihn mit nach Hause nehmen. Wie immer nach einer Nacht im Stuhl des Krankenhauses fühlte sie sich noch älter als sonst.

»Darf ich schaukeln?«, fragte er, als sie gerade das Haus betreten wollten.

Ihr Blick ging auf das Gerüst, was in dem Garten stand. »In Ordnung, aber nimm das Schiff, ich will die Sachen in die Wäsche tun und essen machen.«

Er nickte und lief zur Schaukel. Sie nannten es Schiff, weil es eine Doppelsitzschaukel war, die wie eines der Attraktionen auf der Kirmes aussah. Damit konnte er nicht zu hoch schaukeln und war darin einfach sicherer. Was aber nicht besagte, dass er sicher war, wenn es ihm schwindelig wurde oder gar Schlimmeres ihn überkam. Darum tobte in Sophie auch der Zwiespalt. Konnte sie ihn wirklich kurz alleine lassen?

»Ich kann aufpassen«, hörte sie den Nachbarn.

Erschrocken drehte sie sich zu ihm. »Schleichen Sie sich doch nicht so an.«

Er schmunzelte. »Ich bin nur normal gelaufen. Also ich kann die paar Minuten wirklich hier auf ihn aufpassen.«

Noch mehr tobte es in ihr. Das ›gut, dann kann ich schnell hoch‹ zu ›danke, aber nein danke‹ oder ›das wäre Lieb‹ was zu einem ›ich will keinen zur Last fallen‹ über ging.

»Ich bin gelernter Kinderpfleger, ich kann das wirklich.«

Sie überlegte hin und her, schlussendlich nickte sie. »Ich beeile mich.«

»Okay«, sagte er und ging zu ihrem Sohn. Rasch rannte sie nach oben, warf die Sachen in die Waschmaschine und schmierte schnell ein paar Brotscheiben.

Als wie wieder nach unten kam, ließ sie erleichtert Luft aus ihren Lungen. Will lachte und hatte keine Schrammen oder so.

»Danke«, sagte sie, als sie näher trat.

»Gerne, ich bin übrigens Markus.«

»Sophie und ...«

»William, hat er schon verraten.«

Seufzend nickte sie. »Will, hast du Hunger?«

Ihr Sohn kam zu ihnen, schnappte sich ein Brot und lief wieder zu der Schaukel. »Los, anschubsen«, rief er aus. Ihr Nachbar folgte seiner Anweisung und stieß das Metall an. Danach stellte er sich wieder zu ihr an den Rand.

Sie schwiegen und doch ahnte Sophie, dass ihrem Nachbarn durch den Kopf ging. »Er hat Leukämie«, sagte sie leise. »Sie versuchen es immer wieder mit irgendwelchen Therapien, aber im Grunde kann nur eine Rückenmarksspende helfen.«

»Ich habe nicht gefragt.«

Sie atmete tief durch. »Aber gedacht und es ist klar, seine wenigen Haare auf dem Kopf machen neugierig. Vor allem, da ich auch ständig auf der Treppe sitze und weine.« Ihre Finger glitten über ihre Lider. »Er braucht kein Mitleid, oder besser gesagt wir. Wir brauchen einfach jemanden, der das Passende hat.«

»Da ihr jemanden braucht, bist du, sein Vater und die Familie nicht kompatibel.«

Sie bejahte es.

»Scheiß Situation.«

»Das kannst du laut sagen.« Sie reichte ihm den Teller. »Auch eines?«

Er lachte auf. »Nicht nach dem Sport.«

»Oh entschuldige.«

»Alles gut. Mein Agent würde mir vermutlich aufs Dach steigen, wenn ich gerade zunehmen würde.«

Sophie hatte keine Ahnung, aber stimmte zu. »Sind Sie denn schon lange Model?«

»Wir waren beim Du.«

»Ja, entschuldige, ich ... so viele Sozialkontakt habe ich gerade nicht.«

Sein Blick glitt zu Will und Sophie merke Traurigkeit in ihm. »Verständlich, aber du machst das wirklich gut, er ist ein toller Junge. Und ich glaube, es wird eine Zeit geben, wo es besser wird.«

»Das hoffe ich auch.«

Sophie empfand es als angenehm, mit Markus zu reden. Er hatte eine lockere und ehrliche Art an sich, die sie schon lang nicht mehr erlebt hatte.

Immer besser verstand sich Will mit Markus. Dadurch hatte Sophie auch mal Zeiten, in denen sie sich ausruhen konnte. Manchmal war es ihr zwar unangenehm, aber sie konnte Wills großen Kulleraugen und dem ›Bitte‹ nichts dagegenhalten. Und Markus beteuerte auch immer, dass es ihm nichts ausmachen würde und er es sagen würde, wenn es nicht ginge.

Gerade saß der junge Nachbar bei ihrem Sohn und las ein Buch vor. Er hatte es für Will gekauft und ihr Sohn wollte es von ihm dann auch vorgetragen bekommen. Nicht nur allein diese Geste ließ sie weinen, es war auch ein Buch, in dem es um Leukämie ging. Es hieß »Will will leben« und wurde so von ihm extra herstellen lassen.

»Ich will auch Leben«, sagte ihr Sohn nach der Geschichte.

»Ich glaube fest daran, dass das jeder will und sich wünscht«, antwortete Markus ihm.

Will lächelte und legte sich zur Seite.

Markus erhob sich, stellte das Buch auf den Nachttisch und dimmte das Licht. Er wandte sich Sophie zu, sie drehte sich ab und ging ins Wohnzimmer.

»Ich wollte dir eine gute Nacht wünschen, wenn was ist ...«

»Ja, du bist da, ich weiß. Danke dir.«

»Du solltest dir jemanden suchen, der dir zur Hand geht.«

»Ich weiß, aber ...«

»Da gibt es kein aber, Sophie. Allein dadurch, dass ich da bin, siehst du weitaus besser aus.«

»Hat heute der Herr Doktor auch gesagt.«

»Siehst du. Aber ich kann nicht dauerhaft hier sein.«

»Ich weiß.«

Er kam auf sie zu und legte einen Zettel auf den Wohnzimmertisch. »Ich habe etwas recherchiert, das sind Hilfen, die sich auch mit dem Thema Leukämie auskennen.«

»Ich wollte ...«

Dadurch, das er sich auf sie zubewegte und ihre Hand nahm, stockte sie. »Ich weiß, du willst niemanden auf den Nerv gehen. Aber du brauchst Hilfe und das ganz dringend. Was ist, wenn ich weg bin? Dann bist du wieder auf dich ganz allein gestellt und brichst bald zusammen.«

Sophie rieb sich die Lider, sie wusste ja, dass er recht hatte, aber sie war nun mal so eingestellt, dass sie am Schluss kam. »Was ist ...«

»Tust du nicht. Wenn die Anlaufstellen keine Kapazitäten haben, dann sagen die das. Dann rufst du bei der Nächsten an. Wenn keiner mehr Platz hat, dann überlegen wir uns was. Auch wenn dir das nicht wirklich gefällt, ich hab da so ein Helfersyndrom. Und ihr beide braucht ganz dringend Hilfe.«

Sie konnte sich das Schmunzeln nicht verkneifen. Manchmal hatte sie das Gefühl, sie kannten sich schon ewig, als wenn sie Geschwister wären. »Ich schau, okay?«

»Besser wie gar nichts«, seufzte er. »So ich muss rüber, um mich umzuziehen, sodass ich Joggen kann.«

»Viel Spaß«, wünschte sie ihm. Er winkte ihr noch, bevor er das Wohnzimmer verließ und kurz darauf die Wohnungstür ins Schloss fiel. Einmal atmete sie tief ein und aus, bevor sie sich nach hinten lehnte. Ihr Blick ging auf den Zettel. Das hatte jetzt auch noch bis morgen Zeit.

Am nächsten Tag, waren die beiden wieder im Krankenhaus, dieses mal nur, um etwas Blut abzunehmen, um zu sehen, wie seine Werte waren. Sophie machte sich nichts vor, es würden die Gleichen sein wie die Woche zuvor und die Woche zuvor und so weiter. Sie waren eben stabil, aber nicht gut. Sie erblickte Doktor Gall. Sophie sah den Mann gerne, aber nicht, wenn er konstant auf sie zulief. Das machte ihr Angst. Schnell nahm sie Will auf den Arm und fing innerlich an zu beten.

»Will, wie geht es dir?«, fragte er und keuchte dabei.

»Wie immer«, meinte der kleine Junge.

»Kannst du mal zu Schwester Anja gehen? Ich müsste was mit deiner Mama besprechen.«

Das klang gar nicht gut, war etwas Schlimmes im Blutbild zu sehen?

»Okay«, sagte er, aber Sophie ließ ihn nur widerwillig gehen.

Sie schloss ihre Lider und atmete tief durch. Das Trapsen wurde von anderen Geräuschen verschluckt. »Ist es so schlimm?«, fragte sie wimmernd und konnte die Tränen kaum aufhalten.

»Nein«, sagte er und klang euphorisch, »wir haben einen Spender.«

Mit großen Augen sah sie den Arzt an. »Wie?«

»Er hatte sich gemeldet und wollte untersucht werden, es stimmt mit William überein.« Sie keuchte und gefühlt wurde die Luft aus ihren Lungen gedrückt. Der Arzt hielt sie am Arm fest. »Wenn alles gut geht, Sophie, wird er es annehmen und lange leben.«

»Sind Sie sich sicher?«

Er nickte und strahlte sie an.

Weinend fiel sie dem Arzt um den Hals. »Danke.«

»Danken Sie nicht mir«, flüsterte er und strich die Träne von ihrer Wange. »Es ist nicht mein Verdienst. Aber ich bin wirklich froh, für Will jemanden Passendes gefunden zu haben.« Sein Daumen glitt wieder über ihre Wange und beide sahen sich in die Augen. Für einen Moment vergaß Sophie die Umgebung um sie herum, bis sie ihren Sohn hörte, der nun anfing an ihrem Shirt zu ziehen.

»Mama, warum weinst du?«

Sie holte Luft und kniete sich zu ihm.

»Darf ich«, fragte Doktor Gall. Sie nickte und er ging ebenfalls in die Hocke. »Ich habe gerade erfahren, dass es einen passenden Spender für dich gibt.«

Wills Augen fingen an, wässrig zu werden. »Stimmt das?«, fragte er seine Mama.

»Ich vertraue darauf, dass uns der Doktor nicht anlügt.«

Nun sprang auch der kleine Junge dem Arzt um den Hals. Lachend drückte der Mann ihren Sohn an sich.

Auch wenn sie ihm glaubte, war da doch die Stimme in ihrem Hinterkopf, die meinte: ›lieber abwarten‹.

»Los, wir müssen es Markus sagen!«, rief Will aus und lief den Flur entlang.

Lachend folgte sie ihrem Sohn. Die Schritte des Arztes schallten neben ihr. »Ich muss Ihnen noch die Papiere mitgeben.«

»Will«, rief Sophie, »warte kurz.«

»Schneller«, sagte ihr Sohn laut.

Zu Hause klingelte ihr Sohn wie verrückt an die Tür ihres Nachbarn. Verschlafen öffnete Markus die Tür, als er Will erkannte sah er erschrocken zu Sophie. »Was ist passiert?«

»Ich habe einen Spender«, rief ihr Sohn aus.

»Was?«

»Ja«, schniefte nun Sophie, »es ist wahr, es wurde uns gerade gesagt. Will wollte es dir gleich sagen.«

Markus nahm den kleinen Jungen in den Arm. »Das sind die besten Neuigkeiten, die ich die Tage gehört habe.« Er sah über die Schulter zu Sophie. »Jetzt wird alles besser.«

»Ich hoffe es.«

Will war schwach nach der Transplantation, darum musste er noch im Krankenhaus bleiben. Sophie war an seiner Seite. Auch Herr Doktor Gall war im Raum, weil er nach ihm sehen wollte.

Ihr Junge machte schon Zukunftspläne, was er mit seiner Mutter erleben wollte. Worauf beide lachten, als es klopfte und Markus hereinkam. Sie lächelte ihren Nachbarn an.

»Markus«, rief Will freudig aus.

Verwirrt sah der Arzt auf den Besucher.

»Was ist?«, will Sophie wissen.

»Euer Doktor Gall fragt sich, was sein kleiner Bruder hier macht«, antwortete Markus und ging langsam aufs Bett von Will zu. »So wie ich mich, warum er hier ist.«

»Du solltest dich ausruhen«, brummte der Arzt in einen bestimmenden Ton und überging damit den Satz von seinem jüngeren Geschwisterteil.

»Er ist wichtiger«, sagte Markus darauf. »Sonst wärst du wohl auch nicht hier in Jeans und Shirt.«

Sophie bemerkte, dass Markus Schmerzen hatte. »Was ist passiert?« Sie sprang auf und griff ihn am Arm zum Stützen.

Ihr Nachbar winkte ab.

»Nimm meinen Stuhl, ich kann stehen.«

Lächelnd setzte er sich sehr vorsichtig und und presste Lider und Kiefern zusammen. Da merkte sie, dass es sein Rücken war, der ihm gerade schmerzte und setzte die Puzzleteile zusammen.

»Du«, keuchte sie. »Du bist ... du hast Will ...« Sie konnte nicht weiter reden, ihre Sicht verschwamm und ihre Erkenntnis schnürte ihr die Kehle zu.

Leicht bestätigte er ihre Vermutung.

»Danke«, wimmerte sie leise und sie umarmte ihren Nachbarn.

»Eigentlich darf man es nicht erfahren«, brummte der Arzt.

»Eigentlich«, meinte darauf Markus, »ist man verwandt und dann erfährt man es damit sowieso. Wir sind halt Nachbarn, es hätte sich nicht vermeiden lassen.«

Will sah zwischen den Erwachsenen hin und her. »Ich darf leben, ist der Rest nicht egal?«

Sophie lächelte und gab ihren Sohn einen Kuss. »Das stimmt.«

»Da gebe ich dir recht«, sagten der Arzt und Markus, wie aus einem Mund.

Sophie legte sich zu Will.

Plötzlich fing Markus an zu lachen. »Jetzt verstehe ich es.«

»Was?«, fragte Will.

»Das mein kleiner Freund, wirst du sehen. Oder, Stefan?«

Sophie zog ihre Stirn kraus. Das Gesicht des Arztes war rot. Sie blickte zwischen den beiden Brüdern hin und her. »Aber ich steh auch auf den Schlauch.«

Nun begann Will zu kichern. »Mama mag ihn auch. Sie sieht ihm immer hinterher.«

»Will«, rief sie und spürte die Hitze ihr ihrem Gesicht. Sie traute sich nicht, den Arzt anzusehen.

Er sagte schmunzelnd: »Gut, dass ihr keine Patienten mehr von mir seid.«

Während Will und Markus laut zustimmten, sah Sophie verstohlen zu dem Arzt. »Wir wollen es dann mal hoffen, Stefan.«

»Sicherlich, Sophie.«

»Auf die Zukunft«, sagte Markus, »wo alles besser wird.«

Ein Bild der Vergangenheit (Luna Day)

»Gracia«, höre ich meinen Namen und drehe mich verwundert um. Dort steht ein Mann, den ich absolut nicht kenne. Aufgequollen, fettige und verklebte dunkle Haare und vor Dreck stehender Kleidung. In seiner Hand befindet sich eine Wodkaflasche.

»Äh ja?« Auf einmal umarmt er mich, ohne sich vorzustellen oder sonst etwas. Er stinkt nicht nur nach Alkohol, sondern auch nach Schweiß, Urin und Dreck. Angewidert drücke ich den Mann von mir weg. »Ich verbitte mir, mich einfach zu umarmen!«

»Ich bin es, Jacob«, sagt er, als wenn das alles verzeihen würde und mir etwas sagen müsste.

»Jacob?« Ich schüttele meine blonden Haare einmal, um es nochmals zu verneinen und meinen Ekel abzuschütteln. »Sagt mir nichts.«

»Wir waren zusammen in einer Klasse, Jacob Winter.«

»Winter«, flüstere ich. Aber so richtig macht es bei mir immer noch nicht klick.

»Big J?«

Mir klappt der Mund auf und ich starre ihn an. »Das ist ein Scherz, oder?« In der Zwölften war er der beliebteste

Junge gewesen. Schlank, groß und durchtrainiert. Er hatte Basketball und Fußball gespielt. Dass er der beliebteste Junge der Schule war, macht das aktuelle Bild noch krasser.

Er glitt durch die schmierigen Haare nach hinten. »Leider nicht.«

»Wie ist das denn passiert?«, will ich wissen. Danach frage ich nicht nur, weil ich darüber entsetzt bin, wie er jetzt aussieht, sondern weil es mich wirklich interessiert.

Er hebt die Flasche und ich nehme sie ihm weg. »Hey!«

Sicherlich habe ich mich nicht einfach einzumischen. Aber ich kann auch nicht einfach zusehen, wie er gerade vor mir weiter machen will. »Nichts ist es wert, dass du dein Leben dafür aufs Spiel setzt!« Ich kippe den Rest des Inhalts aus.

»Du hast mir gar nichts zu sagen«, knurrt er.

»Das mag sein. Doch wie tief willst du noch abstürzen? Du warst der beliebteste Junge des Gymnasiums, unseres ganzen Bezirkes und nun schau dich doch mal an.« Ich werfe die Flasche in den Mülleimer, der sich nicht weit weg von uns befindet. »Sag mir jetzt nicht, ich kenne mich damit nicht aus. Mein Vater war alkoholkrank und das weißt du!«

Er kommt mir wieder torkelnd näher. »Und du denkst, du kannst deswegen einschätzen, wie scheiße ein Leben sein kann?«

Ich recke mein Kinn und unterdrücke die aufkommenden Tränen der Wut, die sich in mir aufbauen aufgrund der Erinnerungsfetzen der Vergangenheit. Wie die ganzen leeren Flaschen, die überall waren, der Geruch von Übergebenen, was ich mindestens einmal am Tag wegmachen musste, oder die Schläge, als mein Vater im Rausch gewesen war. »Weißt du, der Unterschied zwischen dir und mir ist, dass ich nicht aufgegeben habe. Egal, was das Leben mir für Schicksalsschläge verpasst hat. Ich habe die Zähne zusammen gebissen und gekämpft. Du aber hast dich aufgegeben und vermutlich gibst du allen anderen die Schuld.«

Er schnaubt wie ein Stier.

»Wenn du darüber geschlafen hast«, ich hole aus meiner Tasche eine Visitenkarte heraus, »erschnorre dir Geld und rufe mich an.«

»Und warum sollte ich?«

»Weil du mich angesprochen hast. Weil du weißt, wie sehr ich damals gelitten habe. Aber auch, weil ich dich gerade daran erinnert habe, wer du warst und spätestens, wenn du nüchtern bist, wird es dir von selbst schlecht werden!« Ich winke und gehe weiter. Sicher bin ich mir nicht sicher, ob er mein Angebot annehmen wird. Aber ich weiß, dass ich damals dankbar war, als jemand der Ahnung hatte, meinem Vater die Hand gereicht hatte.

Zu Hause kann ich es nicht lassen und beginne zu recherchieren, was ihm passiert sein könnte. Facebook gibt nur zwei Jahre nach unserem Abschluss her. Er hat geheiratet und ein Studium auf Lehramt begonnen. Ab da ist nichts mehr zu lesen.

Mit einem Glas Wasser setze ich mich auf das Sofa. Schon ewig habe ich nicht mehr an einen aus meiner Abschlussklasse gedacht. Nachdem ich das Zeugnis erhalten habe. Einen Strich darunter gezogen, bin von meinem alkoholkranken Vater weggegangen und habe mein Leben neu aufgebaut.

Mein Finger gleitet über die Narbe auf meiner Brust, als es klingelt. Stirnrunzelnd stehe ich auf und öffne die Tür.

»Jacob?«, frage ich verwundert, als ich den verwahrlosten Mann von vorhin erkenne. Anscheinend ist die Haustür mal wieder der Riegel unten, dass man nur drücken muss zum Reinkommen. »Was machst du hier?«

»Du hast mir deine Karte gegeben, es ... egal ...« Er wendet sich ab, wie er sich fühlt, kann ich in dem Moment nicht erkennen.

»Willst du nicht hineinkommen? Ich habe noch nichts gegessen.«

Auf der Stufe dreht er sich leicht zu mir. Seinen Blick kann ich nicht deuten, aber er nickt leicht.

Ich drücke die Tür weiter auf und lasse ihn hinein. »Willst du Baden?«

»Was ändert das?«

Ja, an dieses ›irgendwie will ich es doch nicht‹, kann ich mich auch sehr gut erinnern. Es ist eben schwer, sein Gewohntes abzulegen. »Ein weiterer Schritt aus dem, was du gerade Leben nennst.«

Seufzend bejaht er es.

Ich zeige ihm die Tür zum Bad. »Wenn du willst, kannst du deine Sachen in die Waschmaschine legen.«

»Du willst, dass ich nackt herumlaufe?«

Ich schmunzle. Damals hätte ich definitiv nicht nein gesagt, aber gerade weiß ich es nicht. Doch man weiß ja nie, wie die Zukunft aussieht. »Vielleicht, wenn man sich neu kennengelernt hat und ein paar Funken fliegen würden.« Ich deute auf ein Bild an der Wand. »Aber ich habe von meinem besten Freund Anziehsachen da. Der mag es weit, daher müsste es passen.«

Wieder kam nur ein kurzes Nicken.

So gehe ich in das Gästezimmer und hole ein Shirt, Jogginghose und Boxershorts. Kurz schreibe ich Moritz, dass ich seine Sachen nehme und er von mir etwas Neues bekommt. Ich klopfe an das Holz zwischen den Räumen.

»Kannst hereinkommen.«

»Ich habe die Sachen«, sage ich und öffne die Tür.

Er sitzt auf dem Badewannenrand und sieht vollkommen überfordert aus.

Kurz überlege ich, ob ich einfach ihn Anweisung gebe, aber mir ist klar, dass ich vermutlich das genaue Gegenteil erwirken werde. »Willst du darüber reden?«

»Du hast gemeint«, sagt er leise, »du weißt, wie es ist, ganz unten zu sein.«

»Ja, warum?«

»Woher? Wenn ich mir das hier ansehe, dann kann ich das nicht glauben.«

Ich nehme neben ihm Platz. »Um alles zu erzählen braucht es jetzt zu lange, aber kurz gesagt, ich wurde vergewaltigt, angeschossen und war mit Drogen sehr vertraut.« Meine Finger streifen den Stoff meiner Hose glatt. »Und mit Papa war das auch nicht so leicht.«

»Wie bist du da herausgekommen?«

»Sebastian, ein Sozialarbeiter, der sich meinem Vater angenommen hat, nachdem er schon zweimal im Krankenhaus war und sein Leben am seidenen Faden gehangen hatte, hat mir geholfen. Nach seinem Tod hab ich den Halt verloren, irgendwann ...« Tief atme ich ein und aus. Diesen Punkt werde ich nie vergessen. »Eines Nachts bin ich aus einem Rausch aufgewacht und neben mir, keine zwei Schritte entfernt, wurde eine Frau vergewaltigt und umgebracht. Da habe ich mir geschworen, dass ich so etwas nie wieder sehen oder erleben will.«

Er schwieg eine Weile. »Denkst du, ich schaffe es auch?«

»Allein? Nein. Aber mit Hilfe sicher und wenn du willst, werde ich dir beistehen.« Ich gebe ihm die Sachen. »Überstürze es nicht. Mache es, wenn du es wirklich willst und nicht, weil ich sage, dass es ist besser für dich.«

Er streicht über den Stoff. »Danke.«

»Gerne.« Ich nicke und verlasse das Bad. Das Wasser kommt plätschernd aus dem Hahn. Mich erleichtert es, dass er diesen doch großen Schritt wagt, und beginne eine leichte Gemüselasagne zu kochen. Ich kann mich noch daran erinnern, dass mein Vater immer Hunger hatte, als er versuchte einen Entzug zu machen. Gleichzeitig auch daran, dass es nichts Deftiges sein durfte, sonst war der Boden schnell nicht mehr sauber. Vielleicht ist es bei Jacob anders, aber da muss ich mich jetzt langsam herantasten.

Immer wieder sehe ich nach Jakob, der mit seiner Kleidung in meiner Badewanne liegt. »Soll ich deine Haare schneiden?«, frage ich ihn, als das Essen zum Warmhalten im Backofen steht.

»Kannst du das?«

»Kommt darauf an, wen du fragst«, sage ich grinsend und knie mich neben dem Rand. »Mein bester Freund geht nicht mehr zum Friseur und sein Freund verdreht immer die Augen.«

»Ich würde sagen«, meint er, »schlimmer als jetzt geht es nicht.«

»Und zur Not kann man euch Männern eine Glatze verpassen.«

Seine Mundwinkel verziehen sich nach oben.

»Die Mädchen aus unserer Schule haben deine dunklen Locken geliebt.«

»Lange ist es her.«

Nickend greife ich nach einem Shampoo und gleite durch seine Strähnen. »Doch ich glaube, dass sich da immer noch ein attraktiver Mann hinter verbirgt, der nur etwas Hilfe braucht«, äußere ich meine Vermutung.

Er schließt seine Lider und genießt es anscheinend, dass ich seine Haare wasche. »Hast du eigentlich keine Angst?«, fragt er mich auf einmal.

Meine Augenbraue ziehe ich nach oben.

»Na ja ich könnte dich ausrauben, ermorden, vergewaltigen ... du kennst mich doch kaum.«

»Stimmt, könntest du.« Ich lasse das Haar los und lasse mich auf den Hintern nieder. »Und ja, ich kenne dich kaum, besser gesagt habe ich eine Erinnerung von dir im Kopf, die sich geändert hat. Aber eines habe ich in meinen ganzen Jahren gelernt, die ich auf beiden Seiten verbracht und durch meinen Vater erlebt habe. Nichts passiert ohne einen Sinn.«

»Und wenn genau das Negative mein Sinn ist?«

»Nun, solltest du es tun, passiert es. Irgendwann in deinem Leben wirst du daran zurückdenken und das wird etwas mit dir machen.«

»Du hast echt viel Vertrauen.«

»Wie gesagt, jede Begegnung macht was mit einem und das habe ich gelernt.« Ich stelle mich hin. »Davon ab, gibt es nichts groß bei mir zu holen. Ich habe keinen Alkohol, kein Gold und nicht viel Geld.« Meine Arme zeigen auf das

Inventar. »Und das alles ist gebraucht und geschenkt. Also auch nicht viel wert.« Ich lehne mich an den Badewannenrand. »Und zum letzten Punkt deiner Aufführung, du liegst hier mit Klamotten drin, weil du dich deiner grade schämst. Dazu vergisst du, dass ich so einiges hinter mir habe und definitiv nicht mehr die bin, die sich nicht zu wehren weiß.«

»Du redest viel zu viel, so wie damals.«

»Kann ich nicht abstellen«, sage ich und zwinkere ihm zu. Mit zwei großen Schritten bin ich am Schrank und hole das Haarschneidegerät und die Schere heraus. »Wasch den Schaum aus, dass ich schneiden kann.«

Knapp eine Stunde später werfe ich das verfilzte Haar in den Abfall. Es ist kein perfekter Schnitt geworden, aber definitiv besser, als vorher. Wir haben dabei geredet. Etwas über mich und ein paar Details von ihm. So wie ich es herausgehört habe, ist im Grunde sein Sternenkind schuld, das er so abgesunken ist. Warum seine Frau es verloren hat und warum sie nicht mehr an seiner Seite ist, hat er nicht preisgegeben. Irgendwann werde ich es schon erfahren und wenn nicht, ist es auch nicht schlimm, auch, wenn ich es gerne wissen würde.

Mein Blick geht aus dem Fenster und kurz kommen mir seine Worte in den Kopf. Sowie der Gedanke, dass ich meinen besten Freund anrufen solle, damit er mit aufpasst. Aber ich weiß auch, dass Mario davon definitiv nicht begeistert wäre, dass ich das hier tue.

»Was hast du da?«, höre ich Jakobs Stimme hinter mir.

Erschrocken drehe ich mich um. »Nachdenken.« Die Sachen von meinem Bekannten sind ihm viel zu eng. Aber er sieht damit um einiges besser aus, als zuvor. Und seine geschnittenen Haare sowie der gestutzte Bart lassen wieder erkennen, warum er damals so beliebt gewesen ist.

»Du blutest.«

Unbewusst habe ich anscheinend wieder an meiner Narbe gekratzt. Offensichtlich geht mir das mit ihm mehr an die Nieren, als ich denke. Oder sind das die ganzen Erinnerungen, die gerade wieder über mich hereinbrechen? Mir wird klar, dass ich meine Päckchen definitiv auch noch herumtrage. Aber deswegen werde ich nicht mein Angebot ihm gegenüber zurücknehmen.

Mein Griff geht zu den Abreißtüchern und ich tupfe es ab. »Passiert manchmal.«

Er reißt ein zweites ab und presst es auf die Blutung. »Schuss?«

Obwohl ich mir nicht sicher bin, ob er die Wunde meint, nicke ich. Innerlich wühlte mich diese warme Berührung gerade mehr auf als die Gespräche.

»Wie ist das passiert?«

»Ein Dealer.« Tief hole ich Luft. »Eigentlich wollte ich nur nach einer Bekannten sehen. Er hat sie bedroht, ich ging dazwischen und er drückte ab.«

»Du liebst es also, anderen zu helfen.«

»Danke«, sage ich und gehe an ihm vorbei. Im Bad hole ich mir die Pflaster aus dem Sanitätskasten, um es mir darauf zu kleben. Zurück in der Küche sitzt Jakob am Tisch und mustert die Maserung des Holzes. Ich hole uns Teller und Besteck heraus. Vom Backofen stelle ich die Gemüselasagne heraus und zwei Gläser dazu mit einer Wasserflasche.

Schweigend essen wir. Normalerweise mag ich Stille gar nicht, vor allem wenn jemand da ist, irgendwie erwarte ich dann immer lange Gespräche. Aber bei ihm ist es irgendwie anders. Es liegt vielleicht daran, dass wir beide zurzeit in eigenen Gedanken hängen und nicht wissen, wie wir diese Situation einschätzen sollen. Er hilft mir beim Abspülen und beim Herrichten des Gästezimmers.

»Brauchst du noch etwas?«, frage ich ihn, als ich das Zimmer verlassen will.

»Nein.«

Ich nicke und drehe mich dann noch mal zu ihm. »Da ich zwar im Groben weiß, wie das alles funktioniert mit Entzug und so, jedoch kein Profi bin, würde ich vorschlagen morgen einen aufzusuchen.«

Er nickt wieder nur.

»Dann gute Nacht.«

»Schlaf gut.«

»Du auch.« Ich schließe die Tür, erledige schnell meine Abendroutine und gehe in mein Bett.

Am Morgen rechne ich damit, dass er gegangen ist beziehungsweise mit einer leeren Wohnung oder zumindest ausgeräumte Schränke, aber definitiv nicht damit, dass Jakob Frühstück vorbereitet hat.

»Als kleines Dankeschön«, sagt er, als ich in die Küche komme.

»Jakob, das ist lieb, aber das musst du nicht tun. Ich mache das nicht ...«

»Ich weiß, aber ich wollte es tun und hab es ja nur hingestellt. Es sind ja deine Sachen.«

Schmunzelnd setze ich mich hin. »Danke.«

»Ich habe dir zu danken, ohne dich ...« Er holt tief Luft.

»Danke mir erst, wenn wir es geschafft haben. Das ist ein verdammt langer Weg.«

Er nickt nur. »Aber ohne dich, würde ich den Weg nicht versuchen.«

Ich greife nach seiner Hand. »Der erste Schritt ist getan. Du willst es. Das zeigt mir das hier und dass du noch da bist. Die Nächsten werden schwer, aber ich glaube an dich. Therapie, Medikamente und Gruppensitzungen werden einiges von dir abverlangen, aber ich werde dich unterstützen.«

»Was versprichst du dir davon?«

Ich seufze. »Ein besseres Karma-Konto könnte ich sagen, oder dass ich ein Helfersyndrom habe. Vielleicht stimmt auch beides. Aber um ehrlich zu sein, weiß ich es nicht. Ich habe dich gesehen und wollte dir helfen. Nicht als eine, die keine Ahnung hat, wovon sie redet, sondern auf Augenhöhe. Ich weiß, was für Schmerzen ein Entzug bedeutet, wie lästig und nervig Therapie und alles ist. Aber auch, wie schnell man da wieder hineingeraten kann.« Kurz reibe ich meine Lider. »Du hast gestern gesagt, ich helfe anscheinend gerne. Aber meiner Freundin wollte ich damals nicht helfen, ich wollte Stoff von ihr. Diese Schussnarbe aber ist nicht das, was mich immer daran erinnert, dort nicht mehr hin zu wollen. Es ist dieser Blick des Todes in den Augen meiner Freundin, als der Typ sich an ihr vergangen hat und sie dabei zu Tode gewürgt hat. In dem Moment weißt du genau, du bist die Nächste, wenn du das nicht hinter dir lässt.«

Jakob schluckt hörbar.

»Aber was ich auch gestehe, ich mag deine Anwesenheit. Mich stört weder das Schweigen noch, dass ich weiß, da ist jemand in meiner Wohnung. Bei meinem besten Freund hat es Jahre gebraucht, bis ich an dem Punkt gewesen bin, mich hier wohl zu fühlen, wenn er da ist. Bei seinem Freund hingegen, habe ich immer noch dieses Gefühl von, es ist falsch, dass er hier ist.«

»Okay.« Er geht sich durch die Haare. »Ich muss dir gestehen, dass ich kurz davor gewesen bin zu gehen.« Langsam lässt er sich auf einem Stuhl nieder. »Aber ich habe das Tuch mit deinem Blut gesehen und mich gefragt, bin ich ihr vielleicht nicht zufällig begegnet, sondern gewollt, also vom Schicksal. Du hast ja gestern selbst gesagt, es hat immer einen Grund.« Vorsichtig nimmt er meine Hand. »Ich weiß, du bist stark und hast die Welt geschultert. Aber du bist genauso zerbrechlich wie feinstes Porzellan.«

»Was?« Bei diesem Vergleich kann ich nur lachen. »Entschuldige, das klingt irgendwie süß und voll überzogen.«

Stöhnend verdreht er die Augen.

»Da ist Jakob wieder.« Ich drücke seine Hand. »Aber ja, vielleicht brauchen wir einander auf verschiedensten Weisen.«

Am Nachmittag waren wir in einer Beratungsstelle. Da sich Jakob mit allen ihm zur Verfügung stehenden Kräften gegen einen vierwöchigen Aufenthalt in einer Klinik wehrt, erhielt er eine schlechte Prognose. Sie waren nicht unfreundlich, aber wollten ihm damit sagen, dass sein Weg nicht so viel Erfolg versprach, wie der Aufenthalt. Er ist trotzdem auf dem Standpunkt geblieben, da wir aber schon etwas darüber geredet haben, weiß er auch, dass es ohne ärztliche Aufsicht mit Teil stationär auch nicht geht, vor allem am Anfang. Zu seinem Glück haben wir ein paar Tage später einen Termin bekommen, da ein Süchtiger abgesprungen ist.

Es ist nicht immer leicht mit ihm. Vor allem das Wort Struktur und er kämpfen stark gegeneinander. Aber wir sind auf einem guten Weg.

Selbst mein bester Freund und Jakob verstehen sich recht gut, nicht mal die gedachten Vorbehalte habe ich beibehalten. Ganz im Gegenteil, Moritz hat gelacht und gemeint: »War klar, dass so einer nur in meine Wohnung mit einziehen dürfte«.

Was auch immer damit gemeint hat.

Das Schlimmste ist nach etwa sieben Monaten durchgestanden. Ein halbes Jahr später hat er zu arbeiten begonnen und macht mit einem Abendkurs sein Lehramtsstudium weiter. Ich hingegen bin froh, ihn bei mir zu haben. Diese Ruhe, vor allem, wenn er mich in den Arm nimmt, liebe ich am meisten. Wie sehr wir damals in meiner Küche recht hatten, merke ich an diesen Momenten am meisten.

Wäre es auch kurz nach der Schule so geworden? Ich bezweifle es. Wir beide mussten diesen Weg gehen, um ihn schlussendlich zusammen weiterzuführen.

Ein Klostergarten am Kilimanjaro (Ilona Gruber Drivdal)

Von Bienen und Blumen, und von der Liebe zu allen Geschöpfen

Ich gehe ins Kloster! Jedenfalls für ein paar Tage. Und was bringt mich dorthin? Ich bin auf meiner anthropologischen Feldforschung: Es geht um die Bauern in den Dörfern, um die Selbstversorgung, und um den Naturschutz. Als Hobby-Imkerin geht es mir auch um die Bienen, und ich habe eine Adresse: denn auch hier im Kloster es geht um auch die Bienen und um die Blumen; das Kloster, das heute als Priesterseminar funktioniert, nennt sich ‚Maua seminary', auf Deutsch übersetzt: das ‚Blumenseminar'. Und wo die Blumen blühen, summen bekanntlich auch die Bienen. Wie es den Bienchen und Blümchen im Kloster geht, darüber möchte ich gerne mehr wissen.

Es geht mit dem Bus zur letzten Haltestelle, und dann geht es zu Fuß weiter, immer bergauf. Es ist ein buntes Treiben in dem Dorf, heute ist Wochenmarkt. Die Leute deuten in Richtung des Berges: noch weiter die Straße lang, dann sieht man schon das Kloster. Das Klima ist angenehm, wir sind schon recht weit oben auf dem Berg, das Kloster liegt an der Grenze zum Kilimanjaro Nationalpark. Und hier bin ich: Ich sehe die Klostermauern, die weißgetünchten Gebäude und den Kirchturm, dahinter die hohen, saftiggrünen Bäume des hier beginnenden Regenwaldes, und im

Hintergrund breitet sich die Kulisse des Kilimanjaro aus mit dem weißen, schneebedeckten Gipfel.

Am Tor frage ich nach dem Pater Ambrosius, und nach einer Weile kommt in eiligem, beschwingtem Schritt ein dünnes, aber drahtiges Männchen mit schmaler, roter Nase und einem herzlichen Lächeln. Trotz der weiten, graubraunen Mönchskutte, die ihn umhüllt, springt er leichtfüßig wie ein junger Mann, aber wie ich weiß, muss er mehr als achtzig Jahre alt sein, vielleicht schon neunzig. Grüß Gott! Ich erkläre mein Anliegen und lasse von einem gemeinsamen Imkerfreund grüßen, von dem ich die Adresse habe. Der Pater spricht in einem gebrochenen Deutsch, mit deutlichem Schweizer Akzent, dabei kommen immer wieder Suaheli-Wörter auf, und manchmal sucht er nach Worten. Er habe sein Deutsch (er meint wohl: Schweizerdeutsch) – fast vergessen, denn er lebt in Tansania schon seit etwa fünfzig Jahren. Er freut sich über mein Interesse, und ich danke ja zu einer Führung im Gelände. Das Franziskanerkloster, so erklärt der eifrige Pater, wurde 1970 von den Schweizer Kapuzinermönchen gegründet. Er war selbst einer der Gründer.

Heute obliegt ihm die Leitung des ‚Maua seminary'; da sich immer weniger junge Menschen zum Klosterleben berufen fühlen, wurde es zum Priesterseminar und Internat umfunktioniert. Heute leben dort zwei- bis dreihundert Studenten, die sich zum Priesterberuf ausbilden lassen. Das Prinzip der Kapuziner und des Heiligen Franziskus von Assisi ist dabei immer noch grundlegend: beten und arbeiten! Gearbeitet wird hier auf jeden Fall, bemerke ich bei unserem Rundgang. Denn um die Schul- und Administrationsgebäude und die Wohnungen, die alle im Schweizer-Stil gebaut sind, liegen die wunderbarsten Gemüsegärten, die ich je gesehen habe, und alle sind ordentlich zwischen den gepflegten Bewässerungskanälen in Terrassen angelegt. Ich bin erstaunt, was hier alles gedeiht: Tomaten, Karotten, Paprika, Wirsing und andere Kohlsorten, Salat, Mais, sogar auch Erdbeeren, und dazwischen wachsen Beerensträucher und vereinzelte Obstbäume, eine Vielfalt von Sorten, die ihren Ursprung in der Schweiz haben mögen und in Afrika eigentlich unbekannt sind. Hier in einer Höhe von etwa zweitausend Metern gedeihen also Gemüse- und Obstsorten wie in den gemäßigten Zonen. Dazu kommt eine Vielzahl indigener Pflanzen, die Pater Ambrosius zu erhalten bestrebt ist; die Erhaltung der Artenvielfalt ist ihm sehr wichtig. Organischer Anbau? – Was sonst, betont der Pater, hier wird ausschließlich mit Kompost gearbeitet. Pestizide und Kunstdünger sind hier tabu. (Heute, wir schreiben das Jahr 2024, wird in Maua sogar geforscht, wie man Phosphate auf ganz natürliche Weise herstellen kann. – Der Heilige Franz hätte sich sehr gefreut).

Aber der Pater ist besorgt: wer soll all diese Arbeit in Zukunft machen, die jungen Leute sind zu sehr mit ihren Computern beschäftigt! Besonders Arbeit machen die Bewässerungsanlagen. Die Kanäle müssen immer wieder gewartet, die Pumpen repariert und die Terrassenanlagen ausgebessert werden. Wir kommen an einen tiefen Schacht: das Schwimmbecken, erklärt der Pater; es dient als Staudamm und Reservoir für die Bewässerung. Zurzeit ist es allerdings leer. Auf dem Gelände befinden sich auch mehrere Werkstätten; wir inspizieren eine Schuhmacherwerkstatt, die Schneiderei, die Holzwerkstatt, die Schmiede und obendrein, im Takt mit der modernen Zeit, gibt es auch eine Garage für Auto- sowie Traktorreparaturen und eine Werkstatt für elektronische Arbeiten, zum Beispiel die Instandhaltung der Stromversorgung und der elektrischen Wasserpumpen. Auch das Maurerhandwerk kommt hier nicht zu kurz: Die Gebäude werden von den Lehrern und Studenten selbst repariert. Ich bin imponiert über die vielen Geräte und Werkzeuge: Hier gibt es eigentlich alles, was man für den Alltag benötigt. Das Kloster ist, wenn es um Nahrung, Kleidung und Wohnen geht, völlig autonom. Für die spirituelle Entwicklung ist es wichtig, auch die weltlichen Dinge liebevoll zu behandeln und in Ordnung zu halten. Mit dem Prinzip der Arbeit ist es also bestens bestellt.

Zum Prinzip des Betens ist die Kapelle da; sie ist das Zentrum der ganzen Anlage, das sich als Rundbau von den anderen Gebäuden unterscheidet, und auf dem Dach dieses blau bemalten Backsteingebäudes ist ein riesiges Kruzifix angebracht, weithin sichtbar. Doch, ich darf eintreten. Die Kapelle ist spartanisch eingerichtet. Was mich in Erstaunen versetzt, ist die wunderbare Wandmalerei am Eingang der Kapelle, naive Kunst, aber sehr harmonisch, und nicht nur, was die Farben betrifft: Hier sehen wir Jesus abgebildet, inmitten von Pflanzen und Tieren, und umgeben von einer Schar von Menschen, und zwar in allen Hautfarben. „Der Heilige Franz wie auch Jesus liebte die vielfältige Natur und alle ihre vielfältigen Lebewesen“, sagt Ambrosius, „denn die

Vielfalt ist der Sinn der Schöpfung. Und darum wird das Kloster auch nach den Blumen benannt: Maua Kloster."

Aber jetzt geht es um mehr weltliche Dinge, eigentlich um etwas ganz Profanes: Ob ich Hunger hätte? Ich gebe zu: Ja, das habe ich. Ich bin herzlichst eingeladen! Etwas Besseres kann mir jetzt nicht passieren. Mit eiligen Schritten stürmt der Pater auf das Administrationsgebäude zu, ich habe fast Probleme, mit ihm Schritt zu halten. Er muss erst einige Papiere holen. Das staubige Büro ist vollgestopft mit Papier und Büchern, aber, wie der Pater beteuert, hier ist er nur selten, er hält sich meistens im Freien auf. Das glaube ich gern, denn in diesem Büro ist kaum noch Platz. Wir machen uns durch den langen Korridor auf den Weg zum Speisesaal, wobei wir auch das Aufenthaltszimmer passieren; hier vergnügen sich die Klosterschüler bei einem Boxkampf im Fernsehen. – Fernsehen? Und Boxen? Hier im Kloster?

Warum nicht, Sport ist doch wichtig, kommentiert der Pater, hier im Seminar wird auch Fußball gespielt und Leichtathletik geübt: ein gesunder Geist in einem gesunden Körper! Aus dem Zimmer tönt lauter Jubel, sicher ein Volltreffer. Aus einem anderen Zimmer ertönt sehr laute Rockmusik. Ob das auch zum gesunden Geist gehört? Eine Nonne, die gerade den Pater aufsucht – gegenüber dem Männer-Kloster liegt nämlich ein Nonnenkloster – hält sich demonstrativ die Ohren zu. Sie kommt aus England, und sie begeistert sich für klassische Musik, besonders für Opern, sagt sie, mit schwärmerischem Gesichtsausdruck: „Der Heilige Franziskus liebte Tanz und Gesang!" – Das alles gehört also zum Klosterleben: Rockmusik und Opern,

Boxen und Fußball. Und vor allem das gute Essen… Wir kommen jetzt in einen gemütlichen Speisesaal mit langen Holztischen. Oh, wie das hier duftet! Hier treffe ich einige der Mönche zum Abendbrot, unter ihnen auch Gäste des Klosters. Mein Tischnachbar stellt sich vor: Johann, aus der Schweiz, er ist hier einige Monate zu Gast. Als Rentner hat er jetzt Zeit, sich für gemeinnützige Projekte einzusetzen, und als ehemaliger Architekt kann er seine Erfahrungen und Kenntnisse anwenden: Es geht um den Ausbau des Kanalsystems.

Pater Ambrosius und Architekt Johann besprechen das Projekt, wobei der Pater heftig gestikuliert: „Die Politiker tun nichts“, wettert er und wird rot im Gesicht vor Aufregung. Wie viele Bittbriefe hat er nicht geschrieben, an die lokalen, regionalen staatlichen Behörden. „Aber was tun sie? Nichts, sie lassen die Leute im Stich!“ Dann geht es um den allgemeinen Zustand im Dorf: Die Straßen haben überall Schlaglöcher, die Wasserleitungen sind verstopft, die Kanäle müssen repariert werden. Die Mönche haben alle Hände voll zu tun, um den Dorfbewohnern überall dort zu helfen, wo der Staat seine Aufgaben vernachlässigt, und das ist nicht wenig. Es folgt eine Schimpftirade über korrupte Politiker, träge Beamte, das verfaulte System, und überhaupt, den üblen Zustand auf unserem Planeten und die Verbrechen der Machthabenden an dem Schöpferwerk Gottes. Ich kann ihm nur rechtgeben, aber ich hätte nie gedacht, dass ein Mann Gottes so wütend sein kann. – Ich sehe, dass es nicht nur um Gebete und Meditationen geht, sondern auch um harte Arbeit, und um politische Konfrontationen, hier im Kloster der Blumen und Bienen.

Aber jetzt wird endlich das Essen aufgetischt, der Pater ist schon wieder woanders, zum Essen hat er jetzt keine Zeit. Aber das haben Johann und ich. Es gibt Gemüsesuppe, alles frisch aus dem Garten, dazu wird duftendes Schwarzbrot serviert, die Mönche haben es frisch gebacken, ja es gibt sogar Butter sowie selbst hergestellten Käse: alles Köstlichkeiten, die ich sonst hier in Tansania sehr entbehrt habe. Dazu werden leckere Salate und Obst aus dem Garten serviert. Und richtig guter Milchkaffee! Ich fühle mich wie im Urlaub auf einer Alm oder Jausenstation in den Alpen: der Blick auf die schneebedeckten Berge, die soliden Holztische und Bänke, die deutschsprachigen Gäste, der Kaffee, und vor allem das deftige Essen. Und nach der Mahlzeit entdecke ich etwas, das ich lange entbehrt habe: in einer Ecke befindet sich eine kleine Bibliothek mit einer Auswahl deutschsprachiger Literatur: ein Schweizer Verlag gehört zu den Sponsoren des Klosters, Gott segne ihn, denke ich, schon mit der Nase in den Büchern.

Von der Kapelle läuten die Glocken die Mönche zum Abendgebet und erinnern, dass wir trotz aller Freuden am guten Leben in einem Kloster sind. Pater Ambrosius beeilt sich, mich vorher noch in der Herberge unterzubringen. Die Zimmer sind sehr einfach, sie ähneln Klosterzellen, mit leeren Wänden, ein hölzernes Kreuz ist das einzige Dekor. Hier im Schweizerhaus wohnen auch Johann und andre Gäste, die meistens aus der Schweiz oder aus Deutschland kommen. Heute steht es aber fast leer. Ich erfahre, dass die Mönche für ihre Besucher auch manchmal Safaris in die Wälder und den Nationalpark organisieren (das Einkommen kommt dem Kloster zugute). Und hier liegt die Natur direkt vor der Tür.

Ich stehe noch eine Weile auf dem Balkon; es überfällt mich eine andächtige Stimmung. Die einbrechende Dämmerung, die Stille, die hohen Bäume: besonders dieser Baum da! Ich bin entzückt über einen riesigen Baum, der sich einige Meter vor dem Gästehaus erhebt: diese grünen Blätter und die roten Blütenblätter kommen mir bekannt vor… das ist doch ein Weihnachtsstern, so einer wie er es bei uns zu Weihnachten in Blumentöpfen zu kaufen gibt! Mir war bisher nicht klar, dass diese Pflanzen hier als Bäume wachsen – und das nicht nur zur Weihnachtszeit! Es wird jetzt angenehm kühl auf dem Balkon, wir sind immerhin auf etwa zweitausend Meter Höhe. Ich sehe den Gipfel des Kilimanjaro ins Dunkel tauchen, der Mond steigt auf. Von der Kapelle läuten die Glocken zum letzten Abendgebet, und dann ist es ganz still im Kloster. Man hört nur das Zirpen, Quieken, Gurgeln unendlich vieler wilder Tiere, die hinter diesen Klostermauern im Regenwald fressen oder gefressen werden, sich paaren und ihr intensives, üppiges, freudiges und gefährliches Leben feiern: das ist die Natur, wie der Schöpfer sie gemeint hat, und wir Menschen freuen uns und achten und bewahren diese Natur, jedenfalls die Mönche hier in den Klostergärten, und ich, in tiefem Schlaf.

Ein neuer Tag. Früh rufen die Glocken zum Gottesdienst, ich sehe die Mönche in flatternden Kutten zur Kapelle eilen, und ich freue mich schon auf das gute Frühstück. Johann ist auch schon beim Kaffee, aber jetzt macht er sich gleich auf zum Regenwald; mit einer kleinen Gruppe arbeitet er am Damm. Er habe es so gut hier, sagt er, die Mönche tun nicht nur den Einheimischen gut, indem sie ihnen helfen mit dem Wasserbau, ihnen nachhaltige Anbaumethoden beibringen und sie im Kampf mit den Behörden unterstützen, sie helfen auch wohlhabenden Schweizern, denen es zwar gut geht, die aber auch einen Sinn im Leben suchen. Johann fühlt sich privilegiert, mit den Mönchen humanitäre Arbeit leisten zu dürfen! Und, so fügt er hinzu, demnächst kommt auch seine Frau, um hier Urlaub zu machen. Wie kann man es besser haben: hier im Kloster leben zu dürfen und obendrein die beste Ehefrau der Welt bei sich zu haben! Bedächtig schenkt er sich noch eine Tasse Kaffee ein, dann macht er sich vergnügt auf den Weg zur Arbeit. Und auf mich wartet schon der Pater.

Aber wer steht denn da vor dem Gartentor? Ein Gespenst, oder was? Pater Ambrosius hat seinen Bienenanzug übergezogen: ein langes, weißes Gewand, das ihm bis zu den Stiefelspitzen reicht; den Kopf bedeckt eine Kapuze mit einem Schleier vor dem Gesicht: perfekter Schutz gegen Bienenstiche. Für mich hat er ein ähnliches Gewand bereit, es ist einige Nummern zu groß und schleift hinter mir her wie ein Brautschleier. Einen der umstehenden Studierenden bitte ich, noch schnell ein Foto zu machen. Das ist was für mein Album: in diesem Outfit könnte man mich für ein Gespenst halten oder als Mitglied des Ku-Klux-Klans verdächtigen.

Ambrosius hat die Gewänder selbst geschneidert und ist stolz auf sein Handwerk. Auch die traditionellen

Bienenstöcke hat Pater Ambrosius selbst gebastelt. Er experimentiert mit verschiedenen Bienenstöcken; es gibt die sogenannten modernen Typen, ähnlich den europäischen, aber selbst zieht er die indigenen Varianten vor: ausgehöhlte Baumstämme, die in den Bäumen hängen, wie Weihnachtskugeln. Damit es den Bienen auch gefallen soll, hat er die Behausungen schön bunt bemalt. Das originellste Design ist das Gesicht einer Kuh; durch ihre Nüstern fliegen die Bienen aus und ein. – Sicher sehr kitzlig! Ob die Kuh dann auch viel Honig herausniest? Die moderneren Bienenkästen hat er zwischen den Beerensträuchern den Obstbäumen und den Blumenbeeten aufgestellt; es gibt hier reichlich Nektar, und zwar das ganze Jahr, immer blüht etwas, aber es gibt auch Trockenperioden und Sturzregen.

Während ich so die Bienen beobachte, fällt mir ein lautes Summen auf. Über uns, weit oben in einer Baumkrone, hat sich ein Schwarm niedergelassen! Den dürfen wir nicht verlieren! Wie ein geölter Blitz eilt der alte Bienenfreund durch den Garten, mit dem wehenden weißen Gewand, das sich in der rasenden Fahrt wie ein Segel hinter ihm aufbläht. Im Schuppen findet er einen leeren Korb, und dann nichts wie hinauf auf den Baum! Nie hätte ich gedacht, dass ein fast 90-jähriger so schnell und so hoch klettern kann! Wie er sich mit seiner weiten Bekleidung durch die Äste wringt, ist mir unklar, ich sehe im Baumwipfel nur ein flatterndes Gewand, von Bienen umschwärmt und heftig gestikulierend. Inzwischen sind noch mehrere Schüler herbeigelaufen, um die Show zu sehen, und sie rufen dem Kletterer aufmunternde Worte zu. Einige lachen: hier sei ihnen ein Geist im Geäste erschienen, eine

‚geistige' Offenbarung. Aber es dauert nicht lange da oben, dann saust der Pater mit seinem Fang wieder den Baum hinunter wie ein fallender Engel und landet mit beiden Stiefeln wieder auf festem Boden. Und das weiße Gewand hat sich bei der Landung eher erdig-braun verfärbt. – So, das wäre geschafft für dieses Mal, strahlt der tapfere Schwarmfänger!

Aber weiter kommen wir heute nicht. Unsere Inspektion der Bienenstände wird von einem heftigen Platzregen unterbrochen. Auch die Launen des Wetters gehören zur Vielfalt der Schöpfung, sagt der Pater. Mit unseren triefnassen, schweren Gewändern, die in den Pfützen schleifen und sich verfärben, pflügen wir uns durch den Matsch zurück zum Gebäude. Ich muss mich gleich umziehen und nutze die Gelegenheit zu einer Dusche. – Und der Pater hat inzwischen einen trockeneren Job für mich gefunden: es ist noch so viel Honig da von der vorigen Ernte, der gesiebt werden muss! Das passt mir ausgezeichnet, denn mein neuer Arbeitsplatz befindet sich in der Küche des Klosters, am warmen, nach gutem Essen duftenden Ofen: der ideale Ort für mich.

Und hier wird gearbeitet: um mich herum wirbeln fleißige Mönche, die Gemüse putzen, Geschirr spülen und den Ofen mit Brennholz anfeuern. Den kristallisierten Honig wärme ich am Ofen leicht an, er muss gut durchgerührt werden, dann siebe ich ihn durch ein sauberes Leinentuch, und zuletzt wird die goldflüssige Köstlichkeit in saubere, abgekochte Gläser abgefüllt. Während meiner Arbeit atme ich die herrlichsten Düfte ein. Hier offenbart sich die Nähe des Himmels: es riecht nach Holzofen, nach frisch gebackenem Brot, nach warmer Milch und nach dem würzigen Honig. Und ich freue mich schon auf das Abendessen. Während ich mich hingebungsvoll dieser Arbeit widme, habe ich auch Zeit, nachzudenken: Wie viel ihrer kostbaren Zeit verbringen die Menschen mit dem, was sie ‚Arbeit' nennen, und was oft bedeutet, Dinge zu tun, die von der Natur ‚entfremden', sie leben in Bürolandschaften und produzieren Dinge, die überflüssig sind oder gar den Planeten belasten… Hier geht es immer noch darum, etwas zu tun, das gut ist für die Natur und für die Menschen. Was könnte besser sein als in wunderbaren Gartenlandschaften zu leben, mit Bienen zu arbeiten und gesunde Nahrung zu produzieren. Aber man braucht dazu nicht mal ins Kloster zu gehen! – Jetzt läuten wieder die Glocken und wecken mich aus meinen frommen Gedanken. Durch das Küchenfenster sehe ich, wie die Mönche mit flatternden braunen Gewändern durch den strömenden Regen zum Gottesdienst eilen.

Epilog: Ein Bild für Vielfalt und Harmonie

Während meiner Aufenthalte in Tansania habe ich dieses Kloster noch öfters besucht, als ‚Auszeit', um das Chaos dieser Welt für eine Weile draußen lassen und mich zu besinnen, um was eigentlich geht. Und ich musste später, bei unseren Konferenzen, ob es nun um das Klima ging oder um die nachhaltige Landwirtschaft, oder um die Solidarität, immer wieder an dieses Wandgemälde in der Kapelle des Blumenklosters denken: mit Jesus inmitten der vielen Pflanzen, Tieren und Menschen. – In meinem Notizbuch schrieb ich: ‚Genau darum geht es: die Vielfalt der Pflanzen und Tiere zu bewahren, es geht um die Vielfalt der Menschenrassen, es geht um das friedliche Zusammenleben aller lebenden Wesen, genau das war das eigentliche Projekt auf dem Planeten, auf dem wir leben. Aber wir brauchen nicht unbedingt ins Kloster zu gehen, wir können Gutes für unsere Mitgeschöpfe tun überall, auf unsrer Arbeit, in unserer sozialen Umgebung, in der Politik und also auch auf Erden. Ich wünsche allen, die vergessen haben, um was es eigentlich geht, eine Auszeit in einem Kloster, oder in einem ‚weltlichen' Garten, das ist genauso gut, oder im stillen Winkel des eigenen Herzens. Möge es dort blühen in Vielfalt, Harmonie und Toleranz zwischen allen Geschöpfen auf diesem Planeten!

Die Autorin Ilona Gruber Drivdal beim Sieben des Honigs in der Klosterküche, im Hintergrund aus dem Fenster: Blick auf die Klosterkapelle (Copyright Bild: I. Gruber Drivdal)

Neue Klinik
(Jochen Stüsser-Simpson)

heiser nervend penetrant mama mama
schock verwirrung trauma taumel
kein zurück geburt ist auch trennung
mama mama immer wieder
will sie mir die geschichte ihres lebens
erzählen mir der ich eingesprungen
vertretend kaum zeit
habe die akten zu aktualisieren auf
dieser station mit der überall gleichen software
vertraut sonst vieles neu in zeiten des mangels auf wunsch
könnte ich bleiben mama mama
beenden die ortlosigkeit
mama höre ich sie geboren in Prag
wie ich lese abgeschoben während der feiertage
von angehörigen mama mama
klagt sie mahnt sie soll ich anders dosieren
die schmerzmittel wechseln mama mama
als beschwörte mama betete mama sie um das wunder
der Erhörung als riefe sie eine gottheit an
aber dann sitze ich entschleunigt an der bettkante
mama ruft die 90-jährige zahnlos lächelnd
in richtung meines bartes schmeichelnd mama mama
und ich halte ihre hand
sage hier

Wege des Himmels (Friedrich Feuerwasser)

Vorwort

Der Ursprung unseres Lebens liegt in den Händen unseres Schöpfers. Das Leben wurde uns geschenkt, auf dass wir die Welt bereichern würden durch unser Wort, durch unsere Liebe und unsere Tat. Am Ende all unserer Werke empfängt uns der Tod mit offenen Armen. Doch wenn uns unser Leben schon hier auf der Erde kostbar war, finden wir gute Gründe dafür, den Tod zu überwinden, wie wir auch die Schwierigkeiten unseres Lebens überwunden haben. Das Ewige Leben wartet auf uns, wenn wir der Welt zu unseren Lebzeiten aufrichtig gedient haben. Im Himmel gibt es mehr zu tun, als nur auf sanften Wolken zu liegen und zu träumen.

Erstes Buch

1.) Geboren worden zu sein

Etwas anderes als das Leben kennen wir nicht. Jeden Tag wird ein neuer Mensch geboren, um die ganze Welt zu erobern. Der Tod ist für viele Menschen nicht das Ende. Es ist ein Segen, geboren zu werden und ein Trost, sterben zu dürfen. Denn die Freude des Lebens ist kostbar durch die Begrenztheit unserer Lebensspanne. Zwischen Geburt und Sterben liegen Welten verborgen, die voller Neugier bewandert und voller Einsicht erinnert werden können.

Jeder Mensch wird für die Freiheit geboren. Was wir aus unserem Leben machen, bleibt uns selbst überlassen.

Liebe erfahren zu haben

Die Liebe ist der Grund unseres Seins. Weil die Liebe so überaus kostbar ist, setzen wir unser Leben dafür ein, Liebe zu erfahren. Der Grund für unsere Liebe ruht in der Kraft unserer Seele, der Grund für das Geliebtwerden liegt in der Kostbarkeit unseres Wesens für andere. Am Tage unserer Geburt werden wir unseren Eltern, darüber hinaus der gesamten Welt, zum Geschenk. Wir sind das Licht der Welt und unsere Liebe lässt die Sterne für uns scheinen.

Klein gewesen zu sein

Weil wir alle als kleine Leute unser Leben beginnen, sind wir zum Überleben auf den Schutz einer Gemeinschaft angewiesen. Wenn uns die Welt lieb hat, nimmt sie uns in die Arme und tröstet uns über den Kummer der Unvollkommenheit unseres Lebens hinweg. Als Kinder entdecken wir unsere Autonomie und setzen uns aktiv und gestaltend mit unserer Umwelt auseinander. Unsere jungen Augen verleihen der Welt ihren Sinn. Die Geborgenheit der Gemeinschaft gibt uns den Halt, der unsere Entwicklung ermöglicht, damit wir später selbst einen Teil der Last dieser Welt auf unseren Schultern tragen können.

Spiele gespielt zu haben

Das Spiel des Kindes ist so ernst zu nehmen, wie unser täglich Brot. Die Erwachsenen verlernen es mit den Jahren, sich die Welt spielerisch anzueignen, wie es zum Wesen der

Kinder gehört. Die Seele des Kindes aber steckt voller Energie und Lebenskraft und verwirklicht sich durch das Spiel, lernt, wächst, reift und wird durch die der Seele innewohnenden Tüchtigkeit einst so erwachsen und groß werden wie Nessaja.

Gewachsen zu sein

Manches, was klein ist, findet in sich den Mut zum Wachsen und Großwerden. Unsere Persönlichkeit wächst durch unsere Erfahrung, unsere Seele wächst durch das Sammeln von Kräften, unser Geist wächst durch unsere Einblicke in die Welt sowie durch die Erinnerungen unseres Lebens. Unser Körper wächst und reift, weil in uns der Traum von Größe, Schönheit und Kraft verborgen liegt. Doch seien wir nicht voreilig mit unserer Entwicklung. Die Blüte des Lebens erleben wir nur einmal. Dann verwelkt die Blüte unserer Lebenskraft und wir sind alt geworden. Unser Leben, das einst noch so lebendig und farbenfroh war, ist zur Erinnerung geworden. Nun können wir nichts mehr tun, als uns über die Spuren zu freuen, die wir in der Welt hinterlassen haben.

Vater und Mutter geehrt zu haben

Unsere Eltern sind der Quell unseres Lebens. Ihre Liebe ließ uns wachsen, unsere Probleme waren ihre Sorgen. Manchmal merkten wir, dass unsere Dankbarkeit für das Leben und die elterliche Fürsorge, die den Grundstein legte für unsere Entwicklung in jungen Jahren, Grenzen hat. Denn Eltern können niemals alles richtig machen. Doch unsere Liebe, unsere Dankbarkeit und unser lebenslanger

Respekt sollten immer mit den Menschen sein, die für uns die wichtigsten waren, als wir zur Welt kamen und gewachsen sind. Unser Leben ist ihr Trost, denn wir dürfen die Zeit überdauern, die unseren Eltern gegeben ist.

Lebensfreude entwickelt zu haben

Die Gründe für das Leben sind so zahlreich, wie der Sand am Meer. Jede Seele gleicht einem Ozean aus Bedürfnissen, Erwartungen, Gefühlen, Handlungsimpulsen und lebendigem Verlangen. Jede Seele war es wert, ins Leben gerufen zu werden. Das Scheitern des Lebens dient unserem Trotz, unser Ärger weicht einer Woge der Begeisterung. Wenn das Leben einem Spiel gleichen würde, unsere Freude über das Leben würde kein Ende finden. Doch wir kennen das Ende unserer Lebensfreude. Wir können uns unser Glück nicht kaufen, wie eine Immobilie. Wir können es uns leihen im Austausch für unsere Lebenskraft, für unsere Leistungen und die Bewältigung schwieriger Wege, die uns unsere Lebensfreude eine Zeit lang vergessen lassen, doch uns zu neuen Ufern führen, an denen die Freude über das Leben wieder lebendig wird.

Groß geworden zu sein

Gott hat in jede Seele eine Idee gelegt, die jedes Kind in seiner ganz einzigartigen Entwicklung, hinweg über tausend Widerstände, gemäß seiner ureigenen Entwicklungsbauplans, zu verwirklichen sucht. Keine Entwicklung verläuft ohne Probleme, Krisen oder Widersprüche. Manchmal verläuft die Entwicklung spielerisch, mal kämpferisch, mal frustrierend oder enttäuschend. Jeder Lebensabschnitt eines Menschen bietet Raum für Entwicklung und Selbstverwirklichung. Wenn wir noch klein sind, wollen wir wachsen, bis wir den Zenit unserer Leistungskraft sowie unseres Handlungsvermögens erreicht haben und wir beginnen, wieder talwärts zu schreiten. Ein Kind kann auf Dauer nicht überzeugen. Es muss – wohl oder übel – groß und erwachsen werden und sich als selbständiger Mensch in der Welt beweisen.

9.) Gefallen zu sein

Jeder Weg, den ein junger Mensch einschlägt, hat seinen eigenen Charakter. Es ist der Wille des Menschen, die Welt zu entdecken, handelnd und gestalten in die Welt einzugreifen, einen Weg zu finden, der das Leben bedeutet und auf diesem Weg möglichst sicher zu wandeln. Doch jeder Lebensweg hat seine Tücken, bringt uns ins Straucheln und lässt uns stürzen. Manchen Hindernissen können wir nicht aus dem Weg gehen. Manche Abgründe sehen wir erst, wenn es schon zu spät ist, einen Bogen darum zu machen. Wenn wir stürzen und hilflos auf der Erde liegen, halten wir Ausschau nach Trost und einer helfenden Hand, die uns wieder aufrichtet. Gott kennt unsere Herzen und spürt, wenn wir verzweifelt sind. Seine wohlwollende Hand richtet uns wieder auf, wenn wir gefallen sind, so wir an Ihn glauben wollen.

10.) Wieder aufgestanden zu sein

Was uns wirklich stark macht, sind nicht die leichten oder glücklichen Momente des Lebens, sondern die überstandenen Lebenskrisen, überwundene Pleiten, Pech und Pannen, sind Abgründe, in die wir gestürzt und aus denen wir wieder emporgeklettert sind, um an Reife und Lebenserfahrung zu wachsen. Das Hinfallen macht nicht stolz, aber das Wiederaufstehen. Wir können im Leben nicht stehenbleiben. Wir müssen den Aufstieg auf Gebirge und Gebirgsketten, sowie den Abstieg ins Tal ins Auge fassen, können nicht vermeiden, zu stürzen, können nur das Wiederaufstehen erlernen und uns ein Floß bauen, wenn wir Schiffbruch erlitten haben.

11.) In die Hölle hinab geblickt zu haben

Wo wir unser Glück finden werden, ist der Ort, an dem wir es gesucht haben. Für jeden Menschen, dessen Herz an einem Tag in seinem Leben entschieden hat, ein guter Mensch sein zu wollen, wird der Himmel zum Paradies und zum Sehnsuchtsort seiner Träume. Die Hölle ist verrufen als ein Ort der Folter und der Pein und als die Existenzstätte der Laster des Menschen. Doch selbst in der Hölle kann ein gepeinigtes Herz, das das Böse in sich trägt, Ruhe finden. Die Hölle bietet eine Zufluchtsstätte für Andersdenkende, für Gescheiterte, für all die Menschen, die sich gegen das Gute unter der Herrschaft des Einen Gottes und für die Freiheit zum Bösesein entschieden haben. Die Furcht vor der Hölle soll der Erkenntnis weichen, dass man auch zu der Finsternis der Hölle seine Zuflucht nehmen kann.

12.) In den Himmel hinauf geschaut zu haben

Der Himmel ist ein Ort von tausend und einem Wunder. Um dorthin zu gelangen, muss man einen Weg des Heils gegangen sein, ein aufrechtes und ehrliches Leben gewählt haben sowie einen inneren Reichtum erworben haben, der für den Himmel eine Bereicherung darstellt. Am Ende seiner Tage kehrt jeder gute Mensch in den Himmel ein. Doch wir Menschen sind nicht nur auf der Erde, um unser Glück zu suchen, sondern auch, um unsere Werke zu tun. Die Menschen auf der Erde müssen uns nicht leid tun, wenn uns ein Schicksal des Himmels einlädt, diese Welt zu verlassen. Diese Welt wird noch Bestand haben, wenn schon der tausendste Himmel nicht mehr ist, wird den Menschen allerdings ihr Glück, wie ihr Unglück verheißen, bis an das Ende aller Tage.

13.) Gott gesehen zu haben

Die Welt ist eine Schöpfung, die ohne ihren Urheber nicht auskommt. Gott schuf die Erde und das Leben und die Macht, um alles zu erhalten, bis der letzte Stern am Firmament erloschen wäre. Ohne unseren Schöpfer hätte die Natur Probleme zu wachsen, die Tiere hätten Schwierigkeiten, sich zu orientieren und die Menschen hätten keinen Mut, um nach dem Sinn zu fragen. Eine Spur von Gott ist enthalten in allen Dingen. Wer Ihn erkannt hat, bekommt einen Einblick in die Ewigkeit.

Zweites Buch

1.) Die Sonne auf und untergehen gesehen zu haben

Der Horizont weitet sich mit jedem Schritt, den wir auf ihn zugehen. Mag unser Weg auch manchmal mühsam sein, so erwartet uns am Ende unseres Weges sicher unser gerechter Lohn. Die Beständigkeit der Kräfte der Natur geben uns

Halt in einem manchmal unbeständigen, wechselhaften und unvorhersehbaren Verlauf unseres Lebens. Die Sonne gehört zu unserem Alltag und ist dennoch ein Wunder. Jeder Tag bringt neues Wetter mit sich – mal scheint die Sonne brennend heiß, mal lässt sie die Luft gefrieren, die wir atmen. Unser Leben gleicht einer langen Wanderung und umso vielfältiger unser Weg durch die Welt gewesen ist, desto eher begreifen wir alles als eine wundersame Schöpfung, in der alles seine Bestimmung hat und es jedes Teilchen anstrebt, an seinen rechtmäßigen Ort zu gelangen. Wenn wir die Welt anschauen, werden wir begreifen, dass alles stets in Bewegung war und wir nur ein Ausdruck des Lebens einer unendlichen und großartigen Schöpfung waren.

2.) Die vier Jahreszeiten genossen zu haben

Die Natur kann uns manchmal unbegreiflich erscheinen, manchmal ist alles wie selbstverständlich da. Wir staunen über die Natur und sind doch selbst aus der Natur hervorgegangen. Unsere Wege waren kaum weniger unbegreiflich, als die Wege unseres Schöpfers, der Seine Unnahbarkeit aufgibt, um unter uns Menschen zu leben. Wir leben in einer Klimazone, die durch die Jahreszeiten in vier Abschnitte unterteilt ist, so dass wir stets von einem Wandel unserer Umwelt umgeben sind, eingefasst in das Weltganze, das weiter als unser Auge reicht. Die Jahreszeiten bestimmen die Stimmung der Erde, auf der wir wandeln, um zusammen mit unserer Stimmung und unseren Gefühlen zum Klima der Welt beizutragen. Was wir zu geben haben, erhalten wir zurück in einer anderen

Form, was uns die Gewissheit gibt, dass nichts umsonst gewesen ist.

3.) Den Wind in den Feldern gespürt zu haben

Der Wind weht, weil die Welt lebendig ist und ihre Kraft ausdrückt in der Bewegung der Winde, die über Kontinente und Ozeane hinwegfegen. Der Wind auf den Feldern kann für uns Menschen zu einem unvergesslichen Ereignis und einer wunderschönen Erinnerung werden, wenn wir im Einklang mit der Natur über Muttererde wandeln. Der Wind lässt nach, damit auch wir von Zeit zu Zeit stehenbleiben, um unser vergangenes Leben zu betrachten.

4.) Nassgeregnet worden zu sein

Gott lässt es regnen über Gerechte, wie über Ungerechte. Als Kinder hatten wir Spaß, durch die Pfützen zu laufen. Das Wasser lief uns von den Haaren, wie von der Kleidung herunter. Wie unbedacht sind doch die Menschen, die sich pausenlos über schlechtes Wetter beklagen. Sie denken, für sie sollte die Sonne Halt machen und für alle Zeit in ihrer Wohlfühltemperatur scheinen. Unser Mitleid aber ist mit Mensch, Tier und Pflanze. Kein Regentropfen fällt auf die Erde ohne einen Nutzen. Wenn wir im Einklang mit den Kräften der Natur leben, können wir jedes Wetter lieben und hinter jedem Wetter einen Sinn für das Weltganze sehen. Ich bin jemand, der zuerst nass wird, aber sich zuletzt darüber ärgert.

5.) Den Liedern der Vögel gelauscht zu haben

Die Freude, die uns das Leben schenkt, geht leicht verloren in den Sorgen und Bedrängnissen unseres täglichen Alltags. Wir erleben das Leben manchmal viel zu wenig und werden erdrückt von einer Last aus Problemen, die unser Leben über die Jahre so angesammelt hat. Die Vögel dagegen meistern ihr Leben so mühelos, dass ihnen die Freude am Leben niemals verloren geht. Ihr Gesang lädt uns ein, auch unsere Sorgen und Probleme für eine Weile zu vergessen und uns an Zeiten unseres Lebens zu erinnern, an denen auch uns das Leben mühelos von der Hand ging und sich alles, wie durch Zauberhand, zum Guten wendete. Doch unsere menschliche Würde erinnert uns daran, eine Last tragen zu müssen, die jedoch immer geringer wird, je weiter wir uns dem Paradies nähern, für das Gott den Menschen erschaffen hat.

6.) Die Natur bewundert zu haben

Wir Menschen bilden uns oft ein, die Welt besitzen zu können, wenn wir nur genug Geld aufbringen, ein Grundstück zu erwerben, ein Haus darauf bauen und einen Zaun darum errichten mit der Aufschrift: „Betreten verboten!“. Dabei besitzen wir nicht nur materielle, sondern auch ideelle Güter. König der Welt ist das Herz, das liebt (nach einem Song von der Musikgruppe Karat). Die Natur fegt mit ihrer Gewalt über uns hinweg, ohne Achtung unseres Vermögens, unseres Standes oder unseres Status. Die Natur war niemals vollkommen, doch sie war immer gut genug, um reichlich Wunder aus sich hervorzubringen. Jeder Mensch mit Herz und Verstand ist ein Bewunderer der Natur. Doch die Natur bewundert auch uns. Denn wir sind ihre Schöpfung. Die Natur hat uns aus sich hervorgebracht und mit Gottes Hilfe sind wir zu dem geworden, was wir heute sind.

7.) Zu den Sternen geschaut zu haben

Was wäre, wenn das Universum ein Bewusstsein hätte und jeden unserer Schritte kennen würde? Auch die Astrologie hat einen Glauben an die Sterne und Planeten am Firmament. Das Universum kann mehr, als uns durch das Funkeln der Sterne und den vom Himmel fallenden Sternschnuppen zu begeistern. In jedem Menschen steckt eine tiefe Sehnsucht nach dem Einssein mit dem Kosmos, der uns umgibt. Das Universum nimmt unsere Träume in sich auf und denkt nüchtern über die Erfüllung unseres Lebens nach, wenn wir es auf der Erde schon aufgegeben haben, nach unseren Wünschen zu fragen.

8.) Die Freiheit der Engel im Wind gespürt zu haben

Wenn der Wind weht, werden wir ergriffen von den Urkräften der Natur der Erde. Wir können mit dem Strom gehen oder einen Weg entgegen der Windrichtung einschlagen. Unter uns Menschen wird ein Band der Liebe gesponnen, das Bestand hat durch unsere gegenseitige Treue. Doch unsere Treue reicht nur bis zum Horizont, so weit, wie auch unsere Liebe reicht. Die Treue der Engel dagegen ist ewig, sie leben mit den Geboten des Höchsten und sind mit ewiger Liebe gesegnet vor dem Herrn. Auf der Erde gleicht die Berührung eines Engels einem Windhauch, der nur einen kurzen Moment unseres Lebens berührt. Jedoch im Himmel sind wir dazu eingeladen, die

Freundschaft der Engel zu teilen, durch die der Himmel ewigen Bestand hat.

9.) Die Bibel gelesen zu haben

Am Anfang war weder Licht noch Finsternis. Am Anfang war Gott und bei Ihm war das Wort. Das Wort sprach: „Es werde Licht!“, und das Universum zündete ein Licht an. Gott schuf die Welt an sechs Tagen, ruhte am siebenten Tag und sah, dass es gut war. Es wurde geschaffen die Natur in ihrer Ganzheit und zuletzt erhielt der Mensch den Odem des Lebens. Der Mensch wurde zum Herrscher über die Erde, doch konnte sich selbst nicht retten. Ihm drohte Gewalt, Hunger und Elend, Verführung, Sünde, Verbrechen und Verrat sowie der sichere Tod.

Gott, der Herr, erfasste die gesamte Grausamkeit und Ausweglosigkeit, die der Mensch sich selbst geschaffen hat und bekam großes Mitleid mit dem Menschen. So sandte Gott Seinen eingeborenen Sohn auf die Erde, der gleichzeitig das lebendige Wort Gottes war. Jesus, genannt der „Christus“, vollbrachte viele Wunder und predigte zu den Menschen. Er wurde unschuldig verurteilt und starb einen schmählichen Foltertod am Kreuz von Golgatha, bei Jerusalem. Jesus Christus richtete die Welt, indem er Sein unschuldiges Blut vergoss. Er zerbrach die Allmacht der Sünde und des Todes und brachte die christliche Erlösungs- und Jenseitshoffnung auf die Erde.

Gott hinterließ Sein Gebot auf der Erde. Er versprach dem Menschen sein ewiges Heil im Austausch gegen seinen guten Willen, sein gerechtes Handeln, seine Aufrichtigkeit und sein Bekenntnis zur Wahrheit. Im Gebet ist es möglich, Gott zu begegnen. Gott sendet Seinen Heiligen Geist auf die Erde, um dem Menschen Führung und Barmherzigkeit zukommen zu lassen. Die Engel des Himmels wachen über das Wohlergehen der gesamten Erde.

Jesus stand vom Kreuze wieder auf und sitzt zur Rechten Gottes, zu richten die Lebenden und die Toten. Er begründete die Heilige Christliche Kirche, die Gemeinschaft der Heiligen, die Auferstehung der Toten sowie das Ewige Leben.

Amen.

10.) An Gott geglaubt zu haben

Schön wäre es für uns Menschen, wenn Gott zu jeder Zeit an allen Orten anwesend wäre, wo Seine Kraft gebraucht würde. Doch in Wahrheit spüren wir oft nicht Seine Anwesenheit oder Anteilnahme, wenn wir mit einem Problem überfordert oder in die Krise geraten sind. Und dennoch waltet das gute Prinzip unseres Schöpfers auf der ganzen Erde und keine wohlwollende und heilbringende Macht auf der Erde könnte größer sein, als Seine. Jeder Mensch, der den Willen entwickelt, zu glauben, kann die Gegenwart Gottes erfahren und Teil einer Gemeinschaft von Menschen werden, die mit Gott leben wollen und die an Gott glauben dürfen. Unser Vertrauen in Gott kann so endlos sein, wie der Himmel über uns ewig sein wird.

11.) Die Sünde verachtet zu haben

Gott hat uns Menschen schon geliebt, als wir noch Sünder waren. Wir waren jung und brauchten das Geld. Wir haben die Grenzen des Erlaubten überschritten, um das Gesetz dieser Welt an unseren Leibern zu erfahren. Doch als wir aufschauten in den Himmel zu Gott, erkannten wir unser Unrecht und bereuten. Gott ist erhaben über die Sünde, wir Menschen dagegen sind vor den Abgründen der Falschheit auf unserem Lebensweg nicht sicher. Jeder Mensch macht seine Erfahrungen mit der Sünde. Doch Gott hat uns die Einsicht und die Mittel zur Umkehr gegeben, damit wir weisen Gebrauch von ihnen machen. Reuige Sünder wie Heilige gehen ihren Weg mit Gott und erkennen Seine Gebote an. Gott geht nicht strenger mit uns ins Gericht, als wie Seine Gnade und Barmherzigkeit walten auf der Erde und im Himmel immer dar.

12.) Dem Leid der Welt gedacht zu haben

Gott spannt ein Zelt des Mitleides über die Erde. Jeder Mensch auf der Erde hat sein Leid zu tragen. Doch unser Mitleid ist ein Versprechen für die in Not geratenen. Geteiltes Leid ist nur noch halbes Leid. Unser Mitleid wird zu einem Segen für die Leidtragenden. Wenn wir ein edles Herz besitzen, nehmen wir unser Kreuz auf uns und tragen die Last der Welt, bis unser Werk auf der Erde erfüllt ist und wir im Ewigen Leben des Himmels Erlösung finden von der Schwere des Leids, das wir getragen haben, um der Welt einen Dienst zu erweisen und an Gottes Reich mitzuwirken.

13.) Sich nach Freiheit gesehnt zu haben

Gott erschuf den Menschen für die Freiheit und ließ ihn das Glück seines Lebens erfahren. Doch der Teufel stand auf in der Hölle und empfahl uns für die Knechtschaft. Die Schwäche des Menschen machte ihn empfänglich für die Verführungskraft des Teufels und führte die Menschheit in die Gefangenschaft. Menschen sehnten sich nach Macht und erlangten Herrschaft einer über den anderen. Doch Gott sprach, es sei nicht Recht, dass wir einer über den anderen befehlen und einander in Unfreiheit bringen. Und so steht Gott für die Freiheit der Welt seit Jahr und Tag und bis in alle Zeit. Wir konnten unsere Freiheit nicht bewahren, doch wir können sie zurückgewinnen. Unser Mut und unsere Kraft sind dazu geschaffen, die Fesseln dieser Welt zu zerreißen und dem kommenden Paradies entgegen zu schreiten.

Drittes Buch

1.) Ein Vorbild gefunden zu haben

Niemand wird den Satz glauben, dass wir immer unvollkommener werden, desto älter wir werden. Denn nach der Geburt gleichen wir einem weißen Blatt Papier, das erst im Laufe unseres Lebens beschrieben wird von den Erfahrungen unseres Lebens. Doch mit dem Vergleich stimmt etwas nicht. Denn in unsere Seele ist eine Idee gelegt, sie trägt die Dispositionen unserer Persönlichkeit und den Bauplan unserer Entwicklung schon von Geburt an in sich. So kommt kein Mensch völlig unvorbereitet auf die Welt. Unsere Entwicklung ist Freiheit, erzwungen durch die Stimme unseres Herzens, die uns auf unserem Lebensweg lenkt und vorantreibt. Da das Leben für uns

Menschen immer auch den Zwang, den Druck oder die Pflicht zur Entwicklung bedeutet, sind wir ohne gute Vorbilder verloren. Unsere Entwicklung kann nicht alleine und ohne das Vorbild anderer Menschen gelingen, die eine Entwicklung erreicht haben, die noch vor uns liegt und von uns noch nicht gemeistert werden konnte. Ein Vorbild zu sein hat Größe. Jemanden zum Vorbild anzunehmen hat Einsicht. Einem Vorbild nachzueifern bringt den Erfolg. Vorbilder retten Leben und verleihen uns den Antrieb zu einer gelungenen Entwicklung und Lebensleistung.

2.) Sich vor der Moral gebeugt zu haben

Die Welt bietet die Freiheit, aus tausenden von Handlungsmöglichkeiten wählen zu können; tausend Dinge tun zu können oder tausend Dinge zu unterlassen. Der Schlüssel zu unserem Glück liegt nicht irgendwo außerhalb von uns an einem streng verborgenen Ort, sondern er liegt in der uns angeborenen Tüchtigkeit unserer Seele verborgen. Uns Menschen kann diese Welt und was andere Menschen tun niemals gleichgültig sein. Wir wollen das Glück der Welt mehren und das Unglück der Welt verringern, so wir zu unserer Menschheitsaufgabe gefunden haben. Und so haben sich aufrechte Männer und Frauen daran versucht, Regeln für das Verhalten, für das Tun und Lassen der Menschen, zu erfinden, um das Chaos menschlicher Begierde zu bändigen und das Leben von uns Menschen in geregelte Bahnen zu lenken. Gott hat uns Menschen zu unserem eigenen Wohle nach Seinem Wertesystem Gebote gegeben; wir Menschen stellen nach unseren Wertesystemen Gesetze, Regeln und Normen auf, um die Erde für uns zu einem erträglichen und segensreichen Ort zu machen. Die Moral ist eine Lehre, die wir mit Demut über uns ergehen lassen müssen, die wir aber auch anzweifeln oder gegen sie verstoßen können. Doch die Moral von der Geschichte ist, dass wir uns selbst nicht mehr achten, sondern unser Spiegelbild verleugnen werden, wenn wir ein ausschweifendes, unmoralisches Leben wählen. Die Moral ist die Hüterin einer Ordnung, die für das heilsame und segenbringende Zusammenleben von uns Menschen unverzichtbar ist. Zwar können die Regeln und Vorschriften unserer Moral veralten und müssen erneuert und umgestaltet werden während die Welt sich wandelt, das generelle Prinzip der Moralität unseres Handelns sollte jedoch Ewigkeitscharakter besitzen und unangetastet bleiben.

3.) Den Glauben an sich selbst gefasst zu haben

Würde das Leben einem Glücksspiel gleichen, wir hätten auf das Gewinnen und Verlieren keinerlei bewussten Einfluss. Uns aber wurde gesagt, dass wir selbst der Schmied unseres Glückes sein können. Eine positive Lebenseinstellung hilft uns dabei, ein glückliches und erfolgreiches Leben zu führen. Auf der Welt gibt es Dinge, die vielleicht unsichtbar sein mögen, die jedoch so essentiell sind, wie unser tägliches Brot oder das Glas Wasser aus der Sprudelflasche. Wir brauchen Hoffnung, um unsere Zukunft ertragen zu können, wir brauchen Liebe, um im Hier und Jetzt Geborgenheit zu erfahren und wir brauchen den Glauben, um unseren Lebensweg meistern zu können. Unser Glaube kann nur wenige oder unendlich viele Dinge umfassen. Der Kern unseres Glaubens ist jedoch immer der Glaube an uns selbst, denn wir selbst allein sind der Mittelpunkt unseres Universums. Glaube, Liebe und Hoffnung – die drei sind uns gegeben worden, um die Abenteuer unserer Reise, die wir das Leben nennen, bestehen zu können. Ob wir ein Berg sind oder ein Kieselstein – der Glaube kann uns aufheben und ins Meer stürzen oder uns aufheben in den Himmel, wo wir eine Freiheit erfahren werden, die mit dem buntesten Vogelgesang wetteifert.

4.) In die Ewigkeit geblickt zu haben

Die Welt wird geplagt vom Unglück, denn wo es menschliches Leben gibt, da regieren Alter, Krankheit und Tod. Doch das Leid der Welt hat zahlreiche Ursachen. Uns ist die Last der ganzen Welt auf unsere Schultern gelegt worden. Und doch können wir Freude über das Leben empfinden, können uns freuen, am Leben zu sein und wenigstens einen Teil unserer Lebenstage auf der Erde genießen. Unsere Lebensspanne auf der Erde ist lang genug, um einen Reichtum an Erinnerungen sammeln zu können. Auch unerwartete und frühe Todesfälle gehören zu unserem gemeinsamen Lebensschicksal dazu. Und doch ist uns Menschen der Sinn für die Ewigkeit geschenkt worden. Uns ist es gegeben, über unseren irdischen Tod hinausblicken zu können. Denn der Tod muss nicht das Ende sein. Der Kreislauf der Wiedergeburt nimmt uns auf und schenkt uns von Leben zu Leben neue Hoffnung, bis wir letztendlich unseren Weg in den Himmel gefunden haben, wo unser Leben ewig sein kann. Die Welt ist erfüllt von großer Gnade. Wir können hoffen, weil wir eine Zukunft haben. Der Himmel nimmt uns auf, wenn wir unsere Werke getan und die Aufnahmeprüfung für das Ewige Leben bestanden haben.

5.) Am Bösen dieser Welt verzweifelt zu sein

Das Böse dieser Welt hat Macht über alle Menschen. Die Sünde der Menschheit liegt wie ein Joch auf dem Rücken der Menschenwürde. Doch es gibt Böses auf der Welt, das gemeiner ist als die Sünde. Das Böse bringt mit sich das Leid dieser Welt, das aus Ungerechtigkeit, Falschheit, Krieg, Knechtschaft und Hass entsteht. Jeder Mensch muss in seinem Leben eine Entscheidung für das Leben treffen: „Will ich ein guter Mensch oder ein böser Mensch sein oder gehe ich den eigenwilligen mittleren Weg ?" Doch trotz des Bösen und trotz des Schlechten auf der Welt hat die Erde niemals ihren Sinn verloren. Sogar das Böse hat sich entschieden, in der Hölle ein Paradies zu errichten. Die Gärten des Himmels sprechen jedoch eine andere Sprache. Auf der Erde finden bahnbrechende Entwicklungen statt; der Fortschritt der Menschheit ist unumkehrbar. Es bricht das Zeitalter der Frau herein, das die Menschheit in eine bessere Zukunft führen wird. Das Böse ist zu lieben oder zu hassen. Doch jeder Mensch des Himmels verzweifelt einen Tag in seinem Leben am Bösen dieser Welt.

6.) Die Kunst ins Herz geschlossen zu haben

Die Kunst drückt sich aus in tausenderlei Farben und Formen. In der Kunst geht es um Geist, Gefühl und Ästhetik. Wir können die Kunst mit all unseren Sinnen begreifen und doch fehlt uns häufig das Verständnis eines wahren Kunstkenners. Als Laienkünstler können wir uns selbst als Kunstschaffende versuchen. Wahre Kunst aber hat Teil an der Idee des Schönen dieser Welt. Zwar ist es wahr, dass die Schönheit der Kunst im Auge des Betrachters liegt, doch ohne die Schöpfung von Kunstwerken würden wir in die Leere blicken. Unsere Sinne können wir schulen und unseren Verstand darin ausbilden, die Kunst besser zu begreifen. So kann die Kunst zu einem unverzichtbaren Teil von uns und zu einem Höhepunkt unseres Lebens werden.

7.) Einen Lebensplan entworfen zu haben

Ein Leben ohne Höhepunkte ist kein gescheitertes Leben. Wir alle wollen Dinge erleben oder tun, auf die wir, mehr als mit dem halben Herzen, aufrichtig stolz sein können. Jeder Mensch hat Träume, Sehnsüchte, Verlangen. Jedes Leben erzählt eine Geschichte. Manche davon sind traurig, arm oder erfolglos. Wir aber wollen eine Erfolgsgeschichte schreiben. Ein Leben ohne Plan und Sinn aber verläuft nur selten erfolgreich. Deshalb werden wir von unseren Mentoren dazu gecoacht, einen Lebensplan zu erstellen, der alle wichtigen Ziele unseres Lebens, sowie die Etappen unseres Lebens, beinhaltet. Gut geplant ist schon halb gewonnen. Nehmen wir unsere Menschheitsaufgabe an und werden wir teil einer Geschichte, die auch von Engeln angesehen werden kann. Die Bescheidenheit soll uns zügeln, wenn wir zu hoch hinaus wollen.

8.) Das Scheitern gefürchtet zu haben

Als Gott den Menschen erschuf, gab er ihm alle zur Verfügung stehenden Mittel, um sein Leben auf der Erde erfolgreich bestreiten zu können. Doch auch das gelegentliche Scheitern des Menschen war in Gottes Plan mit inbegriffen. Jeder Mensch weiß, dass der Traum vom einfach zu erkaufenden Glück nur ein Traum sein kann. Das Scheitern wartet nicht an jeder Straßenecke. Das Leben aber konfrontiert uns mit den Aufgaben der Entwicklung, sowie mit den Aufgaben der Leistung, die gelingen oder fehlschlagen können. Selbst ein gelungener Lebensplan kann uns vor Niederlagen sowie vor dem Versagen nicht endgültig schützen. Jedes unserer Laster kann uns in die Tiefe reißen. Wir sind auf der Suche nach Chancen, auf die wir manchmal vergeblich warten. Das Leben bleibt immer ein Risiko. Wir sollten es gelassen sehen und mit Mut und Tapferkeit in die Zukunft gehen. Wir nehmen all unser Talent und unsere Fähigkeiten und machen einfach das Beste aus unserem Leben. So werden wir auf erfolgreichen Wegen wandeln und die Angst vor dem Versagen mit der Zeit weit hinter uns lassen.

9.) Mut gefasst zu haben

Das Leben hat seine Gesetze und Prinzipien, die wir nicht ändern können. Wir können nichts weiter tun, als zu erkennen, was das Leben ist und uns zu beugen vor den Gesetzen der Natur, die mit Rechtschaffenheit walten und das vermeintliche Chaos der Natur in eine sinnreiche Ordnung verwandeln. Leider ist es nicht möglich, ein Leben ohne Angst zu führen. Denn auf allen Stationen unseres Werdegangs ist unser Leben davon bedroht, Schaden zu erleiden. Wir können der Angst aus dem Wege gehen, indem wir jedes Risiko scheuen, werden auf diesem Lebensweg aber nur wenig gewinnen können. Oder wir können uns unserer Angst stellen, fassen Mut und treten der Angst mit Tapferkeit entgegen. Wenn es uns gelingt, unser Leben auf den Prinzipien des Mutes aufzubauen, wird sich nicht nur der Erfolg einstellen, wir werden auch den Stolz dieser Welt erwerben.

10.) Hoffnung entwickelt zu haben

Die Tugend führt uns zum Leben, das Laster liefert uns dem Tode aus. Die Welt wurde nicht auf Ungerechtigkeit gebaut. Die Zeit arbeitet für uns, unser Schicksal ist uns wohlgesonnen, Gott lenkt unsere Wege mit Liebe und Barmherzigkeit, wir werden beschützt von den Engeln und herausgefordert von dem Ehrgeiz unserer Seele. Wir sollten unser Leben annehmen mit Demut, sollten die Bescheidenheit lernen und ehrfürchtig blicken auf die Wunder unserer Schöpfung. Die Verzweiflung in uns muss nicht erstarken. Denn die Welt ist voller Hoffnung, weil Gottes Plan mit Wohlwollen geschmiedet wurde und ein großartiger Himmel über die Erde regiert. Auch in uns Menschen ist das Wunder zuhause.

11.) Kraft gefunden zu haben

Die Religion hat die Kraft, Menschen zu vereinen und dem Leben der Lebenden Hoffnung und Sinn zu verleihen. Religionen sind auf der Erde weniger zahlreich, als die Glaubensinhalte der Menschheit. In unseren Glauben können wir die ganze Welt mit aufnehmen. Der Glaube, die

Liebe und die Hoffnung sind die drei größten Kraftquellen von uns Lebenden. Kraftlosigkeit ist keine Sünde, aber eine Ursache von Misserfolg und innerer Unzufriedenheit. Wo keine Kraft vorhanden ist, da verkümmert das Leben. Die Kraft ist der Ursprung von allen Ausdrücken des Lebens. In uns Menschen schlummert eine Kraft, die durch unseren Willen und unsere Lebensziele zum Leben erweckt werden kann. Die Kraftquellen dieser Welt sind zahlreich. Wir können selbst wählen, an welchen Quellen wir unsere Kraft schöpfen wollen. Geht uns die Kraft aus, verlieren wir unseren Antrieb zum Leben.

12.) In den Dienst des Guten getreten zu sein

Die Welt könnte so gnadenlos sein, wie ein erbitterter Kampf jeder gegen jeden, bis das Blut spritzt und der Schädel zertrümmert auf der Erde liegt. Doch es waltet ein gutes Prinzip auf der Erde, das die Welt umgibt mit Wohlwollen und Gnade, Nächstenliebe, Mitleid und Barmherzigkeit. Wir sehen zwar auch Grausamkeit auf dieser Welt, doch sie ist vergänglich. Uns wurden Vernunft und Einsicht geschenkt, auf dass wir unser Leben und diese Welt nach moralischen Prinzipien gestalten. Die Erde hat mehr als ein großes Bedürfnis. Der Traum dieser Erde ist es, ein großes Paradies zu schaffen, in dem alle Menschen glücklich leben können. Viele Menschen sind schon in den Dienst dieser Welt getreten und haben dem guten Prinzip auf Erden mit viel Ehre aufrichtig gedient. Auch wir sollten in den Dienst der Welt treten, um teil einer Gemeinschaft großer Helden und Heldinnen zu werden. Die Lebensentscheidung zum Dienen hat noch kein Mensch auf dieser Welt bereuen müssen. Denn der Lohn der Dienenden ist gewaltiger, als sich der Hochmut der Ungläubigen denken lässt.

13.) Die Hingabe geschworen zu haben

Das wertvollste Geschenk, das wir erhalten konnten, war unser Leben. Wir können das Leben behalten, denn es gehört uns, doch so werden wir es verlieren. Um das Leben zu gewinnen, müssen wir in den Dienst des Guten dieser Welt treten. Wir müssen uns verneigen vor der Moral, vor den guten Sitten und den Autoritäten unserer Zeit sowie vor der Geschichte dieser Welt. Wir haben die Welt nicht erschaffen und trotzdem ernährt sie uns. Jesus gab sein Leben für uns. Was wollen wir geben, um teil zu werden der Rettung, des Erhalts, des Aufbaus und der Weiter- und Höherentwicklung dieser Welt? Welches Opfer wollen wir erbringen, um im Gegenzug das Ewige Leben zu erhalten? Die Welt wird uns gehören, wenn wir ihr aufrichtig und mit ganzem Herzen, mit ganzer Seele und ganzer Kraft dienen. Wir können unser Leben behalten. Doch dafür sind wir nicht geboren worden. Uns wird zugeteilt werden nach dem Maß, nach dem wir gegeben haben. Für die Hingabe unserer Seele werden wir die Welt zum Geschenk erhalten. Und nichts wird sie uns je wieder entreißen können.

Viertes Buch

1.) Das Leid dieser Welt gesehen zu haben

Die Wahrheit über das Leben, sagte der Buddha, ist, dass das Leben Leid bedeutet. Armut, Krankheit, Hunger, Alter und Tod sind in der Welt und bedeuten zwangsläufig

Leiden. Hinzu kommen Krieg, Ungerechtigkeit, Lüge und Verrat, Untreue und Betrug, Ausbeutung, Vereinsamung, Elend und Chancenarmut, Perspektivlosigkeit, Verzweiflung und Hoffnungslosigkeit. Wir können uns zwar das Glück wünschen, können versuchen, uns das Leid mit all den uns zur Verfügung stehenden Mitteln vom eigenen Leib zu halten, doch wir können das Leid dieser Welt nicht verleugnen. Wenn es uns zu gut geht, fangen wir an, das Leid zu fürchten, erwarten, dass uns ein plötzlicher Schicksalsschlag einholen könnte. Sind wir von Leid betroffen, hoffen wir auf Besserung. Sind wir von Leid betroffen, brauchen wir Hilfe; wenn es uns gut geht, wird mit unserer Hilfe gerechnet. Das Leid dieser Welt zu lindern, ist teil unserer großen Menschheitsaufgabe. Eine perfekte Welt wäre eine Welt voller Leben, doch ohne jegliches Leid.

2.) Mitleid empfunden zu haben

Man könnte sich die Welt als eine Einheit vorstellen, in der alles mit jedem verbunden wäre und in der alle Dinge von allen geteilt werden würden. Wäre die Welt so beschaffen, würde sich nie auch nur ein Mensch alleingelassen fühlen oder unter Verzweiflung, Kummer oder Hoffnungslosigkeit leiden. Doch alle Güter dieser Welt sind ungleich verteilt, so auch Freude und Leid. Unsere Aufgabe auf der Erde ist es, zu Menschen zu werden, das Glück dieser Welt zu mehren und das Leid dieser Welt zu verringern. Jeder Mensch kann sehen, dass Menschen Dinge tun, die Menschen nicht tun. Wir sind für die Tugend geboren worden, doch manchmal verfallen wir dem Laster. Nicht jeder Mensch hat teil am

Guten und Wertvollen dieser Welt. Zu der Idee des Guten zählen Tugenden, wie das Mitleid. Wie alle Güter oder Eigenschaften dieser Welt ist auch das Mitleid unter uns Menschen ungleich verteilt. Doch ohne das Mitleid können wir nicht Mensch sein. Das Mitleid befähigt uns Menschen dazu, das Leid anderer Menschen zu teilen und geteiltes Leid ist halbes Leid. Wenn sich wahres Mitgefühl verbreitet unter uns Menschen, wird das Mitleid eine eigenen Religion werden und die Zeiten großen Leidens auf der Erde werden vorübergehen und letztendlich werden wir lernen, auch die Freude unserer Mitmenschen zu teilen.

3.) Für den Leidensweg des Lebens bereit gewesen zu sein

Wenn es wahr ist, dass Menschen rational über ihren Lebensweg entscheiden, dann werden Menschen immer den Lebensweg wählen, der ihr Glück maximiert und ihr Leid möglichst gering hält. Alle elementaren Kategorien der Lebensinhalte lassen sich am empfundenen Glück oder Leid eines Menschen messen. Wie kann deswegen trotzdem ein Leidensweg empfohlen werden, ohne dabei einen Verrat an den Prinzipien des Lebens zu begehen? Ich möchte die Behauptung aufstellen, dass es ein Glück auf dieser Erde gibt, das den Weg dorthin nicht lohnt, und dass es ein Leid auf dieser Erde gibt, das getragen werden muss und den Kreuzritter belohnt mit einem glücklichen und auch erfüllenden Leben, der das Leid dieser Welt auf sich nimmt und es mit Demut trägt. In der christlichen Welt oder sogar auf der ganzen Welt werden wir Menschen dazu berufen, Jesus Christus auf seinem Leidensweg zu folgen. Der Lohn für seinen Leidensweg war, ist und bleibt eine ewige

Königsherrschaft im Himmel. Jeder von uns kann Seinem Vorbild folgen und sein Kreuz auf sich nehmen. Wir können unser Leben hingeben für eine gerechte Sache oder zu Märtyrern unseres Glaubens werden. Ein aufrechter Lebensweg, der den Wert dieser Schöpfung erhöht, weil dieser Weg einen Wert für die Welt verkörpert, sollte uns tausendmal mehr bedeuten, als ein einfaches Glück, das man an jeder Straßenecke findet.

4.) Das Unglück gefürchtet zu haben

Die Welt, die wir Menschen auf der Erde gemeinsam erschaffen haben, hat viele Gesichter. Viele Menschen auf dieser Erde haben Anteil an der Idee des Guten. Ihre Taten bringen das Heil auf die Erde und sie haben sich dafür das Glück dieser Welt verdient. Doch niemand auf der Welt weiß, wie unser Schicksal gesponnen wird. Uns wurde auch gesagt, dass Undank der Welten Lohn wäre. Von der anderen Seite wurde uns gesagt, dass wir der Schmied unseres eigenen Glückes seien. Ich aber sage euch: Erwartet stets euren gerechten Lohn! Er wird uns zuteil werden, wenn wir schon nicht mehr daran glauben. Das Unglück dieser Welt kann jeden treffen. Doch jedem nach seinem Maß. Jeder von uns wird das Seine bekommen. Es wird eine Zeit kommen, da wird die Ungerechtigkeit keine Macht mehr über die Welt haben. Uns allen wird zugeteilt werden nach dem Maß, nach dem auch wir anderen zugeteilt haben. Darum fürchten wir nicht das Unglück. Obwohl ich weiß, dass diese Furcht in uns allen steckt. Wir schreiten voran in eine neue Welt. Höhere Mächte werden uns beistehen.

5.) Das Leben als Werk begriffen zu haben

Das Leben kann Licht sein oder Schatten, bunt oder trist, lustig oder traurig, schön oder hässlich, spannend oder langweilig. Wir haben gehört, dass Menschen vor uns gelebt haben, die uns ihr Lebenswerk hinterlassen haben zu ihrem Andenken, zu unserer Ehrfurcht und für die Ehre dieser Welt. Auch wir sind dazu berufen, ein Lebenswerk zu vollbringen, auf dass im Besonderen wir selbst mit Stolz zurückblicken können und das noch der Nachwelt zu dienen vermag. Diese Welt ist aufgebaut auf Leistung und wird durch Leistung regiert. Ohne ein Werk auf der Erde getan zu haben, werden wir im Himmel nicht mehr als die Brieffreunde von Engeln und Menschen sein können. Wir sollten alles geben, was wir können, denn unser Schicksal liegt in unseren Händen. Das Leben muss nicht schwer gewesen sein, aber zumindest ehrwürdig genug, um von den Göttern des Himmels nicht verspottet zu werden.

6.) Zur Ewigkeitsaufgabe der Menschheit heraufgeschaut zu haben

Wir haben lange nach den Anfängen von uns Menschen geforscht. Wir haben auch über unser Ende nachgedacht. Die Wurzeln der Menschheit liegen jenseits unseres wachen Bewusstseins und unser Ende liegt jenseits unserer Vorstellungskraft. Denn wir haben schon viele Krisen überwunden und werden auch weitere überstehen. Nur so ist es möglich, von einer „Ewigkeitsaufgabe“ der Menschheit zu sprechen. Noch sind wir nicht erwachsen geworden. Noch sind die Probleme zahlreich und wir ihrer nicht Herr. Doch die Menschheit steht vor einem gewaltigen Wandel. Wir werden eine Neue Welt aus uns hervorbringen. Es werden neue heilige Schriften entstehen und auch die Bibel des Einen Gottes hat noch nicht das letzte Wort gesprochen. Unsere Aufgabe besteht darin, diese Welt zu erhalten, aufzubauen und weiterzuentwickeln. Gott wird unsere Erde in Seine Hände nehmen und eine Endzeit der großen Kriege und Katastrophen beenden, die mit dem Auftreten Seines Sohnes auf der Erde begann. Auch Jesus Christus wird zurückkehren auf die Erde, doch unsere Augen werden Ihn nicht sehen. Auch wir haben unser Werk zu tun und schauen uns nach getaner Arbeit die Zukunft der Menschheit von oben an, nachdem wir unseren Teil zur Menschheitsaufgabe beigetragen haben.

7.) Vom Weltfrieden geträumt zu haben

Es ist viele Jahre schon her, als noch ein Philosoph sprach, der Krieg sei der Vater aller Dinge. Nun aber treten wir ein in das weibliche Zeitalter, welches das altehrwürdige männliche Geschlecht in seine Schranken verweisen und uns möglicherweise den Ewigen Frieden schenken wird. Ein Krieg ist ein Streit mit militärischen Mitteln, der Teil war und noch immer ein Teil ist des archaischen und blutigen männlichen Zeitalters. Das männliche Prinzip, so scheint es, gebietet den Krieg; das weibliche Prinzip dagegen scheint den Frieden zu verkünden. Und doch war es ein Mann, ein Philosoph namens Immanuel Kant, der schon vor rund 200 Jahren vom Ewigen Frieden geträumt hat, als das weibliche Geschlecht noch im geistigen Dunkel gelebt hat. Wir können jedoch auch nicht leugnen, dass manche von uns Männern noch immer Sympathien für vergangene und uns vielleicht noch bevorstehende Kriege in ihren Herzen tragen. Deswegen bleibt der Traum vom Ewigen Frieden ein ferner Traum, der wahr werden kann oder sollte, aber auch an der eisernen Realität zerbrechen könnte.

8.) Ohnmächtig gewesen zu sein

Der Wille zur Macht steckt in allem Leben. Macht drückt sich aus in tausenderlei Formen. Macht und Herrschaft sind dagegen zwei unterschiedliche paar Schuhe. Der Singvogel hat die Macht, sich selbst glücklich zu machen. Jeder Mensch auf dieser Welt träumt einmal davon, ein Vogel auf den Feldern zu sein. Denn ihnen ist die Ohnmacht fremd, die uns Menschen immer wieder einholt, bis wir, im besten Fall, unsere Existenz felsenfest gebaut und abgesichert haben. Jeder Mensch will sich ausdrücken und Spuren in der Welt hinterlassen. Die Macht, die dazu erforderlich ist, müssen wir uns erst mühsam erwerben. Doch der Machtbegriff beschreibt das menschliche Handeln nur ungenügend. In unserem Leben geht es weniger um Macht, als um Handlungsmöglichkeiten und Verwirklichungschancen. Sind wir handlungsunfähig oder werden wir an unserer Selbstverwirklichung gehindert, fühlen wir uns ohnmächtig. Unsere Lebenskraft dient unserer Befreiung von Lethargie und Ohnmacht; wir kämpfen dafür, Handlungsmacht zu erlangen. Die Quellen unserer Macht sind zahlreich. Auch das Gebet kann uns eine Hilfe sein. Wir können unseren Ohnmachtsgefühlen jedoch oft nicht entkommen. Wir können nur versuchen, so gut wir können am Aufbau unseres Lebens zu arbeiten. Wir entkommen der Ohnmacht am besten, indem wir die Kraft unserer Seele beschwören oder die Götter um ihre Hilfe bitten.

9.) An der Macht Gottes teilzuhaben

Unsere Macht ist der Beweis dafür, dass wir tatsächlich existieren. Übersteigt unser Wille unsere Möglichkeiten, fühlen wir uns ohnmächtig. Unser Verlangen ist die Welt, unser Streben ist der Ausdruck menschlichen Lebens. In uns selbst allein finden wir die Kraft, das zum Leben Nötigste zu erlangen und uns ein Minimum an Handlungsfähigkeit zu erkämpfen. Doch einige von uns wollen mehr. Einigen von uns reicht es nicht aus, der Welt zuzuschauen, wie sie sich dreht, sie wollen die Welt aus eigener Kraft bewegen. Gott hat diese einzigartige Kraft, diese Welt zu bewegen. Um die Kraft Gottes zu erlangen, müssen wir in den Dienst Gottes treten und für die positiven Prinzipien dieser Welt eintreten. Die Kraft Gottes ist eine Auszeichnung. Wer sie erlangen möchte, muss den Preis dafür zahlen. Er muss bereit sein, sein Leben für eine gerechte Sache hinzugeben und wird im Gegenzug die Kraft erhalten, diese Welt zu bewegen.

10.) Den Teufel verflucht zu haben

Die Schuld des Teufels ist es, sich das Paradies anders vorgestellt zu haben. Sein Wille zum Bösen war gewaltig und er machte sich die Welt untertan und regierte die Welt nach den Prinzipien des Bösen. Dem Teufel kann man in jedem Menschen begegnen, denn seine Bosheit und seine Schlechtigkeit wurden Teil von allen Menschen. Doch die Menschen wehrten sich gegen die Kraft des Bösen und schließlich konnte die Macht des Teufels gebrochen werden. Gottes Reich ist nahe an uns herangerückt. Der Teufel musste seine alte Herrschaft über die Erde aufgeben, hinterlässt eine Spur aus Lastern und Freveleien, aus Sünde und schlechten Taten. Der Wandel dieser Welt macht auch vor der Unterwelt nicht Halt, doch von einem Paradies für Andersdenkende sprechen nur wenige. Doch das Unheil, das der Teufel auf der Erde anrichtete, reicht noch aus für tausend Todesflüche. Wenn unserem Herzen nicht danach ist, den Teufel zu verfluchen, dann können wir auch versuchen, den Teufel in unser Herz zu schließen. Denn unsere Liebe hat die Macht, die Bosheit des Teufels zu besiegen und Ihn einzuladen, ein Freund dieser Welt zu werden. Wenn wir den Teufel dagegen hassen, dann sind wir am Ende nicht besser, als er. Nur die Liebe kann den Teufel besiegen.

11.) Klein gewesen zu sein

Am Anfang unseres Lebens stand die Vereinigung zweier mikroskopisch kleiner Zellen. Durch das unablässige Streben unseres Organismus sind wir im Leibe unserer Mutter zu kleinen Menschen herangereift, die nach neun Monaten Tragzeit schließlich das Licht der Welt erblickten. Wir öffneten unsere Augen und sahen die Welt, die endlos groß erschien, als wir noch klein waren. Das erste Prinzip unseres Lebens war Entwicklung. Dieses Prinzip war uns vom ersten Tage an eigen. Wir konnten manchmal den Mut verlieren, doch wir konnten in unserer Entwicklung niemals stehenbleiben. Obwohl unser Leben noch einer spielerischen Entdeckungsreise glich, wurden wir schnell der Ernsthaftigkeit unseres Lebens gewahr. Unser innerer Bauplan und der evolutionäre Druck auf unsere Entwicklung führten uns von Lebenskrise zu Lebenskrise, unsere Entwicklung nahm kein Ende. Als wir noch klein waren, wollten wir das Leben und die ganze Welt gewinnen. Dem Anfang unseres Lebens wohnte ein Zauber inne, der uns die Süße des Lebens schmecken ließ. Wir waren die Zukunft dieser Erde und die Welt würde eines Tages uns gehören. Denn auch wenn es schön war – klein konnten wir nicht bleiben.

12.) Gewachsen zu sein

Kein Prinzip regiert mächtiger über uns Lebende, als das Prinzip der Entwicklung. Wenn uns das Glück dieser Welt wohlgesonnen ist, fühlen wir uns immer als vollwertige Menschen, ohne gravierende Mängel, zu jedem Zeitpunkt unserer Entwicklung. Vielen Menschen auf der Erde ist jedoch das Gefühl nicht fremd, ein Mängelwesen zu sein, das dringender und gravierender Entwicklung bedarf, um aus einem Zustand der Minderwertigkeit zur Vollwertigkeit zu gelangen. Die Entwicklung ist ein fester Bestandteil unseres Lebensplans, doch leider kann jede Entwicklung in die Krise geraten und sogar scheitern. Doch wir sind nicht geboren worden, um so zu bleiben, wie wir sind, sondern um in unserer Entwicklung voranzuschreiten, Altes hinter uns zu lassen und neue Ufer zu erreichen. Der Baum hält fest an seiner Entwicklung. Uns Menschen dagegen kann manchmal schwindelig werden, wenn wir einer Flut von Neuem ausgesetzt sind. Darum suchen wir nach Dingen, die feststehen und uns über unsere eigene Vergänglichkeit hinwegtrösten können. Durch unser Wachstum gewinnen wir das Leben. Doch am Ende unserer Entwicklung war unser Leben nichts mehr, als eine Erinnerung, die wir nicht festhalten können.

13.) Groß geworden zu sein

Das Großwerden ist die Folge einer ganzen Serie gelungener Entwicklungen, die unwiderruflich und unumkehrbar das Erwachsenenzeitalter einläuten. Großwerden bedeutet Macht und Fähigkeit, Verantwortung und Handlungsmöglichkeiten zu erlangen, die im Kindesalter noch in unbegreiflich weiter Ferne lagen. Umso weiter wir in unserer Entwicklung voranschreiten, desto mehr Stolz auf gemeisterte Herausforderungen eignen wir uns an.Wir lassen Altes an uns vorüberziehen und Neues auf uns zukommen. Manchmal sind unsere Lebensumstände rosig, manchmal entbehrungsreich. Umso älter wir werden, desto mehr Lebensentscheidungen, aber auch Lebensleistungen, liegen bereits hinter uns. Die Welt verliert mit unserem zunehmendem Alter ihre Geheimnisse, unsere Lebensfreude sollten wir deswegen aber nicht verlieren. Eines Tages sind wir am Ende all unserer Entwicklung angekommen und nur noch eine letzte Prüfung liegt vor uns. Wir müssen der Welt entsagen, um in Frieden von dieser Welt scheiden zu können.

Fünftes Buch

1.) Nach dem Ideal des Menschen gefragt zu haben

Jedem von uns ist die Möglichkeit gegeben, nach seiner Fasson glücklich zu werden. Das Streben nach Glück klingt nach dem leichten Leben. Anstrengung kann Schmerz bedeuten, Unglück und Leiden liegen auf den Wegen zum Lebensglück. Damit wir nicht in die Irre gehen und im Unglück versinken, hat Gott uns Menschen die Fähigkeit zur Einsicht geschenkt. Und so können wir erkennen, dass das Streben nach Glück noch nicht alles sein muss. Wir können nach den Idealen des Menschen fragen, anstatt uns einer Illusion vom leichten Glück hinzugeben. Ideale des Menschen sind seine vollkommene Entwicklung sowie ein vollbrachtes Lebenswerk am Ende des Lebens. Das Glück wird uns gewiss geschenkt, wenn wir auf guten Wegen wandeln. Der ideale Mensch strebt nach Weisheit, Liebe und Macht, Glück und Erfüllung. Er verausgabt sich selbst in seinen Werken und entwickelt die menschlichen Tugenden zur Reife. Es wird uns nicht leicht gemacht, Menschen zu sein, denn zu Menschen müssen wir noch werden.

2.) Irrtümer erkannt zu haben

Das Leben ist weder ein Ponyhof, noch ein Streichelzoo, weder ein Wunschkonzert, noch ein Zuckerschlecken. Wir können an alles glauben und uns dabei irren; der größte Irrtum des Lebens aber ist es, keinen Glauben zu besitzen. Wir sind ebenfalls im Irrtum, wenn wir annehmen, wir wären für das Glücklichsein allein geschaffen. Glück ist in vielen Fällen das Abfallprodukt wirklich harter Arbeit und einer Lebensleistung, die im Schweiße unseres Angesichts erbracht worden ist. Wir können alles unternehmen, ausprobieren und versuchen, um glücklich zu sein, doch was unterscheidet uns dann von Sisyphus auf seinem

Felsen? Wir sind auch nicht für das Leben geboren worden, sondern um zu sterben. Das Glück fällt uns vom Himmel auf den Kopf, wenn wir aufgehört haben, danach zu fragen. Das Ziel der Erde ist der Altruismus der Welt, ein befreiender Zustand, welcher der menschlichen Natur ihre Neigungen zur Gemeinnützigkeit in einem solidarischen Zusammenleben zurückgibt.

3.) Schlechte Wege bereut zu haben

Der sicherste Weg, um an ein gutes Ende zu gelangen, ist die Wahl der richtigen Lebensziele. Da im Grunde ja die Lebensphilosophie dieser Erde kaum geboren worden und nur einer handvoll Menschen zugänglich zu sein scheint, tappt die Menschheit auf dunklen Wegen, die von Menschen oft selbst nicht leicht begriffen werden können. Die Philosophie der Erde muss erst neu erfunden werden, bis wir – und damit meine ich alle Menschen – die Wahrheit über das Leben verstehen gelernt haben. Ohne einen philosophischen Überbau über das Leben sind wir Menschen kaum mehr, als ein bewegter Trieb, der auf tausenderlei Wegen voranschreitet aber nie an ein Ziel kommt. Die Weisheit dieser Welt ist endlich. Menschsein an die Zeit gebunden. Wir wollen keine mittelalterlichen Ackerbauern auf den Feldern mehr sein, sondern streben nach der Verwirklichung all unserer Möglichkeiten und Potentiale. Wer Mut beweist durch seinen Lebensweg, kann Ansehen erlangen, auch ohne Aufsehen zu erregen. Wer auf eine Odyssee geht, kann Aufsehen erregen, auch ohne berühmt zu werden. Wer schlechten Antrieben blind gefolgt ist, wird zu Staub und einfach vergessen werden.

Die Reue des Lebens ist eine Mahnung an uns Sterbliche, von unseren schlechten Wegen zu weichen und die Quelle des Ewigen Lebens zu suchen. Sie mag gut versteckt sein. Wenn wir Glück haben, wird ein guter Hirte aufstehen, um uns einen rechten Weg zum Ewigen Leben zeigen. Es liegt am Ende von guten Wegen, die mit Bedacht gewählt und mit Entschlossenheit bis an ihr Ende verfolgt worden sind.

4.) Fehler eingestanden zu haben

Zwischen dem Geborenwerden und dem Sterben liegt keine Gerade, die einen fehlerfreien Lebensweg kennzeichnen würde. Unsere Wege sind nicht unergründlich, wie die Wege des Herrn, doch unsere Beweggründe sind so zahlreich, wie die Sterne am Himmel. Die Möglichkeiten, auf seinem Lebensweg Fehler zu begehen, sind so zahlreich, wie der Sand am Meer. Entweder wir wählen die falschen Lebensziele oder wir machen Fehler auf dem Weg zum richtigen Ziel oder wir machen Fehler auf dem Weg an ein falsches Ziel; vielleicht lassen wir uns von unseren Lastern beherrschen und finden nicht zu Tugend, Anstand und Moral, vielleicht sind unsere Beweggründe nicht aufrichtig oder wir lassen uns von Bedürfnissen leiten, die entartet sind, vielleicht sind wir zu unwissend oder dämlich und in der Lebenskunst zu wenig ausgebildet, um eine saubere Vorstellung unseres Lebens abzuliefern. Die Quellen unserer Lebensfehler sind so zahlreich, wie unsere wissenschaftlichen Theorien über die Phänomene dieser Welt. Wenn wir unsere Fehler leugnen, kommen wir in Teufels Küche, wenn wir unsere Fehler eingestehen, erhalten wir eine zweite Chance für unser Leben. Welchen

Weg wir gehen, bestimmen wir selbst. Doch ob unser Leben ein Fehler war, werden wir merken, noch bevor es Abend wird.

5.) Die Kraft der Vergebung gesucht zu haben

Jedes Leben hat seine Schwere. Wir Erwachsenen tragen die Last der Welt, unsere Kinder tragen die Last ihrer zum Leben notwendigen Entwicklung. Die Last der Welt tragen zu müssen, macht die Schwere des Menschseins aus. Umso schwerer wir an der Last der Welt zu tragen haben, desto mehr Schwere und Seelentiefe entwickeln wir, umso schwerer ist auch die Würde des Menschen, die ihn auszeichnet vor den Tieren. Die Last der Welt wiegt schwer auf unseren Schultern, weil wir auch unsere Schuld zu tragen haben. Es gibt viele Gründe, um schuldig zu werden. Jeder von uns kann einen Grund nennen. Doch es gibt nur einen Weg, sich von seiner Schuld zu befreien, dieser Weg liegt in der Kraft der Vergebung. Der Teufel ist Herr über die Sünde, Gott aber ist Herr über die Schuld und Vergebung. Jeder unserer Tage hat seine Last. Es gibt keinen Grund, weshalb wir unsere Schuld mit in unser Grab nehmen sollten. Wir sollten lieber unsere Lebensbeichte ablegen und unsere Seele reinigen von der Schuld, bis wir die Erleichterung unserer Erlösung durch den Heiligen Geist an unserer unsterblich geglaubten Seele erfahren haben und wir bereit sind für einen neuen Lebensweg, der nicht ins Verderben führt.

6.) Die Welt als ein Wunder begriffen zu haben

Wunder gibt es immer wieder, das wurde uns gesagt und sogar vorgesungen. Unser Leben mag gepeinigt sein von Pleiten, Pech und Pannen, das Schicksal mag uns in den Staub geworfen und liegengelassen haben, tausend Hindernisse mögen unseren Lebensweg behindert haben, dennoch verwirklicht sich das Leben auf dem blauen Planeten Erde tagtäglich auf ganz wundersame Weise. Nichts, das wir sehen, ist selbstverständlich da, die Welt ist nicht der Willkür ausgesetzt, sondern wird beherrscht von wohlwollenden Mächten der Engel und Menschen, ist umsponnen von einem mystischen, unergründlichen Schicksal und wird geleitet und regiert von einer Zeit, die keine Grenzen kennt. Wer kein Wunder dieser Welt je erkannt hat, ist unwissend gewesen. Wer an gar nichts glauben will, der hat das göttliche Wunder verpasst. Wer ohne einen Wunderglauben auf der Erde lebt, ist weniger, als ein ganzer Realist geblieben. Wer aber glaubt, kann selbst zu einem Wunder werden.

7.) An Wunder geglaubt zu haben

Wenn wir wollen, können wir die Welt dem Zufall überlassen. Doch selbst die Glücksspieler glauben etwas. Jeder Mensch auf dieser Erde erlebt wohl einen Tag in seinem Leben, an dem alles sinnlos scheint. Doch schon am nächsten Tag haben manche von ihnen vom Paradies geträumt. Wer an Gott glaubt, der glaubt auch an Wunder. Wer nur an die Menschheit glaubt, der glaubt an ein Wunder. Wer dagegen an rein gar nichts glaubt, der ist selbst ein Wunder, denn diese Welt ist
nicht selbstverständlich da. Es ist schon lange her, dass wir

noch auf vier Beinen gelaufen sind. Seitdem ist viel geschehen. Wie ist die Entwicklung zum Menschen zu erklären, außer durch ein wundersames Geschick, das von höheren Mächten beeinflusst war, als dem Zufall? Die Welt ist ein großes Wunder, das nur noch nicht bewiesen wurde. Nichts ist wie selbstverständlich da, nichts geschieht ohne Grund. Wir können glauben oder zweifeln oder selbst zu einem Wunder werden.

8.) Die Welt als Schöpfung ins Herz geschlossen zu haben

Für uns Menschen ist die Existenz Gottes keine Tatsache, sondern der Inhalt unseres Glaubens. Viele Menschen auf der Erde sind arm, vielen fehlt die Hoffnung selbst auf die allernötigsten Dinge. Viele Menschen haben ihren Glauben verloren und leben in einer geistigen Einöde. Für den Glauben muss man durch eine Wüste gehen. Wenn man die grüne Aue erreicht hat, zu der Gott, unser Vater, uns führen will, dann wird einem alles klar. Das ganze Universum und auch unser blaue Planet ist angeordnet und gestaltet durch eine höhere Intelligenz, deren Wege unergründlich sind. Die Welt atmet und auf der Erde pulsiert das Leben. Wir sollten nicht annehmen, dass der Mensch am Ende eines gewaltigen Zufalls steht. Wir sind teil einer Schöpfung, die Wunder um Wunder hervorbringt, ohne dass wir es merken. Wir können die Welt nicht besitzen, aber wir können sie als wundersame Schöpfung begreifen und in unser Herz schließen. So wird unsere Liebe reichen, so weit das Auge reicht und noch weiter. Die Schöpfung wird zu einem Teil von uns und wir zu einem Teil der Schöpfung.

9.) Teil der Schöpfung gewesen zu sein

Der Mensch ist geschaffen von Gott, ist jedoch seines Zeichen selbst ein Schöpfer dieser Welt. Denn Gott gab uns Menschen die Schöpfung in unseren Besitz, auf dass wir die Welt gestalten und über alles herrschen würden. Ein Mensch zu sein, heißt jedoch nicht automatisch, auch ein Teil der Schöpfung zu sein. Denn ein grenzenloser Egoismus hat die Menschheit befallen und so kochen viele Menschen hier auf der Erde ihr eigenes Süppchen, ohne Teil der Schöpfung zu sein. Nur der Glaube an Gott und an die Schöpfung, gepaart mit der Bereitschaft zum Dienen und zum Teilen, kann uns zu einem Teil dieser wunderbaren Schöpfung werden lassen. Alles, was wir dafür aufgeben müssen, sind unser Egoismus, unsere Habgier und unsere Begierden, die auf das Verbotene gerichtet sind. Wir müssen stark genug sein, um uns von der Sünde zu befreien und können uns zu Wohltätern dieser Schöpfung ausbilden durch unseren Glauben und die Bereitschaft zum Dienen.

10.) Die Eigenschaften der Natur in sich aufgenommen zu haben

Die Natur ist ein Wunderwerk der Schöpfung. Die Natur ist mächtig und reich an Schönheit und Kraft. Die Eigenschaften der Natur sind auch in uns enthalten. Unsere Leidenschaften entfachen Stürme wie Wirbelwinde, unsere Bedürfnisse sind so tief, wie der Ozean, unser Wille gleicht der Kraft der Sonne, unsere Duldsamkeit und unsere Ausdauer leuchten, wie der Mond am Nachthimmel, unsere Tugenden erblühen, wie die Pflanzen auf der Erde, unser

Mut gleicht dem Brüllen eines Löwen, unsere Schöpfungskraft ist mit der Kraft Gottes vergleichbar. Was wir zum Leben brauchen, ist uns gegeben worden. Die Natur brachte den Menschen hervor, um das Wunder seiner Entwicklung zu erleben. Die menschliche Kultur setzt der Schöpfung ihre Krone auf. Wir sind der Natur entwachsen und können nicht in sie zurückkehren. Doch solange wir die Eigenschaften der Natur in uns tragen, werden wir mit der Welt verbunden sein.

11.) Schönheit entwickelt zu haben

Der Mensch besteht aus Biologie, Seele und Geist. Die Schönheit kann überall im Menschen zuhause sein. In uns liegen Ideen des Guten, wie des Starken, wie des Schönen verborgen. Jeder Mensch ist dazu fähig, durch die Tüchtigkeit seiner Seele Schönheit hervorzubringen. Das Laster dagegen lässt die Schönheit der menschlichen Natur entarten und bringt Hässlichkeit hervor. In der Tugend liegt die Kraft und aus der Kraft entsteht Schönheit. Kein Mensch wird für die Hässlichkeit geboren. Wir entwickeln Schönheit durch die Tugenden unserer Seele, erschaffen uns einen Körper, der unser Inneres widerspiegelt, sowie einen Geist, um uns im Spiegel zu erkennen. Schönheit gehört zu den Zielen unserer Entwicklung.

12.) Stärke entwickelt zu haben

Jede Kraft der Welt reicht noch lange nicht aus, um Felsen zu bewegen. Die Kraft zum Leben entwickelt sich, zum Vorteil des Menschen, nicht erst dadurch weiter, dass die Probleme, Sorgen und Schwierigkeiten zunehmen, verliert sich auch nicht in der Schwermut des menschlichen Herzens, sondern wird freigelassen bei aller Tätigkeit des Lebens, produziert in der Ruhe, die in jedem Menschen wohnt. Ohne eine Kraftquelle besäße der Mensch kaum die Fähigkeit, seinen Alltag, ganz normale aber auch außergewöhnliche Dinge, ein bewegtes und von Interessen geleitetes Leben zu organisieren, ohne dass seine Kräfte rasch erlöschen würden. Als Kraftquelle kann jedes Interesse der Welt dienen. Ohne Interesse an den Strukturen des Lebens, muss sich ein Mangel an Lebenskraft einstellen, der einen Ermattungsprozess in Gang setzt, der auf lange Sicht dem Menschen die Lust zu altern raubt.

13.) Nach Vollkommenheit gestrebt zu haben

Wir sind auf der Suche nach Dingen, die ein für alle mal feststehen; Dinge, auf die wir bauen können; Dinge, die uns Halt geben in einer Welt, die sich viel zu schnell dreht, um beständig zu sein. Unser Leben bedeutet Entwicklung. Wir dürfen niemals stehenbleiben, denn sonst stagnieren wir und verpassen die Entwicklung unseres Lebens. Durch unsere Entwicklung gewinnen wir neue Anteile hinzu, werfen alte Laster von uns fort, erwerben neue Fähigkeiten, Tugenden und Interessen; erwerben Weisheit, Liebe und Macht, Schönheit und Stärke. Unser Glück liegt auf den aufrechten Wegen, die von vernünftigen Lebenszielen geleitet sind. Die Vollkommenheit ist ein uralter Traum des Menschengeschlechts. Wir können sie niemals erreichen, aber wir können uns ihr nähern, uns auf sie zu bewegen. Der Lohn für unser Bemühen sind die innere Zufriedenheit unserer Seele, die Anerkennung unserer Mitmenschen, sowie der Stolz unseres Lebens.

Sechstes Buch

1.) Einsam gewesen zu sein

Jeder Mensch hat das Bedürfnis, Teil einer Gemeinschaft zu sein. Selbst in unseren einsamsten Minuten können wir die Welt um uns herum nicht vergessen. Manchmal brauchen wir die Abgeschiedenheit, um uns auf uns selbst besinnen zu können und die Anforderungen, die das Gemeinschaftsleben an uns stellt, ablegen zu können. Wenn uns die Einsamkeit ruft, kehren wir in uns selbst ein und können „die Welt“ einfach „die Welt“ sein lassen. Auch in unserer Individuation beziehen wir uns auf eine imaginäre Gruppe, die wir Gemeinschaft nennen. Die ganze große Menschheit ist eine Gemeinschaft, wir sind verbunden mit und Teil einer Weltgesellschaft, die gemeinschaftlich handelt und gemeinschaftlich den Sinn unseres Menschenwerkes produziert. Ein einzelner Mensch kann manchmal mehr sein, als die gesamte Welt. Doch wenn er seine Einsamkeit aufgibt und sich Gesellschaften anschließt, wird der Mensch zu einem kleinen Teil eines größeren Ganzen, übernimmt eine Rolle, die ihm zugewiesen wird und verliert einen Teil seiner Selbstbestimmung. Wir wollen uns von der Gesellschaft nicht instrumentalisieren lassen für ihre Zwecke, deshalb ist es wichtig, dass wir uns von Zeit zu Zeit in unsere Einsamkeit zurückziehen, um den Kontakt zu uns selbst nicht zu verlieren und damit wir uns auf unser wahres Selbst besinnen können. Kaum ein

Waffeleis schmeckt süßer, als das süße Leid der Einsamkeit, das wir genießen, wenn wir alleine sind.

2.) Für die Gemeinschaft gekämpft zu haben

Als Menschen sind wir nicht für die Einsamkeit geboren. Wir sind ein soziales und politisches Wesen. Die Hälfte unseres Lebens ist für die Erfüllung unserer Menschenpflichten vorgesehen, die andere Hälfte unseres Lebens dient der Wahrnehmung unserer Menschenrechte. In das soziale Abseits zu geraten oder sogar den sozialen Tod zu erleiden zählt zu den größten Übeln eines Menschenschicksals, denn glücklich werden wir nur als Erdenbürger mit Beziehungen zu unserer Umwelt, zur Gesellschaft, zur Welt, die uns umgibt. In unserer Einsamkeit hören wir auf, für die Welt zu existieren, wir verfallen der Ohnmacht und suchen nach Wegen, in die Gesellschaft der Menschen zurückzukehren. Gemeinschaft und Individuum gehören untrennbar zusammen. Als Menschen steht uns eine gewisse Freiheit zu, selbst über unser Leben, über das, was wir geben und das, was wir nehmen, entscheiden zu dürfen. Jedoch ein aufrechter Lebensweg führt immer über den Dienst an der menschlichen Gemeinschaft. Die Seele der Welt fordert von uns eine altruistische Lebenseinstellung, die uns zur Aufgabe egoistischer Lebensziele bewegt. Wer sein letztes Hemd für die Gemeinschaft hingibt, der wird im Himmel neu gekleidet werden. Wer sein Leben aufgibt, um der Welt einen Dienst zu erweisen, der wird sein Leben finden. Wer sein Leben aber behalten will, der wird es verlieren. Die Ansprüche der Gemeinschaft werden erlöschen, wenn wir unsere Pflichten ihr gegenüber erfüllt haben. Unsere Werke aber werden bis in die Ewigkeit reichen.

3.) Die Liebe der Welt empfangen zu haben

Wir sind nicht als Gäste in diese Welt eingeladen worden, sondern als Mitgestalter dieser Welt, die zu einem Teil oder in Gänze auch unsere Welt ist. Wir empfangen die Liebe dieser Welt, weil wir wertvoll sind für diese Welt. Umso tiefer wir uns mit der Welt verbinden, desto tiefer wird die Liebe sein, die wir empfangen. Durch Altruismus und Mitgefühl werden wir zu Dienenden dieser Welt, sowie zu Wohltätern der menschlichen Gemeinschaft. Die Liebe kommt niemals unverdient zu einem Menschen. Wir empfangen die Liebe dieser Welt, weil wir Tugenden besitzen, in denen sich das gute Prinzip der Schöpfung widerspiegelt und die einen Teil der Wertigkeit dieser Welt verkörpern. Um die Liebe der Welt zu empfangen, dürfen wir die gute Tat nicht scheuen und müssen einen Wert zum Sinn und Erfolg dieser Welt beisteuern. Die Seele der Welt leidet, weil sie vom Hass dieser Welt zerrissen ist. Unsere Liebe leistet einen Beitrag dazu, diese Welt zu einen und den Hass dieser Welt zu besiegen. Die Liebe regiert unsere Herzen, weil wir uns für den Dienst an Muttererde oder Vaterstaat entschieden haben, weil wir zum Wohle der Welt geboren wurden und zum Wohle der Welt sterben werden.

4.) Die Welt ins Herz geschlossen zu haben

Die Welt bietet uns mehr, als die Möglichkeit, in ihr zu leben. Die Welt ist alles, was wir kennen und noch mehr. Wir können der Welt nicht entkommen, sie ist unser

Schicksal. Sie enthält die Spuren unseres Glückes, das wir finden, wenn wir danach suchen. Die Welt ist ein Wille, eine Macht, eine Erfahrung und eine Vorstellung. Wir tauchen ein in die Welt, um das Leben zu erfahren. Wir tauchen auf aus der Welt, um die Welt zu betrachten und unsere gegangenen Schritte zu zählen. Die Welt ist eine Möglichkeit. Sie bietet uns Chancen an, die wahr werden, wenn wir sie ergreifen. Die Welt ist ein Bedürfnis, das zahlreiche Helfer braucht, um sich zu verwirklichen. Die Welt passt nicht in unsere Hosentasche. Wir können die Welt nicht ergreifen und zu unserem Eigentum erklären. Wir können die Welt in unser Herz schließen, um sie zu besitzen. Die Welt ist gut genug für unsere Fehler und sie verzeiht mit Güte, was wir an ihr gesündigt haben. Wir können die Welt nicht verschenken, bevor sie uns wirklich gehört. Ist unser Herz wirklich groß genug für die Welt?

5.) Die Liebe verschenkt zu haben

Wir erhalten die Liebe als Geschenk für alle guten Seiten an uns, die uns liebenswürdig erscheinen lassen. Liebe ist kostbar, aber nicht selten. Liebe kommt selbst in den schlechtesten Familien vor. Die Liebe ist der einzige Beweis dafür, dass wir alle als Teile einer Schöpfung zusammengehören.

19

Liebe durchbricht die Mauern, von denen jeder Mensch bewacht ist, um seine Heiligtümer vor den Feinden der Menschlichkeit zu beschützen. Wir sollten uns würdig machen, die Liebe dieser Welt zu empfangen und so freigiebig sein, unsere Liebe an die Welt, die wir lieben, zu verschenken. Unsere Liebe ist unser Eigentum und wir können sie verschenken, an wen wir wollen. Durch unsere Liebe können wir die Welt bewegen, wenn wir die Kraft unseres Herzens verausgaben und wir der Welt unsere Liebe schenken, für die sie gemacht ist.

6.) Nach den Problemen der Welt gefragt zu haben

Es ist nicht verkehrt, nach einem sorgenfreien Leben zu fragen. Doch unser Glück liegt meist auf verworrenen Pfaden verborgen. Die Welt hat ein Problem. Du bist die Lösung. Die Sorge der Welt wird dir aufgeladen werden, auch und insbesondere dann, wenn du nur nach deinem Glück gefragt hattest. Die Welt hat ein Problem. Manche Menschen sind Teil des Problems, andere sind Teil der Lösung. Die Sorge der Welt tragen alle Menschen, die sich für den Dienst an der Welt entschieden haben. Nur sie haben den Mut und das Herz, sich den Problemen dieser Welt zu stellen und zur Lösung der Weltprobleme beizutragen. Ihr Altruismus dient der Welt auf wundersame Weise. Sie sind die Herren dieser Schöpfung, doch nicht nur sie allein haben ein Anrecht auf das Ewige Leben, für das Herzen gewogen werden.

7.) Nach Lösungen gesucht zu haben

Die halbe Welt ist gelenkt von Egoismus und Selbstsucht. Statt über die Lösungen der Weltprobleme nachzudenken oder zur Höherentwicklung der Menschheit beizutragen, sind sie selbst Teil des Problems. Dabei ist die Lösung für unsere Weltprobleme so einfach. Der Altruismus ist im

Stande, alle unsere Probleme zu lösen. Doch weil wir nur Menschen sind, haben wir Gift in unserer Galle. Wir können unsere barbarischen und selbstsüchtigen Triebe scheinbar nicht abstellen. Die Pädagogik versagt an vielen Stellen. Der Altruismus ist eine Lehre, die von der Menschheit größtenteils noch gar nicht aufgenommen wurde. Die Welt dient uns, indem sie unser Leben auf dem blauen Planeten Erde ermöglicht. Unsere Dankbarkeit sollte den Dienst an der Schöpfung bedeuten. Denn was wir auf selbstsüchtigen Wegen zu gewinnen glaubten, war nur Hohn und Spott, sowie der Verlust unseres göttlichen Segens. Die Zeit ist reif für einen Wandel, der in unseren Herzen beginnt und sich auf unser Bewusstsein ausweitet. Wir sind alle Teil von etwas, darum sollten wir unseren Egoismus aufgeben.

8.) Die eigene Schuld gebeichtet zu haben

Kaum ein Mensch, der je gelebt hat, beherrschte die Lebenskunst so gut, dass es ihm gelungen wäre, auf seinem Lebensweg nicht schuldig zu werden. Viele Menschen werden schuldig allein für ihre Untätigkeit. Viele Menschen lassen sich von ihren Lastern ihren wahren Lebensantrieb rauben. Andere lassen sich von ihren Ängsten leiten und gehen auf diesem Weg dem Leben, für das sie geschaffen wurden, verloren. Menschen lassen sich von der Sünde vereinnahmen oder werden sogar zu Verbrechern. Viele Menschen werden schuldig, leugnen jedoch ihre Schuld und werden zu Menschen der Verdrängung. Es könnte ein Ritual erfunden werden, bei dem wir all unsere Schuld zu Papier bringen, um sie anschließend auf einem

Scheiterhaufen zu verbrennen. Doch wir kennen den Weg der Beichte. Wir können all unsere Schuld vor dem Herrn des Himmels ausbreiten und Er wird uns nicht für unsere Schuld verurteilen, aber uns für unsere Ehrlichkeit danken. Ein Gebet der Beichte erleichtert unsere Schuld und als Zeichen unserer Anerkennung wird der Himmel uns einen Weg zeigen, wie wir uns von unserer Schuld befreien und auf besseren Wegen höheren Zielen entgegen gehen können.

9.) Reue gezeigt zu haben

Die Götter sind erhaben über die Sünde. Ihre Kraft kann auch ein Teil unserer Stärke werden, wenn wir an Götter glauben und wir unsere Sünde, wie unsere Schwäche, hinter uns lassen. Ein Leben ohne Reue aber ist ein unerfüllbarer Traum. Einerseits begehen wir Fehler, andererseits lassen wir Chancen ungenutzt verstreichen. Außerdem sind wir unseren Lastern häufig unterlegen. Wir haben geirrt auf unseren Wegen, haben Böses, wie Schlechtes getan und haben das Gute unterlassen, wo es geboten war. Unsere Reue ist ein Vorzeichen unserer Umkehr, wenn wir nur ehrlich genug sind, uns unsere Fehler einzugestehen. Der Himmel will uns dienstbar machen, doch der Dienst an der Schöpfung verlangt eine Reife, die uns nicht angeboren ist. Ohne unsere Reue kommen wir nirgendwo hin, außer in Teufels Küche.

10.) Buße getan zu haben

Kein Mensch ist erhaben über seine Fehler. Nur durch unsere Reue ist es uns möglich, unsere Fehler einzusehen und uns nach einem besseren Weg umzudrehen. Das Unrecht, das wir begehen, kann nicht im Handumdrehen vergeben werden. Wir müssen durch unsere Buße ein Zeichen setzen, dass wir es mit der Umkehr wirklich ernst meinen. Gott hat uns schon geliebt, als wir noch Sünder waren. Doch Er wartet hoch oben auf unsere Entscheidung für das Leben. Der reuige Sünder ist Gott kein Gräuel, sondern der Beweis für Seine Herrlichkeit und Gnade. Wir empfangen die Kraft der Vergebung, nachdem wir bereut, Buße getan haben und umgekehrt sind von unseren Wegen, die zum Tod führten. Am Tage unserer Errettung applaudieren uns die Engel des Himmels, denn sie wachen über uns, für sie ist jedes gerettete Leben wertvoll.

11.) Vergebung empfangen zu haben

Wer auf schlechten Wegen wandelt, ohne sich umzudrehen, dem kann nicht vergeben werden. Die Gnade der Vergebung wird den Menschen zuteil, die sich nach einem ehrlichen und aufrechten Lebensweg sehnen. Der Glaube an Jesus Christus allein hat die Kraft, uns gerecht zu sprechen am Tage unseres Gerichts. Doch unserem Glauben sind viele Hindernisse in den Weg gelegt. Solange wir die Last der Sünde auf unseren Schultern tragen, führen uns unsere Wege in den Abgrund. Jesus hat uns versprochen, nach den verlorenen Schafen zu suchen, seine Herde zu verlassen und, wenn nötig, hinab in einen finsteren Abgrund zu steigen, um zu retten, was einst verloren war. Unser Dank für unsere Rettung kann nicht weniger als grenzenlos sein.

12.) Umgekehrt zu sein

Wir können auf unserem Weg nicht umkehren, ohne uns all unserer Fehler und unseres ganzen Versagens bewusst geworden zu sein, von ganzem und aufrichtigem Herzen bereut und zur Buße bereit gewesen zu sein. Wir können mit unserem alten Leben erst dann abschließen, wenn wir die Kraft der Vergebung empfangen haben. Nun ist die Zeit unserer Umkehr vollkommen. Wir geben unser altes, lasterhaftes Leben auf, um einen Heilsweg zu suchen, der uns von all unseren Sünden, unserer Bosheit und unserer Schlechtigkeit erlösen wird. Ohne unser Kreuz zu tragen, ohne die Last der Welt auf uns zu nehmen, werden wir nicht durch das weite Tor in das Ewige Leben einziehen. Wir müssen bereit sein, einen Preis zu bezahlen, um im Gegenzug das Leben fern aller irdischen Bedrängnisse zu erhalten. Umso größer unser Opfer war, das wir erbracht haben, desto größer wird unser Lohn im Himmel sein.

13.) Am Ziel aller Wege angelangt zu sein

Schon zu unseren Lebzeiten haben wir nach Zielen gesucht, die unserem Leben die Richtung weisen konnten. Vielleicht haben wir ein paar gute Vorbilder gebraucht, um unseren Weg finden und unser Leben mit dem Erfolg krönen zu können. Doch noch waren wir nicht am Ende unserer Reise angekommen. Denn zunächst hatten wir unsere Werke zu tun und waren an das irdisches Leben gebunden. Doch die Philosophie unseres Lebens hat es vollbracht, das unscheinbare Tor am Ende unserer Wege für uns zu öffnen. Wir empfangen das Ewige Leben durch die erlösende Gnade Gottes sowie des heiligen Opfers Seines Sohnes, Jesus Christus. Wir können zu einem Teil der Heiligkeit und Gerechtigkeit des Himmels werden und nun selbst ein wachsames Auge auf die Menschen auf der Erde haben, die unsere Hilfe brauchen. Auch ein reuiger Sünder kann sich für seinen Lebenswandel Respekt und Ansehen verdienen und beweisen, dass nicht alle seine Abwege Irrtümer waren.

Siebtes Buch

1.) Ein neues Leben begonnen zu haben

Die Kunst des Lebens besteht darin, das Leben so einfach wie möglich zu machen, lachend und tanzend durch das Leben zu gehen. Doch in Wirklichkeit konfrontiert uns das Leben mit schwierigen Problemen, legt uns Hindernisse in den Weg und führt uns untreu auf Abwege, die nicht ans Ziel führen. Nicht jeder Mensch hat ein neues Leben nötig. Manches Menschenleben baut von Grund auf auf den richtigen Prinzipien und Grundsätzen. Das Geheimnis anderer Menschen besteht darin, dass sie sicher und geborgen aufgewachsen sind und sie sich lebenslang von allen Abgründen der menschlichen Existenz ferngehalten haben. Anderer Menschen Leben gleicht einem leichten Tanz, alles geht ihnen leicht von der Hand. Der Sünder jedoch wird berufen zur Umkehr, zur Abkehr von seinen Lastern, die ihn festhalten und wird angehalten zur Annahme der gerechten Prinzipien des Lebens, die ihm ein neues Leben verheißen. Ein reuiger Sünder wird teilweise für seinen Lebenswandel von vielen Kulturen der Erde viel höher angesehen, als die Menschen unter uns, die auf geraden Wegen stets sicher geleitet wurden.

2.) Zur Tugend aufgeschaut zu haben

Für die Richtung unseres Lebens gibt es nichts Entscheidenderes, als die Auswahl unserer Lebensziele. Alle Menschen auf der Erde teilen sich das menschheitliche Erbe ihrer Bedürfnisse. Unsere gemeinsamen Bedürfnisse sind die Grundlage für das menschliche Zusammenleben. Wir verstehen uns, weil wir uns ähnlich sind. Und doch ist jeder Mensch in seiner Individualität einzigartig. Über die Ziele unseres Lebens können wir selbst entscheiden. Doch nur durch die Ausgestaltung unserer Tugenden werden wir wertvoll für die Welt. Unsere Tugenden geleiten uns zur Heiligkeit, wie zu der Vervollkommnung unseres Wesens. Welchen Lohn können wir erwarten, wenn wir unser Herz an vergängliche Dinge hängen? Die Verwirklichung unserer Tugenden bedeutet das kommende Reich Gottes. Wir können die Kraft Gottes erlangen, wenn wir uns der Tugend verpflichten und unser Leben auf die Maximen des Guten gründen.

3.) Das Laster verachtet zu haben

Das Gute, wie das Wertvolle, das Edle, wie das Reine, verwirklichen sich auf dieser Erde nicht ohne Gegenwehr. In jedem Menschen findet ein innerer Kampf zwischen seinen Tugenden und seinen Lastern statt. Durch das Laster des Menschen wird das Leben auf der Erde in Mitleidenschaft gezogen, werden Glück und Erfolg unwahrscheinlich. Doch unser Gewissen macht den großen Unterschied aus. Unser Gewissen macht uns den Unterschied zwischen Gut und Böse, zwischen Tugend und Laster, deutlich. Und so schreiten wir Menschen voran, die

Tugend dieser Welt zu verwirklichen und das Laster dieser Welt in den Staub zu treten. Nur, wer sich seiner Schwäche überlassen möchte, schlägt die Tugend in den Wind. Unsere Laster verdienen die tödlichsten Flüche, stehen sie doch den Prinzipien des Lebens entgegen und dienen allenfalls dem Verfall der natürlichen Wertigkeit des Menschen. Über das Laster zu siegen, bedeutet für uns das kommende Paradies. Noch kann uns das Laster quälen, doch es wird der Tag kommen, da werden wir frei sein und die Schwere unserer Laster wird für uns nichts mehr sein, als eine Erinnerung.

4.) Einen Weg der Tugend begonnen zu haben

Jeder Weg hat einen Anfang und ein Ende. Wir können unser Leben nicht begreifen, ohne unsere inneren Antriebe zu erforschen. Jede Tugend in uns hat seinen eigenen Willen oder wird zumindest teil unseres einen, großen Willens. Unser Wille brennt wie ein Feuer und unsere Tugenden legen das Brennholz dazu. Ohne unsere Tugenden und Ideale, unseren Glauben und unsere Vernunft, wären wir einfach nur Tiere, die von Trieben und Instinkten geleitet werden. Wir Menschen aber haben die Hoheit, zu Gott aufschauen zu können und einen Teil Seiner heiligen Eigenschaften in uns selbst widerzuspiegeln. Wenn unser Wille versagt, können wir immer noch auf unseren Glauben hoffen, der die Kraft hat, unseren Geist, durch Schluchten und Abgründe hindurch, hinauf in den Himmel zu tragen. Jede Tugend ist ein Geschenk Gottes. Der Teufel gab nur seine Laster dazu. Der Weg der Tugend beginnt mit einer bewussten Entscheidung und endet am

Ziel unserer Wege. Jeder Schritt war wertvoll und manches Ziel war heilig. Die Sünde wollte uns verschlingen, doch hat am Ende nur noch den Staub unserer Füße gefressen.

5.) Gott die Treue gehalten zu haben

Die Ehre der Welt wird durch einen Mann verkörpert, in dem alle Dinge ihren Ursprung haben. Er wurde oft verleugnet und manchmal verflucht, Seine Macht wurde herausgefordert und sein Wille auf die Probe gestellt. Doch Gott hat uns nicht verlassen, sondern Seine Treue gehalten, die er uns Menschen vor langer Zeit versprochen hat. Gott hat in die Abgründe unserer Herzen geblickt und darin viel Untreue, Lüge und Verrat gefunden, die uns Menschen zur Schande gereichen. Kein Mensch dient Gott in so perfekter Weise, wie Er der Schöpfung dient. Wir können Gott die Treue schwören, doch beweisen müssen wir Gott unsere Treue durch unseren Lebenswandel. Wenn wir uns auszeichnen vor Gott, werden wir im Himmel einen Rang einnehmen. Wenn wir die Wege des Erlaubten verlassen, wird uns Strafe treffen. Ohne unseren Glauben werden wir nicht in den Himmel kommen. Der Schwur unserer Treue und das Einhalten der Treue sollen ein Band für die Ewigkeit knüpfen, das immer noch Gültigkeit hat, wenn wir die Fesseln unseres irdischen Lebens abgelegt haben und wir in den Himmel eingezogen sind, wo die Treue ihr Zuhause hat.

6.) Aufrichtig gewesen zu sein

Menschen tun oft genug das Falsche, weil sie für sich selbst auf unehrliche Weise einen leichten Gewinn herausschlagen wollen. Aufrichtig zu sein bedeutet, sich selbst und anderen gegenüber die eigenen Absichten und Lebensziele offenzulegen und den egoistischen, selbstsüchtigen, unaufrichtigen Teil des eigenen Wesens zu verdammen und auf einem Scheiterhaufen zu verbrennen. Aufrichtige Menschen haben vielleicht schon mal einen Fehler begangen, doch sie haben sich ihre Fehler eingestanden und nach einem besseren Weg gesucht. An der Unehrlichkeit sind dagegen schon ganze Existenzen zerbrochen und zu Grunde gegangen. Aufrichtigkeit ist ein Bemühen von jedem Menschen, der einen Sinn dafür entwickelt hat, das Leben auf ehrliche Weise mit der Welt zu vereinbaren, ohne hinter Lügen und Beschönigungen verbergen zu müssen, was hinter den Anliegen und Bestrebungen des Menschen für eine Wahrheit verborgen liegt.

7.) In den Spiegel geschaut zu haben

Unser offenes Auge ist auf die Welt gerichtet, damit wir die Welt erkennen und fähig werden zum Handeln. Für uns bleibt das Universum die Umgebung unseres Selbst. Wir sind das Zentrum all unseres Wahrnehmens und Handelns. Wir erkennen uns selbst, indem wir uns einen Spiegel vorhalten, der unser Inneres aufdeckt und das Verborgene sichtbar macht. Wir sind es wert, wahrgenommen und erkannt zu werden. Ohne uns mit uns selbst und unseren Geheimnissen auseinanderzusetzen, bleiben wir uns selbst fremd und sind zu unserer Orientierung auf fremde Hilfe angewiesen. Wenn wir in den Spiegel schauen, hoffen wir Schönheit und Stärke zu erblicken, doch wir werden auch unsere Fehler und Schwächen vor Augen haben, wenn wir den Blick in den Spiegel wagen.

8.) Nach der Wahrheit gefragt zu haben

Nichts auf der Welt scheint ewig und unerschütterlich zu sein. Selbst der härteste Fels kann durch das Eis gebrochen werden. Wie können wir uns sicher sein, zur rechten Zeit am rechten Ort zu sein?

Vor 2.000 Jahren brach die christliche Wahrheit herein über uns Menschen. Sie kam vom Himmel herab wie eine Taube, doch selbst der brüllende Löwe bekam Respekt vor ihrer Macht. Noch immer glauben viele Menschen auf der Erde, die Wahrheit sei nur ein Wort. Doch in Wirklichkeit umgibt uns die Wahrheit selbst an den abgelegensten Orten und wo heute noch Finsternis herrscht, kann es morgen schon hell werden. Die Wissenschaft ist bereits weit vorangeschritten, doch an der Weisheit unter den Menschen mangelt es noch heute. Von Gerechtigkeit, Frieden und Freiheit haben wir gehört und selbst über die Liebe haben wir auf verworrenen Wegen etwas in Erfahrung bringen können, doch die Wahrheit bleibt für uns eine große Unbekannte, die aus Selbstachtung ihr Gesicht vor uns verbirgt. Wenn wir ihr nachgehen, können wir vielleicht den Saum ihres weißen Gewandes berühren und ein wenig Licht sehen in dem Dunkel, das uns umgibt.

9.) Nach Gerechtigkeit verlangt zu haben

Das Menschenwerk, das wir vollbringen, funktioniert durch unsere Gemeinschaft. Wir alle sind Teil von etwas viel Größerem, das unsere kühnste Vorstellungskraft noch bei weitem übersteigt. Jeder Kieselstein in der Schöpfung übernimmt eine Aufgabe. Doch was der Kieselstein nie lernen muss, ist eine Rolle zu spielen. Wir Menschen erlernen soziale Rollen durch den Prozess unserer Sozialisation. Wir müssen erkennen, ob uns eine Hauptrolle gut stehen würde oder ob wir lieber mit einer Nebenrolle im großen Lebensspiel vorlieb nehmen wollen. Auch als Kämpfer für Gerechtigkeit kommt uns nicht mit Sicherheit eine Hauptrolle im großen Theater zu und wir stellen fest, dass Gerechtigkeit auch in kleinen Zusammenhängen verwirklicht werden kann. Das Unrecht dieser Welt zu begehen kann gewiss nicht unser Werk sein. Die Gerechtigkeit dieser Welt verwirklicht sich durch das Zusammenspiel menschlicher Tugenden, wie der Rechtschaffenheit und der Gerechtigkeitsliebe. Die Gerechtigkeit dieser Welt aufzubauen, sowie bestehende Unrechtsstrukturen abzubauen, ist ein Teil unseres Lebenswerks, dem Ehre gebührt, auch wenn unsere Mittel nur bescheiden sind.

10.) Die Erleuchtung erfahren zu haben

Zunächst einmal ist die Welt ein großes Geheimnis. Alles Wissen der Menschheit reicht nicht aus, um die Welt allumfassend zu erklären. Doch Wissen macht bekanntlich klug, Bildung formt unsere Persönlichkeit. Die Erleuchtung hatte der Buddha einer Sage nach unter einem Feigenbaum. Auch Jesus war erleuchtet, als er die Worte sprach: „Ich habe die Welt überwunden“. Sokrates wurde erleuchtet, als er merkte, dass er eben „nichts wusste“. Diese drei Weisheitslehrer haben etwas vor uns getan, was wir nach ihnen auch tun sollten: Sie haben nach der Wahrheit gesucht. Ohne nach der Wahrheit zu suchen, werden wir im Trüben fischen. Jede Wahrheit, die wir auf unserem Lebensweg erlangen, birgt einen Teil der Erleuchtung in sich. Wir wandern umher, erledigen unsere tägliche Arbeit, vergessen dabei aber unsere Wahrheitssuche nicht, bis uns eines Tages ein Licht aufgeht und uns das Wesen und der Sinn dieser Welt klar zu werden scheint. Wir haben das Rätsel dieser Welt nicht komplett gelöst und sind trotzdem erleuchtet von Einsicht und Wissen. Die Wahrheit bei uns bleibt ewiglich, die Suche danach vermag ein Menschenherz auszufüllen. Die Wahrheit wird uns begleiten, solange uns der Sinn nach ihr steht und wir Interesse haben an dieser Welt, die das Reich unserer Träume ist.

11.) Am Ende aller Dinge angekommen gewesen zu sein

Am Beginn unseres Lebens stand die Entwicklung. Wir hatten tausend Dinge zu lernen, mussten uns Fähigkeit um Fähigkeit mühsam erwerben. Wir entwickelten Reife und Persönlichkeit, erschufen uns eine Existenz, erlernten einen Beruf und lernten, uns um unsere Familie zu kümmern. Am Ende unseres Lebens schauen wir zurück auf das, was war und fragen uns, ob es gut war – unser Leben. Am Ende all unserer Werke steht die Heiligkeit unseres Seins. Die Religion ermöglicht uns den Weg in das Ewige Leben, wo viele unserer Sorgen keinen Bestand mehr haben werden. Ganz am Ende unserer Tage werden wir diese Welt verlassen, um nie mehr zurückzukehren. Unser irdisches Verlangen mündet in unseren Tod. Im Himmel entzünden wir ein neues Feuer, das lichtern brennen wird, solange uns die Welt noch interessiert. Wir können den Segen des Himmels erhalten und so Gott will, werden wir in himmlischen Gärten wandeln. Wir sehen die Sonne auf und untergehen.

12.) Den Berg des Lebens erklommen zu haben

Nicht jeder Weg, den wir einschlugen, war von Erfolg gekrönt. Nicht jedes unserer Ziele konnten wir erreichen. Doch unser Scheitern war nie größer, als der Mut, wieder aufzustehen. Durch die Wahl unserer Lebensziele haben wir unser Glück definiert. Der Lohn all unserer Bemühungen waren die Erfolge unseres Lebens. Auch wenn wir nicht immer wie lachende Sieger aussahen, so haben wir doch die Prüfungen unseres Lebens gemeistert. Wir waren so gut, wie Gott uns schuf, haben gelacht und geweint, haben gefeiert und Trübsal geblasen. Wir haben den Berg des Lebens erklommen, indem wir manche Aufgabe unserer Entwicklung erfüllt haben. Was wir nicht geschafft haben, lag außerhalb unserer Möglichkeiten. Beruf und Familie wurden zu unseren Lebensaufgaben. Manchmal sind wir schwer gestrauchelt beim Aufstieg auf den Gipfel. Als wir unsere Lebensleistungen zur Hälfte erbracht hatten, standen wir ganz oben auf dem Gipfel unseres Lebens. Ein Zurück kann es nicht geben. Wir müssen unseren Weg bis an sein Ende gehen.

13.) Den Abstieg gemeistert zu haben

Das Ende unseres Lebens bedeutet den Abschied von den Leistungen des Lebens. Mit Stolz blicken wir zurück auf die Werke unseres Lebens, bedauern unser Unglück, das uns manchmal zuteil geworden ist und freuen uns über die Erfolge, die wir feiern und über das Glück, das wir auf unserem Lebensweg erfahren durften. Wir haben den Gipfel unseres Lebens erreicht, haben zurück geblickt auf unseren Aufstieg und haben uns auf den Weg des lange Abstiegs gemacht. Wir nehmen uns die Zeit, uns zu erinnern, an das, was war und sehen unsere Zukunft langsam verblassen. Wir sind alt geworden. Unsere Kinder und Enkelkinder beweisen uns den Kreislauf allen Lebens. Wir aber haben mit dem Leben gebrochen. Wir freuen uns auf einen Neuanfang in einer anderen Welt, in der Einsamkeit, Trübsal und Leid nicht mehr sein werden. Wir haben dem Leben entsagt, um unseren Lohn in den Himmeln zu erhalten. Dieser Weg geht zu Ende, damit ein neuer Weg beginnen kann.

Nachwort

Am Ende unseres Lebens bleibt uns eine große Erinnerung an die Welt und unser Leben; eine Erinnerung an das, was war, sowie an das, was wir getan haben. Wir erinnern unsere Stärke, wie unsere Schwäche; erkennen unsere Verdienste, wie die Fehler, die wir gemacht haben. Wir wären trostlos am Ende unseres Lebens, würden wir vergehen, wie unser letzter Atemzug. Durch unsere Taten sind wir nicht unsterblich geworden, doch vielleicht wird uns die Zeit geschenkt werden, die Welt von einer höheren Warte aus betrachten zu können, bis unser Lebensdurst gestillt ist und uns nichts mehr in den Sinn kommt, was wir noch tun oder hoffen könnten. Wir werden gehen, wenn unsere Zufriedenheit am Größten war und wir bereit sind, zu einer schönen Erinnerung zu werden, die langsam verblasst und einst zur Geschichte werden wird, die erzählt werden wird von jenen, die sich an uns erinnern.

Vergelt's Gott

an alle Autoren und Autorinnen

dieser wunderschönen Anthologie!

- Sharela Koch

Über Sharelas Schreibwettbewerbe

Die christliche Multigenre-Autorin Sharela Koch veranstaltete 2024 erstmalig einen Schreibwettbewerb: zum Thema „Nächstenliebe“. Die Teilnahme stand allen deutschsprachigen Schriftstellern offen. Daraus entstand diese Anthologie. Die Kosten für Layout, Buchsatz, Lektorat und Cover trug allein die Herausgeberin.

Aufgrund der hohen Resonanz werden auch in den Folgejahren Schreibwettbewerbe stattfinden.

Weitere Werke der Herausgeberin (Belletristik und Religiöses) sind im Buchhandel erhältlich.

ISBN 978-3-7598-9884-5
9 783759 898845 00004
www.epubli.com